ANTONIO PARTANT

FITNESS FREAKS

Impressum

FITNESS FREAKS – Der eigene Weg gegen Widerstände
Antonio Partant
2025

Herausgeber:

www.feuertanz-verlag.de • kontakt@feuertanz-verlag.de
www.va-verlag.de • info@va-verlag.de
Veronika Aretz, Vennstraße 30, 52134 Herzogenrath

Urheberrecht am Text: Antonio Partant
Lektorat: Birgit van Troyen
Korrektorat: Textshine.com
Bilder: 123rf.com, Urheber © zzgooggigzz, kikkycnx (KI-generiert),
letzte Seite: © vectorfusionart
shutterstock.com, Urheber © Andrey Burmakin
istockphoto.com, Urheber © msan10
Druck: PRINT GROUP Sp. z o.o., ul. Cukrowa 22, Szczecin (Polen)

ISBN: 978-3-910619-22-7

Antonio Partant

Fitness Freaks

Der eigene Weg gegen Widerstände

Ein Sport-Roman

Feuertanz-Verlag

Inhalt

Erstes Kapitel
Jacob

»Klettere rauf«, verlangte Max und zeigte auf den Kastanienbaum, der ein Viertel des Kindergartenhofs vor der Sonne beschützte.

Max war der stärkste Junge der Gruppe. Wer sein Freund war, hatte nichts zu befürchten. Jacob, der gerade sechs geworden war, wollte nichts sehnlicher als das. Dann würde Julian ihn nicht mehr schubsen, wenn er vor dem geöffneten Klodeckel stand, und Igor würde endlich aufhören, ihm Grimassen zu schneiden, sobald die Erwachsenen in eine andere Richtung blickten.

Doch Max wusste, was seine Freundschaft wert war. Er dachte sich immer neue Hürden aus, die man überwinden musste, um in seine Gunst zu gelangen. Einen Jungen hatte er dazu gebracht, sich eine halbe Minute lang in Brennnesseln zu legen, einen anderen, eine Schnecke zu essen. Es hatte widerlich geknackt, als der Junge die Schale zerbissen, den einsetzenden Würgreflex unterdrückt und das Tier schließlich heruntergeschluckt hatte. Seither jedoch liefen die auf diese Weise Auserwählten mit erhobenem Kopf und festem Blick herum. Sie hatten die Probe bestanden.

Schön und gut, aber: der Kastanienbaum? Niemand war bislang dort hinaufgeklettert, nicht einmal Max selbst.

Unsicher hob Jacob seinen rechten Fuß in Max' gefaltete Hände. »Ich mach die Räuberleiter für dich«, hatte Max gesagt und dabei geschaut, als hätte er Jacob gerade ein Geschenk überreicht. »Dann kommst du an den ersten Ast.« Für Jacob hatte es sich schon fast wie der Beginn ihrer gemeinsamen Zukunft angefühlt.

Jacob krallte seine Hände um den Ast der Kastanie. Max schob von unten, bis Jacobs linker Fuß am Baumstamm Halt fand. Jacob hörte, wie Rindenbrösel zu Boden fielen. Hektisch schwang er sein rechtes Bein über den Ast. Mit der linken Hand hielt er sich am Stamm fest, mit der rechten tastete er, ohne hinzusehen, nach dem nächsten Ast.

Er hatte schon immer gut klettern können. »Kletteraffe« hatte Papa ihn genannt, seit damals, als er mit zwei das heimische Fensterbrett erklommen hatte, und der Stolz in der Stimme seines Vaters hatte eine Wärme in ihm freigesetzt, die er bis dahin noch nie gespürt hatte.

Nur: Das hier war kein Fensterbrett. Unter ihm breitete sich nicht der Wohnzimmervelours aus, sondern der harte Steinboden des Kindergartenhofs. »Nur nicht nach unten schauen«, hatte Max ihm eingebläut. »Sonst schaffst du das nicht.«

Jacob sah nach oben, als er sich von Ast zu Ast arbeitete. Das ging erstaunlich gut. Jetzt im Juni stand die Kastanie im Saft. Ihre Äste waren stark; einen schlanken Jungen trugen sie mit Leichtigkeit. Die Blätter des Baumes verdeckten Jacob. Das war ihm nur recht, denn er war sich sicher, dass sein Gesicht vor Anstrengung puterrot angelaufen war. Irgendjemand musste zudem in seinen Unterarmen ein Feuer entzündet haben. Von Jacobs Handballen bis zum Ellenbogen brannte es lichterloh. Die Haut darüber kribbelte gewaltig.

Sechs Äste fehlten noch bis zur Spitze. Als Jacob den nächsten erklommen hatte, merkte er, dass seine Beine zitterten. Erstaunt blickte er an sich herab. Was war da los? Im selben Moment kam Thorsten, der Betreuer, in den Hof.

»Was gibt's denn da oben zu sehen?«, fragte Thorsten und fixierte Max und die anderen, die weiterhin den Baum anstarrten.

»Nichts, gar nichts!«, meinte Max. »Wie hoch werden eigentlich Kastanienbäume?«

»Ähm, so um die zwanzig Meter«, riet Thorsten drauflos. Zufrieden schlurfte er zurück ins Gebäude, denn anscheinend gab es gerade nichts, bei dem er die Kinder maßregeln musste. Alles war in bester Ordnung, da sie sich für Botanik interessierten.

Jacob grinste in sich hinein. Max musste – so wie er selbst – aus Erfahrung wissen, dass man einem Gespräch mit Erwachsenen am besten aus dem Weg ging, wenn man sie etwas fragte, das sie nicht wussten. Sie wurden dann unsicher, stammelten ein wenig herum und googelten die Antworten abends auf dem Sofa. Eine offene Gesprächsverweigerung führte dagegen fast nie zum Erfolg; sie stachelte die Großen nur dazu an, umso intensiver nachzubohren, was denn los sei. Die Erwachsenen verhielten sich wirklich seltsam.

Jacob hatte sich währenddessen so eng an den Baumstamm gedrückt, dass ihm Späne in Mund und Nase flogen. Der Pollenstaub brannte in seinen Augen. Die Pause hatte ihm gutgetan. Er richtete sich auf, kaum dass Thorsten gegangen war, und griff nach dem nächsten Ast. Beinahe routiniert kam ihm das vor. Er merkte, dass er vorankam, die Baumkrone war fast erreicht. Den nächsten Ast sprang er beinahe an, den darauffolgenden erreichte er zunächst nur mit den Fingerspitzen und zog sich schließlich trotzdem empor. Er achtete nicht länger darauf, dass seine Knie, sobald er sie belastete, vor und zurück wippten, als seien sie ferngesteuert. Das Feuer in seinen Armen nahm er freudig zur Kenntnis. Eine Kraft, ja, eine Lust, war in ihm erwacht. Er wollte hinauf zur Baumspitze und er würde es schaffen.

Die Lücke bis zum vorletzten Ast des Baumes war größer als alle bisherigen, außerdem wurden die Äste dünner. Aber er war schmächtig, daher hoffte er, dass sie ihn tragen würden. Jacob musste springen, um weiterzukommen. Beim ersten Mal zögerte er zu lange, seine Hände konnten den Ast nicht greifen. Er rutschte aus und fiel unsanft auf den Po. Seine Beine baumelten rechts und links des Astes herab. Als er sich aufrappelte, fuhr ein Schmerz seinen Rücken hinab bis in die Fersen. Er stöhnte und hoffte, dass Max sein Straucheln nicht mitbekommen hatte. Jetzt blickte er doch hinunter, konnte aber durch die Blätter hindurch den Boden nicht erkennen. Unten war es still geworden. So still, dass sich Jacob fragte, ob Max überhaupt noch da war. Oder hatte ihn das Spiel, das er erfunden hatte, so gelangweilt, dass er zurück ins Gebäude gegangen war?

Es gab nur eine Möglichkeit, das herauszufinden. Wieder sprang Jacob. Er drückte sich mit aller Kraft ab und spürte erleichtert, wie seine Hände sich um das harte Holz des nächsten Astes klammerten. Die dünnen Äste schwankten hin und her. Ob sie ihn hielten? Da hing er nun, zitternd und hilflos, und zappelte mit den Beinen, die er nach oben bringen musste. Es ging nicht. Fünfmal versuchte er, wenigstens eines seiner Beine um den Ast zu schlingen. Er kam nicht einmal in dessen Nähe. Da öffnete er die Hände und plumpste ein Stockwerk tiefer. Schwer atmend blieb er dort kleben.

Eigentlich war es nicht Jacob gewesen, der die Hände geöffnet hatte. Es war vielmehr, als habe sich eine unsichtbare Kraft ihm in den Weg gestellt. Etwas hatte sich seiner bemächtigt, eine Trägheit vielleicht, eine Erschöpfung, eine Enttäuschung hatte Besitz von ihm ergriffen und sein Wesen eingeengt. Jetzt lag er da, reglos wie die Schlangen im Zoo, vor deren Gehege er es nie länger als eine Minute ausgehalten hatte.

»Warum bewegen die sich nicht, Papa?«, hatte er gefragt, als sein Vater ihm einen Vortrag darüber gehalten hatte, wie gefährlich so eine Würgeschlange war.

»Die sammeln ihre Kräfte für den richtigen Moment«, hatte sein Vater geantwortet, »aber dann schlagen sie zu – schneller, als du gucken kannst!«

Nie hatte Jacob gesehen, dass es eines dieser Tiere wirklich »wie vom Blitz getroffen durchzuckt« hatte. Aber er mochte gerne glauben, was sein Vater ihm erzählte. Dass in diesen züngelnden Wesen eine Geheimkraft schlummerte, die nur auf den richtigen Moment wartete, um unvermittelt hervorzubrechen. Ja, dass diese Kraft in allen Lebewesen steckte und man sie nur finden musste. Sie an die Oberfläche holen konnte, wenn es darauf ankam. Es war eine wilde, spannende, unberechenbare Welt, in der so etwas möglich war.

Jacob wischte sich die Hände an den Hosenbeinen ab. Er blickte nach oben und schätzte den Abstand zu dem Ast ab, der sich ihm beharrlich in den Weg stellte. Wütend war er jetzt, abreißen wollte Jacob dieses verdammte Stück Holz, das so höhnisch auf seine Schwäche zeigte, verfeuern wollte er den Ast oder gleich Kleinholz aus ihm machen, zack und zack. Jacob holte aus und hackte drauflos, in die Luft hackte er, dabei schrie er seinen Gegner innerlich an, er beschimpfte das Stück Holz aufs Übelste. Alles Böse der Welt hatte sich in diesem Teil des Baumes manifestiert. Wenn er es nicht besiegte, würde es sein ganzes Leben lang über ihn triumphieren. Nichts würde Jacob noch retten können, wenn es ihm nicht gelang, diesen Ast zu überwinden.

Jacob richtete sich auf. Nein, dieses Stück Dreck aus Kastanienholz würde ihn nicht aufhalten. Nicht ihn, der sich jetzt streckte, wie er es noch nie getan hatte. Wie vom Blitz durchzuckt, sprang Jacob empor und erreichte den Ast leichter als zuvor. Er würgte das Holz förmlich mit seinen Händen. Dabei nutzte er den Schwung des Sprungs aus und schlang in einer fließenden Bewegung beide Beine um den Ast. Jetzt war es einfach, sich emporzuziehen.

Der letzte Ast vor der Baumkrone befand sich auf Jacobs Brusthöhe. Beinahe gelangweilt erkletterte er ihn. Dann streckte er seinen Kopf durch das Blätterdach. Er hatte die Spitze des Kastanienbaums erreicht.

Max und die anderen waren nicht ins Gebäude gegangen, sondern standen nun einige Meter weiter von der Kastanie entfernt und blickten zu Jacob hinauf. Max reckte den Daumen der rechten Hand empor. Er lobte ihn, Jacob, den er bislang kaum beachtet hatte.

Jacob strahlte. Er hob die Hand, um die gleiche Geste zu machen, da merkte er, wie alle Kraft aus seinem Körper wich. Krampfartig hielt er sich mit den Beinen und dem linken Arm an der Baumspitze fest. Sein rechter Arm zitterte über ihm, er gehorchte ihm nicht mehr. Jacob konnte sich nicht mehr bewegen; er verschmolz mit dem Holz um ihn herum.

In diesem Moment trat Magdalena, die Betreuerin mit der Fistelstimme, aus dem Gebäude. Sie sah die Jungen um den Baum herumstehen, blickte hoch, erkannte Jacobs Gesicht in der Baumkrone und wurde aschfahl.

»Jacob!«, schrie sie auf. So hatte bisher niemand die Betreuerin schreien gehört. Magdalenas Stimme war eine Oktave nach oben gerutscht: etwas, das die wenigsten für möglich gehalten hatten. »Jacob! Halt dich fest! Rühre dich nicht von der Stelle! Wir holen Hilfe!«

Die Betreuerin holte Thorsten aus dem Gebäude. Beinahe wäre er der Länge nach hingefallen, als er auf den Kindergartenhof hechtete. »Also doch«, keuchte er, »wusste ich doch, dass da etwas im Busch war.«

Wenn es sich doch nur um einen Busch handeln würde, durchfuhr es Jacob. Plötzlich war er nicht mehr trotzig und schon gar nicht wütend. Doch erst, als er sah, wie Magdalena, Thorsten und die Kinder dort unten durcheinander rannten, so wie es Pettersons Hühner in den Comics taten, bekam er wirklich Angst. Was würde eigentlich passieren, wenn er durch die Blätter hindurchfiel? Würde er von Ast zu Ast geschleudert werden? Wäre er tot, wenn er da unten auf dem Boden aufschlug, oder würde er sich stattdessen die Beine brechen?

Da passierte es. Jacob spürte zuerst einen Kloß im Hals, dann drängte es höher und er begann zu schluchzen. Er weinte. Max' Freundschaft war ihm auf einmal egal. So ziemlich alles war ihm jetzt egal. Er wollte nur noch in die Arme seiner Mama kriechen; er wollte, dass Papa ihm zärtlich übers Haar strich und ihm sagte, dass alles in Ordnung sei, dass er alles gut machte, so wie er es tat. Jacob merkte, wie er in die Hose pinkelte, und weinte noch mehr.

Wie stolz er gewesen war, als er drei Jahre zuvor das letzte Mal eine Windel angezogen und an einem Schnuller gesaugt hatte! »Das brauchst du jetzt nicht mehr«, hatte Mama ihm gesagt, und in ihrem linken Auge war ein Tropfen gestanden. Jetzt aber, hier oben, wo er nicht hingehörte, jetzt würde Jacob sofort beides nehmen, eine Windel und einen Schnuller.

Dann hörte er von unten her einen Satz. Thorsten sagte ihn, ruhig und bestimmt, kurz darauf ebbten das Stimmengewirr und Magdalenas Fistelgejammer ab.

»Wir holen die Feuerwehr«, sagte Thorsten.

Kurz darauf hörte Jacob eine Sirene von weit her und immer lauter werden. Da fuhr schon ein Drehleiterfahrzeug herbei. Das erkannte Jacob sofort, es war sein Lieblingseinsatzwagen. Er sah, wie Thorsten das Tor aufmachte, die Fahrer hereinwinkte und auf den Baum zeigte, der Jacob gefangen hielt. Oft hatte er den behelmten und dick angezogenen

Feuerwehrleuten auf der Fahrt zu ihren Einsätzen hinterhergeblickt; beim letzten Dorffest hatte er sogar in einem der riesigen Fahrzeuge sitzen dürfen. Er hatte sich wie ein König gefühlt. Nie wäre es Jacob damals in den Sinn gekommen, dass eines dieser Wunderwerke ausrücken würde, um ihn von einem Baum zu holen.

Das aber tat es jetzt. Die Leiter kam heraufgefahren. Kurz bevor Jacob gänzlich zusammensackte, vor Anstrengung und viel mehr noch vor Scham, ganz kurz bevor ihn die Kräfte vollständig verließen, griffen zwei Hände zu und pflückten ihn vom Baum.

Jacob wusste nicht, wie er zurück zur Erde gelangte. Er hielt die Augen fest geschlossen und konzentrierte sich auf die fremde, dunkle Stimme, die beruhigend auf ihn einsprach. Unten angekommen, gaben Jacobs Knie nach. Er ließ sich zu Boden gleiten und begann erneut zu weinen.

»Warum um alles in der Welt bist du da raufgeklettert?«, keifte Magdalena, und Jacob wollte den Grund dafür herausschreien, er wollte alles erklären: Max hat mich doch dazu gezwungen! Schon setzte er an, da wurde ihm klar, dass er bei einem solchen Verrat zwar alle Mühen auf sich genommen hätte, sich aber gleichzeitig um jeglichen Verdienst bringen würde. Also sagte er gar nichts. Damit war er bislang immer gut gefahren. Die Erwachsenen vermuteten stets das Schlimmste, wenn man nur hartnäckig genug schwieg.

Bereits kurz unterhalb der Baumspitze war Jacob etwas klar geworden. Schon als er den schwierigsten Ast überwunden hatte und wusste, dass er demnächst durch die Krone würde blicken können, war ihm ein Gedanke gekommen, nein, er hatte eine Notwendigkeit erkannt. Jacob hatte eingesehen, dass er stärker werden musste, viel stärker. Wenn er zukünftig nicht mehr abhängig sein wollte von Max und all den anderen, die nach Max kommen würden, musste er für sich selbst einstehen. Statt sich Regeln zu beugen, die andere für ihn aufstellten, wollte er selbst Regeln erfinden. Den Willen dazu hatte er auf seinem Weg hinauf zur Baumspitze gefunden. Die Achtung der anderen aber, die musste Jacob sich immer wieder von Neuem verdienen. Dafür würde er Muskeln brauchen. Muskeln und einen scharfen Verstand.

Als Mama von der Sache erfuhr, schlug sie theatralisch die Hände über dem Kopf zusammen. Jacob hatte keine Geschwister, er war das Ein und Alles seiner Eltern. Das hatte Vorteile, zum Beispiel wenn sie vor dem Schaufenster eines Spielwarenladens oder in einer Eisdiele standen. Andererseits blieb seiner Mutter dadurch genügend Zeit, ihre Erziehungsmethoden an ihm auszuprobieren. So bestand sie darauf, ihm abends, wenn er längst schlafen wollte, langweilige Geschichten aus längst vergangenen Zeiten vorzulesen, vom Räuber Hotzenplotz zum Beispiel und von Doktor Dolittle. Auch zwang sie Jacob, am Mittagstisch sitzenzubleiben, bis alle aufgegessen hatten – selbst Papa, der wirklich viel essen konnte. Am schlimmsten aber war, wenn sie ihn auf dem Spielplatz oder beim Spazierengehen »Mein Jäckchen« nannte. Sogar jetzt noch, da er sechs geworden war. »Willst du noch 'nen Keks, mein Jäckchen?« Die anderen Kinder kicherten dann und Jacob wäre am liebsten spurlos im Erdboden versunken.

Papa war anders. Er ging zwar dauernd ins Büro, an den Wochenenden aber war er ganz für Jacob da. Dann tobten sie durch den Garten, ließen Drachen steigen und kickten Fußbälle durch die Gegend, bis Mama aus dem Haus kam und meinte, dass es nun aber wirklich gut sei. Dreimal in der Woche ging sein Vater ins Fitnessstudio. Einmal hörte Jacob, wie Lenas Mutter anerkennend murmelte, dass sich Jacobs Vater »echt gut gehalten« habe. Jacob fragte sich, woran sich die Erwachsenen da eigentlich festhielten, und was wohl passierte, wenn sie losließen. Für ihn war sein Papa vor allem ein Spielkumpel. Jacob liebte es, auf ihm herumzuturnen, ihn gegen die Rippen zu boxen und sich von ihm durch die Gegend tragen zu lassen. Am besten gefiel ihm, wenn er auf Papas Schultern stand. Dann gelangte er mit den Händen an Äste und Straßenschilder und blickte herab auf die Erwachsenen.

»Er ist halt ein Junge«, meinte sein Vater, wenn seine Mutter Jacob zur Rede stellte, nachdem er mal wieder ein Stofftier zerrissen oder eine Scheibe eingeschlagen hatte. »Und Jungs brauchen nun mal *Action.*«

Sein Papa war es, der darauf bestand, dass Jacob kurz nach dem Vorfall mit der Kastanie Schwimmen lernte. Jacobs Trainer, ein unrasierter Brummbär mit enormem Bauch und ungehobelten Manieren, war bei den Kindern vor allem dafür bekannt, dass er unmenschlich stank. Hob er im schwülwarmen Hallenbad einen Arm, um einem Kind zu signalisieren, wohin es schwimmen sollte, ergoss sich ein säuerlicher Geruch in den Raum. Für Jacob konnte es keinen besseren Trainer geben: Er war froh, im Wasser zu sein, wo der Gestank nicht gar so schlimm war. Auch bemühte er sich nach Leibeskräften, alles richtig zu machen, um bloß keine

Geste seines Trainers heraufzubeschwören. Auf diese Weise lernte Jacob in nur vier Wochen, sich mit Brustschwimmen über Wasser zu halten.

Lediglich das Tauchen bereitete ihm zunächst Probleme: Er fand es unnatürlich, seine Sinne einem Element auszuliefern, von dem umgeben er keine fünf Minuten überleben würde. Beim ersten Versuch musste Jacob, kaum dass sein Kopf unter Wasser war, heftig husten. Er geriet in Panik, schlug um sich und klammerte sich sofort darauf prustend an den Beckenrand. Keine der Stinkbomben seines Trainers konnte ihn dazu bringen, es ein zweites Mal zu versuchen. Erst sein Papa schaffte es, Jacob die Angst vor dem Untertauchen zu nehmen.

»Als ich so klein war wie du, wollte ich auch nicht tauchen«, behauptete er, als sie eines Samstags in einem nahen See plantschten. »Aber mein Papa stand direkt neben mir. Der passte auf mich auf, und weißt du was? Auf einmal bekam ich Lust, herauszufinden, was mein Papa eigentlich machen würde, wenn es brenzlig würde. Zuerst war es nur ein Spiel für uns. ›Schau mal‹, habe ich gerufen, ›schau mal, wie lange ich die Luft anhalten kann‹. Irgendwann habe ich es dann wirklich versucht. Von da an wollte ich immer wieder tauchen.«

Jacob war sich nicht sicher, ob das alles stimmte. Von diesem Tag an aber konnte er einen Stein aus dem brusthohen Wasser holen. Kurz darauf bekam er das Seepferdchen-Abzeichen.

Beim Skikurs, zu dem sein Vater ihn im folgenden Winter anmeldete, war Jacob weniger erfolgreich. Er fror die ganze Zeit. Jacob war der Jüngste der Gruppe, und alle um ihn herum formten, kaum dass sie aus dem Lift gestiegen waren, ein V mit ihren Skiern, um gemächlich den Hang hinabzugleiten. Nur er stand noch immer wie angewurzelt oben auf der Piste und wusste nicht weiter. Irgendwann begann er zu weinen. Es dauerte eine geschlagene Viertelstunde, ehe ihn jemand fragte, was los sei.

Ein knappes Jahr später versuchte Jacob es noch einmal mit Skifahren. Dieses Mal wich ihm sein Vater nicht von der Seite. Geduldig brachte er Jacob den Pflug bei, und als Jacob erst einmal merkte, wie einfach das alles war, gab es kein Halten mehr. So musste das sein! Er jauchzte und öffnete die Skier bei jeder neuen Abfahrt ein klein wenig weiter. Am Ende stellte er sie parallel zueinander und schoss talwärts, dass der Schnee in Wolken davonstob. Er genoss es, genau bis zu der Grenze vorzustoßen, hinter der er die Kontrolle über seine Bewegungen verlieren würde. So schnell es nur ging, raste er auf vereiste Buckel zu. Ein paar Sekunden lang fuhr er auf nur einem Ski, bis er im nächsten Augenblick der Länge nach hinfiel. Dann sprang er mit grimmiger Lust zurück in die Pflugposition und verbuchte zufrieden, dass er einmal mehr eine brenzlige Situation gemeistert hatte. Sein Vater platzte schier vor Stolz, auf sich selbst wohl auch, da er es gewesen war, der Jacob die Lust am Skifahren ermöglicht hatte. Vor allem aber auf Jacob. Das wurde klar, als sein Papa ihn in eine Bar schleifte.

»Trink das«, sagte sein Vater zu ihm, aber er sagte es mit einer so tiefen und sanften Stimme, dass sie Jacob an ein wohliges Kaminfeuer erinnerte.

»Was ist das, Papa?«

»Man nennt es Jagertee. Das ist was für echte Skifahrer und für kleine Helden.«

Misstrauisch nippte Jacob an dem hellbraunen Getränk. Wie erwartet, schmeckte es abscheulich. Aber was tat er nicht alles, um seinem Papa eine Freude zu machen. So schnell wollte er seinen frisch erworbenen Bonus als »mein starker Junge« nicht verspielen. Mit gemimter Freude würgte er das widerwärtige Gesöff hinunter. Bevor sie die Bar verließen, spülte er auf der Toilette kräftig mit Wasser nach.

Noch im selben Jahr meldete seine Mutter ihn beim Fußballverein an. »So lernt der Junge wenigstens ein bisschen Sozialverhalten«, meinte sie zu Jacobs Vater.

Jacob hatte keine Ahnung, was »Sozialverhalten« sein sollte. Was er vor allem lernte, war, dass er sich gerne bewegte und es genoss, voranzukommen und sich gegen andere durchzusetzen.

»Zeig mir deine Muskeln«, befahl Jacobs Fußballtrainer oft nach dem Training. Dann spannte Jacob seinen Körper an, und der Trainer zwickte ihn kräftig in den Oberarm. »Da fehlt aber noch was. Du musst mehr Eiweiß essen.«

Mehr Eiweiß essen: Das wurde sein Mantra. Mit der Zeit entwickelte Jacob einen Heißhunger auf Rührei und Omelett, sogar auf Käse und Quark, den seine Eltern stirnrunzelnd zur Kenntnis nahmen. Bald trainierte Jacob sowohl im Schwimm- als auch im Fußballverein nur noch gemeinsam mit den Älteren. »Der Junge hat Potenzial«, behaupteten die Trainer, nur an der Technik müsse er noch feilen.

Für Technik interessierte sich Jacob kaum. Er wollte nur möglichst oft dieses Gefühl in sich spüren, das ihn überkam, sobald er in die Nähe seiner körperlichen Grenzen gelangte. Es war wie damals, als er wütend geworden war und kurz darauf die Krone des Kastanienbaums erreicht hatte. Wenn er durchs Wasser pflügte oder wie ein Wirbelwind übers Spielfeld rannte, begann etwas in ihm zu tanzen. Mit einem Mal fiel Jacob dann leicht, was ihn eben noch angestrengt hatte. Er ahnte, dass diese Euphorie nicht lange anhalten würde. Doch er kostete sie jedes Mal vollkommen aus.

Da war es wieder, das Feuer und das Kribbeln in ihm drin, und wie echtes Feuer verlangte es immer neue Nahrung. Immer schnellere, immer intensivere Bewegungen forderte es ein. Vielleicht würde es Jacob eines Tages verschlingen, aber das war ihm egal. Spürte er doch seit geraumer Zeit immer klarer, dass er, indem er dem Feuer und dem Kribbeln nachgab, genau das tat, wofür sein Körper geschaffen worden war.

»Unser Körper ist nicht dazu da, auf Bürostühlen zu verrotten.« Das sagte sein Papa immer, bevor er ins Fitnessstudio ging. »Wir tun ihm dadurch Gewalt an, und er rächt sich mit Sehnenscheidenentzündungen und Bandscheibenvorfällen.«

Jacob wusste nicht genau, was diese langen Wörter bedeuteten, aber dem Tonfall zufolge, in dem sein Vater sie aussprach, verhießen sie nichts Gutes. Wenn Jacob sich anstrengte, wenn er rannte und schwamm, merkte er, wie seine Muskeln sich bewegten, wie sie größer und härter wurden. Dann durchströmte ihn ein Glücksgefühl, das er bislang nirgendwo sonst erfahren hatte. Nichts kam diesem Gefühl gleich, gar nichts, und Jacob wollte mehr davon haben.

Viermal wöchentlich trainierte er jetzt im Schwimmverein; an den anderen Tagen ging er zum Fußballtraining. Er freute sich unbändig, wenn der Schwimmtrainer ankündigte, dass jetzt mal wieder eine längere Strecke dran sei, tausendfünfhundert Meter Kraulen zum Beispiel. Zum Schein stöhnte er auf wie die anderen. Dann sprang er in die Wellen und ließ sich von seiner Hochstimmung vorwärtstreiben. Beim Fußballtraining bestand Jacob darauf, seine Übungen wie die Großen mit Bleiweste und Gummibändern zu absolvieren. Längst war er stärker als alle seine Klassenkameraden.

In der Schule galt er als rabiat. Seine Lehrerin, Frau Beil, schrieb einen umständlichen Satz in sein Beurteilungsheft: »Jacob ist ein wissbegieriger Junge, der immer wieder über seine eigene Wildheit stolpert.« Er müsse seine Kraft »kanalisieren«, verlangte sie. Genau darauf aber hatte Jacob keine Lust. Waren Kanäle nicht diese stinkenden geführten Flüsse, die das Abwasser transportierten? Und waren die echten Flüsse etwa nicht viel spannender?

Wahrscheinlich hatte sich seine Lehrerin nur an ihm rächen wollen, weil er sie immer wieder »Frau Geil« genannt hatte. Fast alle Erwachsenen wurden verklemmt, sobald irgendetwas »schlüpfrig« wurde, das wusste Jacob. Miriam dagegen, die Klassenbeste aus der ersten Reihe, hatte bei Jacobs Scherz verzückt gelacht. Sie hatte sich sogar zu ihm umgedreht und mit einer unfassbar schönen Handbewegung ihre Brille zurechtgerückt – so fließend und natürlich, wie es nur ein Mädchen vermag. Das war schon einen Eintrag ins Klassenbuch wert gewesen.

Weder seine Freunde noch seine Trainer und schon gar nicht seine Lehrer wussten, was Jacob wirklich empfand. Früher als gedacht hatte er ein Ziel erreicht: Während seiner ersten Schuljahre war Jacob genau das, was Max im Kindergarten gewesen war: ein starker, schneller und vorlauter Junge, der anderen zeigte, wo es langging. Er hielt ihnen seine aggressive Seite hin, damit sie ihn respektierten und ihm niemand mehr Vorschriften machte. In Wahrheit aber, das wusste Jacob mit jedem Schuljahr ein wenig mehr, deckte er damit nur einen Mangel zu. Wenn er Sport machte, war er wie auf Droge. Danach aber rutschte er zuverlässig in einen Schlund aus Fragen, die genauso unbändig waren wie er selbst. Was machte er da eigentlich? Was brachte es ihm, wenn sein Bizeps wuchs? Wo sollte das alles hinführen? Und was war das überhaupt für ein Leben, in dem immer nur der Augenblick zählte und kein umfassendes Konzept existierte – kein Pinsel, um die nahe oder fernere Zukunft auszumalen?

Meist hielt Jacob sich an seinen Vater, der seinen Drang, Grenzen zu verschieben, verstand. In den Momenten aber, in denen die Fragen auf ihn einstürmten und keine aufgedrehte Musik, kein aufgeschlagenes Buch und kein aufregender Kinofilm sie zurückzudrängen vermochten, kuschelte sich Jacob an seine Mutter. Sie war sein Rückzugsort, der sichere Hafen, in dem er immer ankern konnte, wenn Papa ihn mal wieder ein wenig zu weit in die Welt hinausgeschubst hatte.

Sein Vater forderte ihn auf, ›etwas aus sich zu machen‹; er wollte ihn leistungsbereit und offen für Neues. »Eine Herausforderung meistern«, das war Papas Lieblingsfloskel. Immer musste sein Vater sich an etwas reiben, an der Regierung zum Beispiel oder der Aussage irgendeines Radiomoderators. Immer musste er sich und anderen beweisen, dass er dies und jenes besser konnte als sie. Er brauchte das wie die Luft zum Atmen. Sein Papa fühlte sich erst wohl, wenn ihm jemand widersprach oder ihn auf irgendeine Weise herausforderte. Dann stürzte er sich voller Genuss auf seinen Gegner und hörte erst auf zu kämpfen, wenn der andere seine Niederlage eingestanden hatte – sei es aus Überzeugung oder aus Erschöpfung. Das Leben seines Vaters war ein ständiger Wettkampf, daraus bezog er seine Energie.

Jacob ging es um etwas anderes. Sein Vater sah es nicht, aber seine Mutter ahnte es, vielleicht wusste sie es sogar. Bei aller Sportbesessenheit und bei allem Bewegungsehrgeiz kam es Jacob gar nicht darauf an, stärker und besser als andere zu werden. Sein Hauptantrieb war nicht einmal der Wunsch, voranzukommen und zu spüren, wie er sich weiterentwickelte. Nein, was Jacob zu immer neuen Bestleistungen anspornte und dafür sorgte, dass seine Muskeln größer und härter wurden als die der meisten seiner Freunde, war die Tatsache, dass er sich seine Zukunft beim besten Willen nicht vorstellen konnte. Die vor ihm liegenden Jahre blieben unscharf. Jacob hatte eine unerklärliche Angst davor, jahrzehntelang vor einem Bildschirm zu sitzen, um einem Chef zu gefallen. Oder Menschen zu heilen, die er nicht sonderlich mochte. Oder schwungvolle Reden in einem sterilen Gerichtssaal zu halten. Er fürchtete sich vor jeder Routine. Nicht einmal die typischen Jungenträume erfüllten ihn: Feuerwehrmänner trugen unbequeme Klamotten und saßen ansonsten fast immer nur herum. Lokführer wurden rasch dick und mussten ständig erklären, warum sie mal wieder zu spät dran waren. Fußballer ließen sich die Haare wachsen, bis es albern aussah, und zählten bald nur noch ihr Geld. Nichts davon fesselte Jacob wirklich. Er wollte einfach die Gegenwart feiern und möglichst viele Momente erleben, in denen nur zählte, was genau in diesem Augenblick geschah – nicht in fünf Jahren oder übermorgen, nicht in China oder den USA, sondern hier und jetzt.

So kam es, dass Jacob, als ihm seine Mutter die Lieblingsfrage der Erwachsenen stellte und wissen wollte, was er denn später mal machen wolle, als sie ihm damit so unbedarft die Gelegenheit gab, in sich hineinzuhorchen und seine überschaubaren Begabungen zusammenzusammeln, und als sie ihn dadurch zwang, sich selbst in die Augen zu blicken, tiefer als jemals zuvor, um zu sehen, was dort verborgen war, so kam es also, dass Jacob in jenem Moment, noch ehe die Frage verhallt war, mit einer neuen, tieferen Stimme, die keinen Widerspruch zuließ und ihn selbst überraschte, sagte: »Ich will Kickboxer werden.«

Zweites Kapitel
Anna

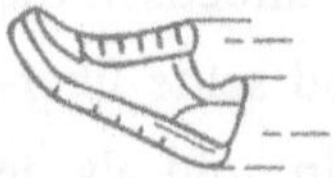
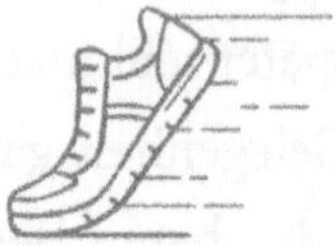

»Anna, komm nach vorn!«

Die Stimme ihres Lehrers durchschnitt die Luft. So kam es Anna zumindest vor.

Eben noch hatte sie vor sich hingeträumt. Vor der Erdkundestunde hatte Luis sie gefragt, ob sie nachher mitkommen wolle zum See. Baden wolle er dort und danach auf Bäume klettern. »Nur ein kleiner Umweg, deine Eltern merken das gar nicht«, hatte er behauptet. Ausgerechnet »Loser-Luis«, der stotterte wie eine kaputte Maschine und fünf Zentimeter kleiner war als sie! Er hatte sich beinahe in die Hose gemacht, als er Anna gefragt hatte, und wenn sie ehrlich war, hatte sie nur deswegen zugestimmt. Sie war gerührt gewesen, dass er ihr zuliebe seine Angst überwunden hatte.

Eigentlich war Anna gut in der Schule. Die Englischvokabeln flogen ihr zu, Matheaufgaben löste sie schneller als die meisten Jungs, in den Deutschaufsätzen tobte sie sich aus und schrieb Dutzende Seiten voll. Nur mit Erdkunde konnte sie nicht viel anfangen. Mal ehrlich: Zeugte es von Intelligenz, wenn man wusste, wie die Hauptstadt von Angola hieß? Das fand man doch mit drei Klicks heraus.

Dass sie die Hausaufgaben nicht gemacht hatte, war inzwischen der Normalfall. Trotzdem brachte sie fast immer gute Noten nach Hause. Ihre Lösungen entwickelte sie aus dem Bauch heraus. Meist lag sie damit richtig. Jetzt aber, das wusste Anna, war sie tatsächlich blank.

Sie erhob sich und bemühte sich, den Rücken durchzudrücken, um Selbstbewusstsein vorzugaukeln – dem Lehrer und sich selbst. Mit federnden Schritten ging sie zur Tafel. In der ersten Reihe saß Luis. Sie warf ihm einen nach Hilfe heischenden Blick zu und meinte einen Sekundenbruchteil, sein angedeutetes Nicken gesehen zu haben.

»So, junge Dame«, blaffte ihr Lehrer sie an. Anna wusste, dass seine Strenge vorgeschoben war. In Wahrheit hatte er Angst, dass die Schüler ihm auf der Nase herumtanzten, wenn er sie respektvoller behandelte. »Dann wollen wir mal sehen, ob du die Hausaufgaben gemacht hast. Wo steht denn die Elbphilharmonie?«

Wirklich, dachte Anna, *die Elbphilharmonie?* Musste man die kennen, um im Leben zu bestehen? Wie konnte ihr das helfen, wenn sie später nach Hause ging und dabei versuchte, einen Bogen um Mia und ihre Gang aus frühpubertierenden Gackerhühnern zu machen? Überhaupt, eine Philharmonie: War das nicht ein Spektakel für Bonzen, kosteten die Eintrittskarten dort nicht Hunderte Euro?

Anna stellte sich so an die Tafel, dass Luis im Rücken des Lehrers saß. Sie sah, wie der Junge in einen imaginären

Burger biss und tat, als läge ihr die Antwort bereits auf der Zunge. Burger, Burger … Hamburger … na klar!

»Die Elbphilharmonie steht in Hamburg«, sagte Anna beinahe eine Spur zu lässig. Als käme es einer Zumutung gleich, ihr eine so einfache Frage zu stellen.

Die Strafe folgte auf dem Fuß.

»Soso. Den Einstieg hast du gut gemeistert.«

Anna hasste es, wenn ihr Lehrer mit ihr redete wie mit einem Dummchen und Dinge aussprach, die sowieso klar waren.

»Aber weißt du auch, welcher Fluss der längste der Welt ist?«

Jetzt begann Luis zu gähnen, das war keine große Hilfe. Der längste Fluss der Welt … Die Donau war es nicht, der Rhein auch nicht. Konnte es der Amazonas sein? Anna hatte gehört, dass dort Anakondas lebten und Kaimane die Gewässer unsicher machten. Luis gähnte jetzt aus Leibeskräften. Er kriegte sich kaum noch ein. Als habe er gerade erst herausgefunden, dass er das überhaupt konnte. Er gähnte wie ein Krokodil, das sein Maul aufreißt, wie ein Flusspferd … ein Nilpferd. Anna musste es versuchen.

»Der längste Fluss der Welt …«, begann sie und legte ihre Stirn in Falten, als müsse sie nachdenken, »… das ist der Nil, wenn man den Weißen Nil als Quellfluss nimmt.«

Luis hatte ein weißes Blatt Papier emporgehoben und mit den Händen den Buchstaben »Q« geformt, was gar nicht einfach zu bewerkstelligen war. Er warb durchaus kreativ um sie, das musste Anna ihm lassen.

»Sehr gut, Anna.«

Erstmals, seit sie ihm gegenüberstand, sprach der Lehrer sie mit ihrem Namen an. Das war ein gutes Zeichen. Offenbar hatte sie ihn beeindruckt. Puh, das dürfte geschafft sein.

»Eine Zusatzfrage noch, Anna. Wenn du die beantwortest, bist du echt gut. Wo in Europa befindet sich ein über zweitausend Kilometer langes Kanalsystem, dessen Ursprünge auf das vierzehnte Jahrhundert zurückgehen?«

Ihr Lehrer sah sie neugierig an. Anna wusste, dass er sie für lange Zeit in Ruhe lassen würde, wenn sie diese Frage beantworten konnte. Leider hatte sie keinen blassen Schimmer, von was er da sprach. Sie war sich nicht einmal sicher, ob Luis die richtige Antwort kannte. Und ob er die Frage verstanden hatte. Sie hatte das definitiv nicht. Luis machte jetzt eine überaus seltsame Geste. Er öffnete die Beine und deutete mit dem rechten Zeigefinger auf seinen Schoß. Was sollte das nun wieder? Waren echt alle Jungs so versaut, wie es ihr Vater immer behauptete? Noch einmal zeigte Luis eindeutig auf die prekärste Stelle seines Körpers. Sein Gesicht lief dabei glutrot an, und Anna hoffte, dass ihr Lehrer dadurch keinen Verdacht schöpfte. Da endlich durchzuckte es sie.

»Pariser!«, rief sie ein wenig zu freudig.

»Was bitte?« Ihr Lehrer sah sie fassungslos an.

»Ähm, Paris, meine ich natürlich. Paris. Das weiß man doch«, behauptete sie. Sie hatte ihre Selbstsicherheit wiedererlangt. »Davon hatten wir es doch in den Hausaufgaben.« Anna lächelte siegesgewiss. Im selben Moment läutete die Schulklingel zur Pause.

»Das war voll eklig, Luis«, sagte Anna, als der Junge mit krebsrotem Gesicht neben sie trat. Aber sie sagte es mit einer

Stimme, die eine Terz tiefer lag als sonst. Wenig später sprangen sie beide in den See, dann blickten sie vom Blätterdach herab auf die vor ihnen liegende Stadt. Obwohl Anna sich zurückhielt, merkte sie, dass sie Luis haushoch überlegen war – beim Schwimmen und beim Klettern. Waagrecht war sie im Wasser gelegen und hatte die Arme in kraftvollen Kraulzügen nach hinten durchgedrückt, ihren Trizeps immer unter Spannung gehalten, während Luis neben ihr strampelte und japste wie ein junger Hund. Am Ende musste sie ihm sogar helfen, auf die oberen Äste des Baumes zu gelangen. Ein wenig wunderte sie sich, wie leicht es ihr fiel, die Jungen ihres Alters sportlich zu übertrumpfen. Obwohl die so ein Aufheben um ihre Muskeln machten. Wahrscheinlich lag das an den Ballerspielen und Videoclips, nach denen sie süchtig waren, während Anna sich um so etwas nie geschert hatte.

Stattdessen war sie immer schon bei jedem Wetter draußen herumgetollt. In jeder Wohnung fühlte sie sich früher oder später eingesperrt.

»Zigeunerin«, so rief ihr Bruder sie, wenn sie mal wieder mit durchnässtem T-Shirt oder einer Schramme im Gesicht nach Hause kam. »Wie soll ich dich beschützen, wenn ich keine Ahnung habe, wo du steckst?«

Das meinte er nicht ernst. Er wusste, was alle sahen, denen sie begegneten: Wenn es hart auf hart käme, wäre es Anna, die ihren Bruder beschützen müsste, obwohl der zweieinhalb Jahre älter war als sie.

Immer schon war es so gewesen. Als Anna anderthalb war, hatte sie ihrem Bruder im Streit einen Märklin-Schienenstrang aus der Hand gerissen. Sie hatte so wild daran gezogen, dass die Schiene in der Mitte durchgebrochen war. Ihr Bruder hatte aufgeschrien; das war seine Bahn, er hatte sie gerade erst zum vierten Geburtstag geschenkt bekommen. In seiner Wut hatte er Anna in die linke Schulter gebissen, sein Zahnabdruck war noch Wochen später zu sehen gewesen. Trotzdem war Anna noch im selben Moment klar geworden, dass sie die Stärkere war. Hatte ihr Bruder sie doch zuerst schlagen wollen, bevor er zurückgezuckt hatte, trotz allem Zorn zurückgezuckt – weil er Angst gehabt hatte, dass sie zurückschlug.

Anna wurde von ihrer Mutter natürlich ausgeschimpft, während ihr Bruder ungeschoren davonkam. Sie hatte sehen können, wie er ihr hinter dem Rücken der Mutter die Zunge herausstreckte. Zur Strafe bekam sie außerdem keinen Nachtisch. Erst viele Jahre später hatte Anna verstanden, dass ihre Mama ein klares Bild von ihr vor Augen hatte. Sie hatte ihre Tochter härter drangenommen als ihren Sohn. Ohne es jemals zugeben zu können, hatte sie sich Anna als eine Art feinsinnige Künstlerin vorgestellt und war überrascht gewesen, als ihre Tochter sich als ungestüm und furchtlos entpuppte. Annas Mutter hatte es nicht leicht: Neben ihrem Mann, einem lebensfrohen Architekten, und Annas vorlautem Bruder stand sie auf verlorenem Posten, ein hartnäckiger Zivilisationsrest in einem Meer aus Testosteron. In ihrem Kampf um Vernunft und Manieren entging ihr jedoch, dass sie Anna, statt sie zur Komplizin zu machen, mit jedem »Ein Mädchen tut so etwas nicht!« weiter in die Emanzipation drängte.

Als Anna zweieinhalb war, wollte sie unbedingt allein auf den Wickeltisch klettern.

»Wie willst du da raufkommen?«, fragte ihre Mutter.

»Mit deinen Stummelfüßen!«, fügte ihr Bruder hinzu.

Da holte Anna eine Holzkiste aus dem Wohnzimmer. Sie stellte einen leeren Wasserkasten darauf und bat ihre Mutter, das Kunstwerk mit einem Hocker aus dem Badezimmer zu krönen. Dann zog sie sich an dem wackeligen Turm empor. Ihre Mutter streckte die Hand aus, um Anna zu sichern, doch Anna schlug sie weg. Dabei rutschte sie aus und landete unsanft auf dem Po.

»Siehste«, meinte ihr Bruder.

Doch bevor er etwas hinzufügen konnte, hatte Anna sich schon wieder aufgerappelt und kletterte erneut den schiefen Turm empor. Dreimal wiederholte sich das, und jedes Mal jammerte ihre Mutter lauter, dass Anna doch endlich vernünftig werden solle, außerdem sei längst Schlafenszeit. Dann aber klammerten sich Annas Hände am oberen Rand des Wickeltischs fest. Sie stellte ihre Füße in die Zwischenfächer, zog sich empor und ließ sich dann mit einem glückseligen Lächeln auf die weiche Wickelunterlage plumpsen.

»Allein geschafft«, vermeldete sie, und ihre Mutter konnte dazu nur noch seufzen.

Von da an kletterte Anna nie mehr auf den Wickeltisch. Als wäre es nur darauf angekommen, ihrer Mama zu zeigen, wozu sie fähig war, verweigerte sie fortan jede Windel und wurde innerhalb von zwei Tagen trocken. In der Woche darauf verkaufte ihre Mutter den Wickeltisch. Sie nannte Anna von da an gerne »Mein kleiner Sturkopf«, es schwang eine Spur Stolz in ihrer Stimme mit. Natürlich machte Annas Bruder sofort »gemeiner Stierkopf« daraus.

In Wahrheit brauchten beide, Anna und ihre Mutter, die Reibung an dem jeweils anderen. Sie zogen ihre Kraft daraus. Anna, weil sie von klein auf darauf gepolt war, Widerstände zu überwinden, und ihre Mutter, weil sie sich nur dadurch als Gegenmodell zu den Männern in ihrem Haushalt entwerfen konnte. Ohne es zu bemerken, begoss Annas Mutter damit unermüdlich den ohnehin vorhandenen Hang ihrer Tochter zur Rebellion. Was Anna fuchsteufelswild werden ließ – erst unbewusst und später, als sie älter geworden war, immer deutlicher –, war, wie eng ihre Mutter mit ihrer Umgebung verflochten war. Wie willentlich sie sich gesellschaftlichen Urteilen auslieferte und sich zu eigen machte, was gerade in Mode war. Wenn ihre Mutter zum Beispiel die Zeitung las und den Kopf schüttelte – schlimm, schlimm, das alles –, ohne zu fragen, warum gerade jetzt gerade das in gerade dieser Zeitung abgedruckt wurde. Wenn sie ihrem Nachbarn beipflichtete, dabei sogar dessen Körperhaltung imitierte, und kurz darauf der Marktfrau genau das Gegenteil bestätigte, ohne sich des Widerspruchs bewusst zu sein. Wenn sie in ein Gespräch, ein Telefonat, einen Chat wie beiläufig einstreute, dass sie einen BMW fuhr, ohne zu merken, wie affig das klang. Aus Annas Sicht hatte ihre Mutter nicht genügend Energie eingesetzt, um eigene Maßstäbe zu entwickeln, und darum einfach die der anderen Leute übernommen. Es ging ihr nicht unbedingt schlecht damit, sie war nicht unglücklich. Aber glücklich war Annas Mutter auch nicht. Sie war so lange auf der bequemen asphaltierten Straße ihres Lebens entlanggegangen, dass sie die Abzweigungen zur Linken und zur Rechten gar nicht mehr bemerkte. Jetzt war es ihr nicht mehr möglich, ihrem Leben eine neue Wendung zu geben.

Ihren Vater nahm Anna in den ersten Jahren vor allem als Lücke wahr. Was sie über ihn wusste, kam von ihrer Mutter. Und die sagte für gewöhnlich, dass Papa nach Leipzig oder nach Erfurt gefahren war. Und dass irgendwann einmal ein Haus oder eine Fabrik nach ihm benannt werden würde. Anna war das vollkommen egal. Sie wollte ihren Vater bei sich haben. So aber wurde sie vor allem von ihrer Mutter mit ›Ein Mädchen tut so etwas nicht!‹ erzogen, deren Strenge gemeinsam mit den Neckereien ihres Bruders sie zu immer neuen Ausbrüchen provozierte.

Oft zog sie sich in ihre »Höhle« zurück, eine Zimmerecke, in der sie mehrere Bettlaken an Regale geknotet und über Stuhllehnen geworfen hatte. Im Halbdunkel drehte sie die Musik ihres MP3-Players auf und verlor sich in Träumen, in denen sie durch schier endlose Wälder lief und Faustkämpfe gegen ihre blöden Schulkameradinnen gewann. Wenn sie gestört wurde, schrie sie vor Wut, und einmal verkrampften sich ihre Fingernägel so stark um das Handgelenk ihres Bruders, dass der von da an eine Narbe mit sich trug. Er beschwerte sich fürchterlich darüber und hielt seiner Schwester diese Attacke noch Jahre später vor, doch Anna hatte mitbekommen, wie er einigen Mädchen seiner Klasse seine Errungenschaft voller Stolz vorgeführt hatte.

Es brauchte nicht viel, um ein Feuer in Anna zu entfachen. Ein Funke genügte, ein einziges Wort, eine missverständliche Geste, eine krude Idee. In Anna wohnte ein Kobold, ein Klabautermann, der sie pausenlos antrieb. Zu Höchstleistungen, bei denen sie andere staunend zurückließ, aber auch zu Übersprungshandlungen, die sie im Nachhinein bereute. Begabt war sie für Bewegungen aller Art, unberechenbar und immer auf dem Sprung ganz woanders hin. Anna hatte es damit vollbracht, so ziemlich das Gegenteil ihrer Mutter zu werden.

Dann kam der »Zirkus Thomas« in die Stadt. Überall hingen Plakate mit tanzenden Elefanten und galoppierenden Pferden, und Annas Lehrerin sagte, dass morgen alle zusammen die Mittagsvorstellung besuchen würden. Damit waren die ersten Klassen gemeint, zu denen Anna mittlerweile gehörte.

»Was für ein bescheuerter Name«, meinte Lea. »Die hätten sich was Schwungvolleres ausdenken sollen! *Circus Tomasini* zum Beispiel, *Die tanzenden Thomasse* oder meinetwegen *Circus Samoht.*« Sie kicherte in sich hinein, als sie versuchte, den Namen rückwärts auszusprechen.

Lea war Annas beste Freundin. Das behauptete sie zumindest, auch wenn Anna herzlich wenig zum Erhalt ihrer Freundschaft beitrug. Lea lackierte sich die Fingernägel in Regenbogenfarben, sie stolzierte herum wie eine kleine Königin. Wenn sie aß, hielt sie die Gabel, als balanciere sie ein frisch geschlüpftes Küken; und wenn sie trank, nippte sie Dutzende Male geräuschlos am Glas. Anna dagegen rannte in zerschlissenen Jeans und alten Pullovern herum. Beim Essen schloss sie die rechte Faust grimmig um die Gabel und leerte, wenn sie Durst hatte, ihr Glas in einem Zug. Das machten die Jungs auch so, und niemand beschwerte sich darüber. Überhaupt durften die Jungen eine ganze Menge. Sogar Thorben, der schon ächzte, wenn er einen Ball nur vom Boden aufheben sollte, durfte diesen gegen die Wand des Schulgebäudes kicken, dass es krachte. Er durfte auch Fahrradunfälle provozieren und versuchen, auf die umliegenden Bäume zu klettern – dabei ahmte er mit Vorliebe einen Affen nach.

»Bist halt ein Mädchen«, sagte er, als Anna einmal fragte, warum sie nicht mitspielen durfte. Und dass ihre Muskeln nie stark genug sein würden, um mit einem Jungen gleichzuziehen. Dass er damit einen wunden Punkt getroffen hatte, musste Thorben im nächsten Moment klar sein, als Anna ausholte und ihm wütend ins Gesicht schlug. Thorbens Lippe sprang auf und beide, Anna und Thorben, starrten einander verwundert an.

Eigentlich hatte Anna gar nicht so stark zuschlagen wollen. Thorben hatte sie schon mehrmals geneckt. Wenn er dabei grinste, konnte man ihm nicht böse sein. Dieses Mal aber hatte er zu grinsen vergessen. Jungen ertrugen einfach nicht, dass ein Mädchen sie körperlich übertrumpfte. Das war in ihrem Weltbild nicht vorgesehen, es machte sie rasend. Anna wiederum fühlte sich desillusioniert. Thorben hatte ihr Problem offengelegt: Anscheinend erwartete ihre gesamte Umgebung, dass sie gegen ihre eigene Natur ankämpfte und sich Dinge versagte, selbst wenn sie wirklich gut darin war. Das war nicht fair!

Immerhin murmelte Thorben, als ihn die Lehrerin nach der aufgesprungenen Lippe fragte, etwas davon, dass er gestolpert sei. Er nahm sogar den Spott der anderen Jungs in Kauf, die »Riskier' halt keine dicke Lippe!« und »Ein klarer Fall für Torkel-Thorben« riefen, »… und zwar ein tiefer Fall!«

Annas kompromisslose Reaktion hatte Thorben sichtlich beeindruckt.

Im Zirkus langweilte sich Anna zunächst. Clowns wechselten sich mit Pferdenummern ab. Annas Freundinnen jubelten bei den vorhersehbaren Späßen und bewunderten die geschmückten Schimmel, die doch nur im Kreis herumtrabten.

Dann aber betrat ein Artistenpaar die Manege, und augenblicklich änderte sich die Stimmung. Die Musik, gerade noch angetrieben von dumpfen Trommelschlägen und knarzenden Blechbläsern, verstummte, ehe sie mit Cellotönen und Klavierakkorden wieder einsetzte. Der Zirkusdirektor, der bislang noch jede Nummer mit reißerischen Sätzen angekündigt hatte – vor der Pferdeshow hatte sich seine Stimme beinahe überschlagen –, war nirgendwo zu sehen. Dem Paar machte das offenbar nichts aus.

Von dem Moment an, als die beiden zur Mitte der Manege gingen, war Anna hellwach. So selbstsicher setzten beide, der Mann und die Frau, ein Bein vor das andere, dass ihren Schritten etwas Unumstößliches anhaftete. Wer sie sah, wusste im selben Augenblick, dass diese beiden jetzt nirgendwo sonst sein wollten. Sie waren auf eine Weise präsent, wie Anna es noch nie erlebt hatte. Als sei es das Selbstverständlichste der Welt, hob der Mann die Frau jetzt mit beiden Armen über seinen Kopf. Dort oben drehte sie sich um die eigene Achse, vollführte Handstände und spannte ihren Körper wie eine Bogensehne. Dabei lächelte sie, als räkele sie sich gerade auf einem Sofa. Direkt unter ihrer Haut bewegten sich Muskeln wie Schlangen. Bei jeder Bewegung formten sie Hügel und

Täler. Das sah ein bisschen aus wie die Knetmasse, aus der Anna so gerne Landschaften formte.

»Ekelhaft«, befand Lea, als der Strahl eines Scheinwerfers die Schulter des Mannes streifte und ein paar Schweißtropfen sichtbar machte. Sie blickte Beifall heischend zu Anna, die aber hatte nur Augen für das Schauspiel. »Hör bloß auf, diesen Kerl da anzuschmachten«, stichelte Lea.

Sie hatte nichts begriffen. Anna war auf die Frau fixiert. Klar, der Mann da vorne hatte Muskeln, das war zumindest mal was anderes als bei den unförmigen Eltern, die ihre Sprösslinge von der Schule abholten. Die Frau aber vermochte es, im Handstand ihr ganzes Gewicht auf dem linken Arm ruhen zu lassen. Als sie am Ende lautlos auf den Boden sprang, verharrte nicht das kleinste Quäntchen ihres Körpers auch nur für eine Zehntelsekunde länger als nötig in der Abwärtsbewegung. Es war, als hätte die Frau für einen Lidschlag die Schwerkraft überwunden.

Die Musik hatte aufgehört zu spielen. Es war mucksmäuschenstill im Zelt. Anna konnte die langen Atemzüge der Frau hören. Sie roch den Sand der Manege, den Staub und das Popcorn, das um sie herum gegessen wurde. Sie spürte, wie sich ein Windhauch durch die Ritzen der Zeltplane stahl und an ihrem erhitzten Gesicht vorbeihuschte. Als Anna klatschte, als Einzige zuerst, starrte Lea sie empört an. Die Frau verbeugte sich, verteilte Kusshände. Dann trat sie zum Rand der Manege, blickte Anna in die Augen und zeigte ihr einen nach oben gestreckten Daumen.

Von da an war Anna wie ausgewechselt. Sie ging wie eine Tänzerin auf den Fußballen, statt bei jedem Schritt über die

Ferse abzurollen. Sie saß aufrecht, zog sich elegant an und wurde eine aufmerksame Grundschülerin. Ihre Wildheit schlug nur noch durch, wenn sie Sport trieb. Da war sie ganz bei sich, war uneingeschränkt präsent, wie es die Akrobatin gewesen war. Anna begann zu reiten. Sie liebte das Gefühl, ein großes Tier mit der Kraft ihrer Oberschenkel zu dirigieren. Beim Segeln schaffte sie es besser als die anderen, den Wind für sich arbeiten zu lassen. Vor allem aber wirbelte sie beim Bodenturnen über die Matte. Bald hatte sie sich den schleichenden und zielbewussten Gang der Turner angeeignet. Ihr Körper wies ein angedeutetes Hohlkreuz auf; er wirkte elastisch und leicht gedrungen, ihre Arme wurden fest und hart. Bei lokalen Wettkämpfen holte sie Medaillen.

Im Gymnasium kam sie als eines von vier Mädchen in eine Klasse voller Jungs. Das machte ihr nichts aus. Ihre Klassenkameraden umschwänzelten zwei der Mädchen, deren Schönheit gerade erblühte. Anna wusste, dass sie es nicht ernst meinten; sie betrachteten das Ganze eher als Übung. Die vierte galt als unattraktiv und machte keinen Hehl daraus, dass sie von Jungen überhaupt nichts hielt. An Anna wiederum traute sich kaum jemand heran. Es beunruhigte ihre Mitschüler, dass sie fünfzehn Klimmzüge schaffte, ohne sich wirklich anzustrengen, Flickflacks aneinanderreihte und aus dem Stand auf das Lehrerpult springen konnte. Wahrscheinlich hatten ihre Eltern ihnen eingetrichtert, dass sie die Stärksten sein mussten, die Besten, die Anführer, so wie Annas Mutter ihr gesagt hatte, dass eine Dame dies und jenes nicht tun solle. Dann jedoch setzte man ihnen jemanden vor die Nase, der sie in beinahe allen Disziplinen ausstach. Das musste nerven. Die meisten von ihnen verrannten sich daraufhin in Musikangebote oder Science-Fiction-Serien. Möglichst weit weg vom Alltag mit seinen Einschränkungen und Zumutungen. Sie zogen sich an wie ihre Comic-Idole, verwendeten böse amerikanische Wörter, begannen Gewichte zu stemmen – und fanden einfach keine Möglichkeit, ihre Umgebung zu ihren Gunsten zu formen. Wie zu Hause gegenüber ihrem Bruder war Anna stärker als sie. Statt in digitale Welten abzutauchen, interessierte sie sich vor allem für das, was sie unmittelbar umgab.

Nur mit Luis hatte sich Anna angefreundet. Dem wurden seine Unzulänglichkeiten täglich vor Augen geführt, da half keine Flucht in Fantastereien. »Omega«, nannte ihn Michael, der Rädelsführer der Klasse. Omega, wie der schwächste Wolf im Rudel, der von den anderen drangsaliert wurde.

Anna und Luis waren ein ungleiches Paar: Um seine körperlichen Defizite wettzumachen, dozierte er gerne über irgendwelche Theorien und grundlegende Prinzipien, während sie ihm von ihren Turnwettkämpfen erzählte.

Eines Tages im Februar kam Luis in die Schule und humpelte.

»Warst du Ski fahren?«, fragte Anna ihn.

Luis druckste herum. Das entsprach nicht seiner Art. Anna war auf einen Vortrag über die besten Methoden, während der Schussfahrt einem Hindernis auszuweichen, gefasst gewesen. Unerklärlicherweise hatte sie sich sogar darauf gefreut.

Stattdessen drückte sich Michael zwischen die beiden. »Tut's noch weh, Omega?«

Da wurden Anna zwei Dinge klar: Luis humpelte wegen Michael. Und: Wenn das je aufhören sollte, musste sie dem Jungen eine Abreibung verpassen.

In der großen Pause bekam sie Gelegenheit dazu. Da stand Michael im Kreis seiner Bewunderer und prahlte. Ein Holz habe er durchgeschlagen, behauptete er, das sei dick wie ein Eichentisch gewesen. Dabei spannte er seinen Bizeps an.

»Was für ein ungehobelter Kerl«, meinte Leni mit gespielter Abscheu. Sie war eines der beiden umschwänzelten Mädchen. Anna merkte sofort, wie sehr sie sich in Wahrheit für diesen Bizeps interessierte. Dabei wusste Anna, dass es kein Holz gegeben hatte, oder bestenfalls ein Hölzchen. In Wahrheit war Michael, der sich so gern als Straßenkrieger aufführte, so wie fast alle der Jungs bloß ein gelangweilter Sprössling mittelreicher Eltern. Der wollte nur spielen. Anna fasste sich ein Herz.

»Pass auf, du Lackaffe«, sagte sie, »wenn ich dich im Armdrücken besiege, hörst du auf, solchen Blödsinn zu faseln und machst stattdessen meine Erdkunde-Hausaufgabe. Einverstanden?«

Sofort wurde es still. Michael starrte sie an. Annas Angebot war ungeheuerlich. Dabei war es taktisch einwandfrei, das musste man zugeben. Gewann Michael, würde er dadurch kaum einen weiteren Bewunderer bekommen. In der Königsdisziplin gegen ein Mädchen zu verlieren aber wäre die größtmögliche Demütigung. Fast tat ihr der Junge ein wenig leid. Sie wusste, dass Michael Respekt vor ihr hatte. Trotzdem musste er den Kampf gegen sie annehmen. Im Handumdrehen waren die Klassenkameraden um ihn herum zu seinen schlimmsten Feinden geworden.

»Ich drücke nicht gegen Mädchen«, versuchte er sich noch herauszuwinden. Da aber hatten einige der Umstehenden schon ein Tischchen auf den Boden gestellt.

Anna war klar, worauf es jetzt ankam. So gut wie alle Kämpfe wurden entschieden, bevor sie begannen. Sie starrte Michael an, ohne zu blinzeln. Mit kalten Augen, das hatte sie zu Hause vor dem Spiegel geübt, nachdem sie es in ein paar Kurzfilmen gesehen hatte.

Michael wurde erkennbar nervös; er witzelte herum, sprach schneller als sonst. Mit welcher Hand er sie besiegen solle, fragte er großspurig. Sein ganzer Nimbus als toller Hecht stand zur Disposition. »Ach komm, dich pack' ich mit links«, meinte er dann.

Als es losging, war Anna überrascht, wie stark Michael dann doch war. Zum Glück hatte Luis ihr wenige Tage zuvor ein paar Tricks verraten, die konnte sie jetzt anwenden. Sie drehte ihr Handgelenk zu sich, sodass ihre Hand leicht oberhalb der von Michael lag, und grub ihre Fingernägel in sein Fleisch. Sofort wankte der Turm aus ihren beiden Armen ein gutes Stück nach rechts. Das war wichtig, vor allem am Anfang. Es war viel schwerer, von unten her schräg nach oben zu drücken, statt andersherum. Nachdem Anna so die Schwerkraft zu ihrer Verbündeten gemacht hatte, begann sie zu lächeln, siegesgewiss, obwohl alles in ihr schrie.

»Armdrücken, das ist zwanzig Prozent Kraft und achtzig Prozent Schauspiel«, hatte Luis ihr gesagt. Das war kurz bevor es ihm gelungen war, ihre Hand auf den Tisch zu drücken.

Anna spielte überzeugend. Auf Michaels Stirn bildeten sich erste Schweißtropfen. Jetzt kam der schwierigste Teil.

Schubweise presste Anna ihre Hand dem Tisch entgegen, immer wieder rang sie Michaels Arm ein Quäntchen weiter herab. Vor allem aber funkelte sie Michael wütend an. Das war kein Schauspiel mehr. Fuchsteufelswild war sie jetzt, wie damals, als ihr Bruder sie in ihrer Höhle gestört hatte. Sollte sie etwa immer das nette kleine Mädchen sein, das sich ihre Mutter so gerne gewünscht hätte? Das, mit dem die Jungen machen konnten, was sie wollten? Jeder Muskel in Annas Körper war bis kurz vorm Zerreißen gespannt, wie sie es bei der Zirkusakrobatin gesehen hatte. Michael mochte Gewichte stemmen; übereinstimmenden Berichten zufolge hatte er eine Hantelbank im Keller. Anna aber war eine Turnerin. Die saß nicht auf irgendwelchen Geräten herum, um ab und zu Eisenstangen emporzuheben, sondern trieb ihren Körper über immer neue Grenzen hinweg. Beim Bodenturnen fühlte sie sich erst wohl, wenn sie etwas fast Unmögliches zum Unwahrscheinlichen degradiert hatte und es dann einfach machte. Sie ließ Michael alles verkörpern, was sie hasste. Die Großspurigkeit, hinter der sich fast immer so enttäuschend wenig verbarg. Die Selbstverständlichkeit, mit der er ihr Dinge vorenthalten wollte. Die beschissene Heuchelei einer Gesellschaft, die Mädchen wie Anna kleinzumachen versuchte. All das schrie sie ihm ins Gesicht. Es fehlte nicht viel, und sie hätte ihm wirklich die Augen ausgekratzt. Da durchlief Michael ein Zittern. Sein Arm sackte mitsamt dem nutzlos gewordenen Bizeps unter dem ihren weg. Anna hörte, wie seine Hand mit einem dumpfen Geräusch auf dem Tisch aufkam.

Sie hatte gewonnen.

Luis dankte es ihr nicht. Er verhielt sich seltsam. Erst schwieg er zwei Tage lang, dann begann er zu dozieren, wie es selbst Anna nie von ihm gehört hatte.

»Weißt du, dass es viele Arten von Stärke gibt?«, fragte er Anna, während die beiden eine Schulstunde schwänzten – Musik, das war nicht weiter tragisch. »Ein starker Körper, klar, das sieht man am ehesten. Zum Beispiel, wenn du Michaels Arm runterdrückst. Aber es gibt auch eine Stärke im Kopf. Die zeigt sich, wenn du im Erdkundeunterricht improvisierst und nicht die Nerven verlierst.«

Anna starrte Luis an, sie erkannte ihn kaum wieder. Was machte er da bloß? Wie alt waren sie denn, hundert vielleicht?

»Dann ist da noch so eine Art Echtheit. Ist doch stark, wenn man sich nicht verstellt, sondern weiß, wer man ist, oder?«

Mach jetzt keinen Unsinn, Luis.

»Und all diese Stärken hast du, Anna«, schloss er und schaute sie ganz komisch an. »Du bist der stärkste Mensch, den ich kenne.«

Zu spät. Dieser Junge kannte Anna besser als sie sich selbst. Der sah durch ihre Wildheit hindurch und machte sich wirklich etwas aus ihr. Vielleicht konnte einer wie Luis ihr tatsächlich ein stabiles Leben bieten.

Da wusste Anna, dass sie keine Zeit mehr mit ihm verbringen würde.

Drittes Kapitel
Alexander

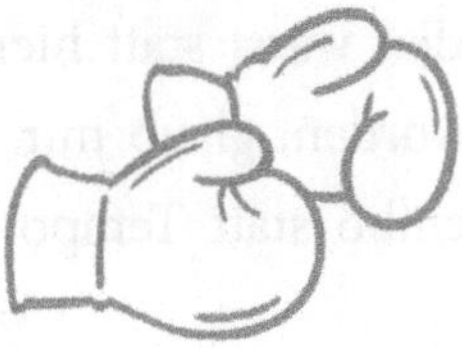

»Kickboxer? Was soll das sein, ein Beruf etwa?«

So was musste sich der Jacob dauernd anhören. Vor allem früher, als seine Mutter noch daheim gelebt hat. Da hat sie ihm immer eine Szene gemacht. Dass er eines Tages in der Gosse landen oder auf die schiefe Bahn geraten würde. Die hat gar nicht verstanden, was in ihm rumort. Als sie gemerkt hat, dass er es ernst meint mit dem Boxen, hat sie sich davongemacht. Nein, das stimmt nicht: Eigentlich war das schon wegen Jacobs Vater. Weil dem klar wurde, dass in der Familie plötzlich alle auseinanderstreben. Das ist, wie wenn man einen Stein in einen See wirft und alles, was bis dahin noch zusammen auf einem Fleck war, plötzlich nur noch wegwill.

Egal. Jedenfalls hat Jacobs Vater dann angefangen zu trinken. Jeden Abend hat der eine Flasche Wein geköpft. Ist ganz schön aus dem Leim gegangen. Unförmig ist der geworden, und dann hat er sich noch einen Bart stehen lassen. Das wäre ja nicht so schlimm, wenn er ihn gepflegt hätte, doch so wucherte er wild, bis jeder gesehen hat, dass mit dem was nicht stimmt. Das ist erst besser geworden, als der Jacob gesagt hat, dass er trotz allem bei seinem Papa leben will. Vielleicht auch, weil der halt hier in München geblieben ist, wo der Jacob seine Schule und sein Kickboxen hat. Seine Mama ist dann zurück nach Nürnberg gegangen. Nein, das liegt nicht mehr in Bayern. Das ist in Franken. Wenn du da oben Trainer geworden wärst statt hier, wär das eine ganz andere Nummer geworden, glaub mir. Die reden da völlig verquer, machen Dembo statt Tempo und »ärchern« sich nicht mal drüber.

Egal. Jedenfalls will ich jetzt mal deine Fragen beantworten, wenn's recht ist. Also, wie kämpft der Jacob? Da würd' ich sagen, dass der das gar nicht als einen Kampf sehen würde. Nein, wirklich. Der Jacob, das ist einer, der horcht in sich hinein, und dann macht er das, was ihm seine innere Stimme oder weiß der Himmel wer sagt. Der geht einfach immer einen Schritt weiter als die anderen. Also als diejenigen, die noch auf Einwände hören oder auf irgendwelche Drohungen reagieren. Die so was wie eine Grenze kennen. Mit vierzehn war der Jacob mal auf eine Gartenparty eingeladen. Da hat irgendein Scherzkeks nach ein paar Bier gesagt, dass er gerne mal den Strommast da hinaufklettern würde. Hat er dann nicht gemacht, aber der Jacob hat diesen Blick bekommen, den ich damals noch nicht gekannt hab. Setzte sich ins Gras und stierte vor sich hin. Ich dachte, dass der jetzt trübsinnig wird oder so, doch dann steht der auf, geht rüber zum Brückenpfeiler, springt zur ersten Stufe der Stahlleiter und klettert rauf. Ganz rauf, meine ich. Der hat sich nicht darum geschert, was die Leute unter ihm gerufen haben: Er möge doch zur Vernunft kommen, da oben gebe es nichts zu holen, so ein Zeug eben. Er ist dann wieder runtergeklettert und hat sich ins Gras gesetzt wie zuvor.

Glaub mir, der Jacob ist nicht auf die Bewunderung der anderen aus. Damit kriegst du ihn nicht. Der steht nicht so auf die typischen Sachen: ein geregeltes Einkommen, ein tiefergelegtes Auto, guter Sex, was weiß ich. Der Jacob braucht stattdessen Aktionen wie die Strommastkletterei, weil das Bedürfnis aus ihm selbst kommt. Vielleicht spürt er nur dann, dass er wirklich lebt, und dass die Entscheidungen, die er trifft, die Realität um ihn herum beeinflussen.

Überhaupt: spüren. Das macht den Jacob aus. Der boxt nicht so gut nach Regeln und Abläufen. Mit auswendig gelernten Kombinationen und so 'nem Quatsch kannst du ihn jagen. Stattdessen lässt er sich von seinem Gefühl leiten. Ja, so kämpft der Jacob, wenn du mich fragst: Der spürt, was los ist. Liest den Gegner aus und überrascht ihn mit seiner Reaktion, bevor der andere seinen Schlag landen kann. Der ist irgendwie viel tiefer im Hier und Jetzt verwurzelt als wir. Ist immer präsent und nie abgelenkt. Ich weiß nicht, wie er das macht, echt nicht. Vielleicht ist ihm seine Vergangenheit ja schnuppe, und an die Zukunft denkt er nicht einmal. Vielleicht hat er auch Augen ähnlich wie ein Gecko und sieht alles um sich herum wie in Zeitlupe. Da kann er sich natürlich in Ruhe überlegen, wie er meinen Schlag pariert und mir anschließend den Hintern versohlt, der Scheißkerl.

Egal. Jedenfalls passt ganz gut, dass der Jacob die Nacht liebt. Nein, nicht die Macht: die Nacht. Den lässt du am besten mit verbundenen Augen kämpfen oder spät am Abend Seilspringen, dann merkst du, was in ihm steckt. Der Jacob hat zum Beispiel den Mammutmarsch geschafft. Kennst du nicht? Da geht man hundert Kilometer zu Fuß; man fängt nachmittags an, marschiert die Nacht durch und ist tags darauf wieder zurück am Ausgangspunkt. So was macht der Jacob. Der hat sich auch mal im Deutschen Museum einsperren lassen. Kennst du, oder? Weiß ja nicht, ob du so was bei euch in Düsseldorf auch hast. Wahrscheinlich nicht.

Egal. Der Jacob klettert also am frühen Abend in dieses Segelschiff, und als die Ansagen kommen, dass das Museum schließt, ist er mucksmäuschenstill. Liegt zweieinhalb Stunden da drin; da kann ich mir Spannenderes vorstellen, echt wahr. Später hat er mir gesagt, dass er dort alle Sinne angespannt hat. Dass er eine Maus am anderen Ende des Flurs gehört hat und dass ich keine Ahnung hätte, was in so einem großen Museum nachts los sei. Ich bin mir nicht sicher, ob unser Jacob stattdessen nicht einfach eingepennt ist. Und ob es wirklich Mäuse gibt an einem Ort, den anderthalb Millionen Menschen im Jahr besuchen. Aber sei's drum. Jedenfalls hat er sich erst nach zweieinhalb Stunden bewegt, und natürlich kam dann gleich ein Nachtwächter angerannt. Weil, die sind ja nicht blöd. Die haben Bewegungsmelder und Infrarotkameras und all so ein Zeug. Der Nachtwächter kommt also angerannt, das war so ein gelangweilter Fernsehglotzer mit Brille. Unser Jacob war dem haushoch überlegen, auch damals schon, mit sechzehn. Aber was macht er? Rennt nicht weg, schlägt nicht zu und nichts. Stattdessen wartet er seelenruhig vor diesem Segelschiff. Wartet, bis der andere da ist und sagt dann: »Also funktioniert es doch.« Der Nachtwächter ist erst mal baff, murmelt etwas von mitten in der Nacht und immer wieder und scheiß Jugendliche und Hausfriedensbruch. Der Jacob aber schaut dem Kerl in die Augen und fragt, ob er ihn zu einem Kaffee einladen darf, nach all der Aufregung. Dann haben die beiden miteinander geredet, bis die Sonne aufgegangen ist. Keine Ahnung, was die einander zu sagen gehabt haben, aber vielleicht war dem Nachtwächter die Sache am Ende ja sogar recht. Muss stinklangweilig sein, wenn keiner wie der Jacob vorbeikommt. Die ganze Welt wär doch stinklangweilig, wenn wir nicht die hätten, die aus der Reihe tanzen, findest du nicht?

Egal. Jedenfalls reden, das kann der Jacob. Liest Romane und all so einen Scheiß. Kann sein, dass der mir im Training die Hucke vollhaut, und gleich darauf schlägt er mir noch ein Zitat von Nietzsche um die Ohren. Wenn man es genau nimmt, ist der Jacob zu weich für unseren Sport. Versteh mich nicht falsch, der hat mich die Matte schon viel öfter küssen lassen als ich ihn. Weiß immer schon eine halbe Zehntelsekunde vor mir, ob ich einen *Jab* setzen will, einen *Hook* oder einen *Uppercut*. So was merkt er an winzig kleinen Körperdrehungen. Der schaut nie auf meine Fäuste, sondern immer in meine Augen. Schaut mich an, lächelt mir zu und hat schon fast gewonnen, der Dreckskerl. Hab noch nie einen *Cross* beim Jacob landen können, noch nie. Das liegt, glaube ich, daran, dass er immer alle Sinne auf Empfang hat. Ich fände das ja furchtbar anstrengend. Aber der Jacob kann dir noch nach sieben Wochen das Detail aus irgendeinem Gespräch sagen oder dir in einem x-beliebigen Film mitteilen, wie der weitergehen wird.

Einmal, da war er siebzehn, saßen wir ein bisschen gelangweilt in einer Bar im Hasenbergl herum. Nein, das ist nicht die Bar, das ist das Stadtviertel. Mann, du hast wirklich keine Ahnung von München, oder? Ja, was weiß ich denn, warum wir ein ganzes Stadtviertel wie einen albernen Hügel zum Rammeln nennen? Das ist halt so, ich hab das nicht erfunden.

Egal. Jedenfalls sitzen wir in dieser Bar im Hasen … in der Nähe der Olympia-Regattastrecke und sind ein bisschen gelangweilt. Da sagt der Jacob auf einmal zu mir: Pass auf, sagt er, der Kerl da hinten, der wartet auf eine zwei Jahre jüngere schwarzhaarige Frau in einem roten Kleid. Scheiße, dachte ich, jetzt will der mich verarschen mit diesem Sherlock-Holmes-Quatsch. Hab's für einen Scherz gehalten. Also habe ich meine beste Benedict-Cumberbatch-Stimme hervorgekramt und gesagt, dass das vielmehr ein Brite sei, der vorgebe, sich hier mit seinem Vater zu treffen, in Wahrheit sei das aber ein Spion, der BMW-Geheimnisse an Rolls-Royce verkaufe. Hybridauto und so was. Mein Gott, ich hab halt irgendeinen Scheiß erzählt. Aber was soll ich dir sagen? Zweieinhalb Minuten später geht die Tür auf, und wer kommt rein? Eine junge schwarzhaarige Frau in einem roten Kleid! Eine von denen, die man gerne ansieht. Kommt rein, schaut sich ein bisschen nervös um und setzt sich dann zu dem Typen.

Du kannst den Mund jetzt wieder zumachen, hat der Jacob gelacht. Komm schon, meinte ich kleinlaut, da hätte doch ganz genauso gut ein britischer Gentleman reinkommen können, mit einem Aktenkoffer unterm Arm oder so. Und Jacob meinte, dass der Kerl sich eben immer wieder durch die Haare gefahren und seinen Mund befeuchtet habe, und welcher Mann, der bei Trost ist, macht so was schon? Fünfmal habe der auf sein Smartphone geschaut und nur das gegessen, was keinen Mundgeruch macht. Wer bestellt sonst einen Burger ohne Zwiebeln? Das ist ja eklig. Der war also auf einem *Date*. Und da der Jacob eben vorhin noch die junge Frau eine Querstraße hinauf- und kurz darauf wieder hinuntergehen sah, habe er eben zwei und zwei zusammengezählt. Das hat der echt gesagt, zwei und zwei. Für mich war das eher höhere Mathematik oder zumindest ein ziemlich großer Glücksfall. Das wird nichts mit den beiden, meinte der Jacob dann noch. Warum das denn schon wieder, wollte ich wissen. Die wollen es beide zu sehr, meinte er. Ist wie beim Boxen. Wer es zu hartnäckig versucht, verliert den Kampf. Die sind beide zu verkrampft. Meinen, dass es ganz schrecklich wäre, wenn es gerade heute nicht klappt. Und genau darum wird es eben nicht klappen. Solche Sachen sagt der Jacob öfter, und wenn er ein paar Mal richtig gelegen hat mit diesem Zeug, dann glaubst du es ihm irgendwann. Glaubst, dass er so was wie einen sechsten Sinn hat.

Also, versteh mich nicht falsch: Der Jacob ist ein Eins-A-Kickboxer, keine Frage. Aber er ist nicht dafür geboren worden, verstehst du? Eigentlich, unter seinen Muskeln und seiner Beweglichkeit verborgen, gut versteckt sozusagen, da ist der Jacob eher eine umherirrende Künstlerseele. Der hätte genauso gut ein Buch schreiben können oder ein Theaterstück oder was weiß ich. Wenn das Schicksal es wollte, könnte einer wie der Jacob wohl den Popsong des Jahres singen. Ich kann das alles nicht, ich kann nur kämpfen, und manchmal gewinne ich dabei.

Nur einmal, da war der Jacob unachtsam. Das hat er dann gleich teuer bezahlt. Das war kurz nachdem er seinen Führerschein gemacht hatte. Da fuhr er mit dem Passat seines Vaters herum, war auf dem Weg nach Erding, als es direkt vor ihm krachte. Eine Frau war in das Auto vor ihr gefahren. Die hatte wohl die rote Ampel nicht rechtzeitig gesehen. Eigentlich war das nicht weiter schlimm, zwei verbogene Stoßstangen, ein Fall für die Versicherung. Der Jacob aber sieht, wie zwei junge Männer aus dem gerammten Auto steigen. Das waren so Typen mit gegelten Haaren und graubraunen Anzügen. Solche Leute meinen, dass ihnen die Welt gehört, weil Papi ihnen ein Erbe hinterlassen hat und anderen nicht. Die beiden stürzen sich also gleich auf die Frau, schubsen sie herum und gestikulieren bedrohlich. Da ist der Jacob halt eingeschritten. Die Hormone wahrscheinlich oder ein fehlgeleiteter Schutzinstinkt. Wir Männer machen ja gerne richtig blöde Sachen, wenn eine Frau in der Nähe ist.

Egal. Jedenfalls steigt der Jacob aus und will zwischen die Streithammel gehen. Und da hat er eben nicht gesehen, wie ein dritter Kerl aus dem Auto gestiegen ist. Der ist in einem Bogen um ihn herumgeschlichen. Hat ihm mit voller Kraft von hinten in die Kniekehle gekickt. Da ist selbst der Jacob zusammengeklappt. Die anderen haben ihn dann ordentlich vermöbelt, wie er da auf dem Boden lag. Das war hart: weniger der Schmerzen wegen, da hat der Jacob schon deutlich mehr eingesteckt, als er zum Beispiel gegen mich angetreten ist. Nein, hart ist, wenn du aufgrund einer verdammten Sekunde den Kampf verlierst, aufgrund eines verfluchten Augenblicks, eines vermaledeiten Lidschlags, in dem du nicht aufgepasst hast. Der Jacob hätte diese drei Emporkömmlinge verdreschen können, alle gleichzeitig, das hätte er draufgehabt. Stattdessen wussten die Kerle wohl gar nicht, was für ein Kämpfer er ist. Haben ihn verdroschen wie einen x-beliebigen Schuljungen. Der Jacob war daraufhin ein Vierteljahr lang körperlich eingeschränkt, das hat ihn echt gelangweilt. Wie? Ach so, das sagt man bei uns so, wenn uns was richtig ankaast. Na, nervt eben. Ich geb dir mal 'nen Crashkurs in Bairisch.

Egal. Jedenfalls hat sich der Jacob nach diesem Vierteljahr so richtig in den Sport gestürzt. Hat auf nichts und niemanden mehr gehört. Der geht seither alle Wege zu Fuß, lässt Rolltreppen und Aufzüge links liegen und nimmt stattdessen immer nur jede zweite, wenn er es eilig hat auch jede dritte Treppenstufe. Hat immer ein paar Bücher im Rucksack. Liest ja viel, aber auch als Gewicht, um den Trainingseffekt im Alltag zu steigern. Das Abi hat er richtig gut hingekriegt, der Jacob, und dann hat er sportlich losgelegt, da gab es kein Halten mehr. Andere reisen nach dem Abi vielleicht in die Karibik oder machen ordentlich Party auf Ibiza. Der Jacob aber hat zehnmal pro Woche trainiert, der war völlig besessen. Gesund ist das nicht, wenn du mich fragst. Aber da hat der Jacob seine Muskeln her. Vielleicht hat er davon geträumt, die drei Möchtegernkämpfer von einst nochmals zu treffen, dann würde er ihnen eine Lektion erteilen.

Wie dem auch sei. Er hat jedenfalls ein richtig gutes Abitur gemacht. Gelernt hat der dafür kaum. Hat sich wie immer auf die Situation eingestellt und die Nerven behalten. Im mündlichen Abi hat er die volle Punktzahl abgeräumt. Keine Sorge also, das Boxen verhunzt den Jacob nicht, der geht bestimmt irgendwann mal studieren.

Was willst du noch wissen? Frauen, also … na ja. Der Jacob hat tatsächlich einen ganz guten Ruf in seinem Viertel. Ich könnte dir aus dem Stegreif zwei Handvoll Frauen nennen, die ihm auf wundersame Weise immer wieder begegnen: beim Sarcletti zum Beispiel, das ist eine Eisdiele, oder vor dem Pardi. Manche gehen kurz nach ihm in die Buchhandlung Colibris am Rotkreuzplatz, obwohl sie gar keine Bücher lesen, oder joggen am Kanal wie zufällig vor ihm her. Die folgen ihm bis zum Nymphenburger Schloss. Der Jacob aber merkt das irgendwie gar nicht. Vielleicht interessiert es ihn auch nicht besonders. Ich versteh das nicht. Hab ihm oft gesagt, dass er seine Chancen besser verwerten soll. Ich meine, da liegt der zum Beispiel am See – davon haben wir eine ganze Menge, weißt du, das ist was anderes als der Rhein oder eure Baggerpfützen da oben, da scheint dir die Sonne auf den Bauch, und vor deinen Augen siehst du den Schnee auf den Bergen. Das ist Leben, Mann.

Egal. Der Jacob liegt also am See, direkt an der Tutzinger Brahmspromenade, da legt sich ein Mädchen in seine Nähe und schaut ihn an. Doch, glaub mir: Sie schaut ihn an, verdammt noch mal! So was passiert mir alle zehn Jahre, wenn ich großes Glück habe. Da greifst du doch zu, oder? Aber der Jacob: stiert verträumt vor sich hin, geht dann schwimmen und packt schließlich seine Sachen zusammen. Das macht man nicht, das ist doch auch gemein dem Mädchen gegenüber! Zumal das eine war, das sag ich dir, die man gerne einpacken und mit nach Hause nehmen will. Hatte echt elegante

Beine, mit angedeuteten Muskeln dran sogar, darauf steht der Jacob eigentlich, und zwei wirklich außergewöhnlich gut geformte …

Ja, doch, ich komm zu deinen Fragen! Nein, Alkohol war nie sein Ding. Da hat der Jacob ein paar Mal seine Erfahrungen gemacht, und das war's. Der würde nie dauerhaft was konsumieren, das ihn schwächt. Aber wenn du meinst, ihn mal von etwas wegbringen zu müssen, dann nimm Rum. Damit hat er sich mal so richtig betrunken, seitdem ekelt es ihn, wenn er das Gesöff nur riecht. Nein, er raucht auch nicht. Hat ihn nie interessiert. Lebt wie ein Fakir.

Sonst noch was? Also, jetzt mal im Ernst: Was soll das nur mit dem »unbeschriebenen Blatt«? Ich weiß echt nicht, woher dieses Klischee kommt, dass alle Kampfsportler halbkriminell sind, wirklich wahr. Der Jacob hat sich vielleicht hier und da einen Scherz erlaubt, der nicht ganz koscher war. Aber er hat klare Prinzipien. Der schädigt zum Beispiel nur Leute, die er nicht mag. Gut, das schränkt die Auswahl vielleicht nicht groß ein, vor allem nicht in dieser Stadt, in der man so gerne zeigt, dass man was geerbt hat und gar nichts aus eigener Kraft aufbauen muss. Neuhausen-Nymphenburg, verstehst du, da wo der Jacob wohnt, ist nicht eben die beste Gegend für Kämpfer. Die Ecke ist toll für Mamas, die mit dem neuesten Dreiradkinderwagen herumjoggen. Oder für Manager am Anschlag, die sich sonntags in ihren Wochenendvillen einschließen. Das Viertel bietet die perfekte Fassade aus vorzeigbaren Gebäuden und lang gezogenen Straßenzügen; es gaukelt dir vor, dass man hier wirklich gerne lebt. Nur: Wo, bitte schön, soll ein junger Heißsporn wie der Jacob hingehen? Ins Café Ruffini vielleicht, um sich dort über die Zubereitung von Apfelkuchen zu unterhalten? Ist doch kein Wunder, dass jemand wie der Jacob an einem solchen Ort ein bisschen über die Stränge schlägt, oder? Dabei hat der nie was Krasses angestellt. Kann er wohl gar nicht. Der hat ab und zu ein paar eingebildete Lackaffen reingelegt, und das war's. Bei ausverkauften Konzerten hat er sich manchmal hingestellt, sich als Band-Manager ausgegeben und den Kids gefälschte Backstage-Pässe verkauft. Einmal hat er achtzig Euro dafür bekommen. Mal ehrlich, wer so was hinblättern kann, ohne mit der Wimper zu zucken, dem kann man dadurch nicht wirklich wehtun, oder? Jedenfalls lief es vor allem vor dem Zenith immer ganz gut. Beim Backstage weniger, da spielen oft Bands, die nicht einmal die Zuhörer kennen. Unsere Goldgrube war die Gegend vom Gasteig bis zur Muffathalle, da gehen viele unbedarfte Reiche hin. Denen kannst du so ziemlich alles verkaufen, solange du ihnen das Gefühl gibst, dadurch etwas Besseres zu sein.

Egal. Jedenfalls hatte der Jacob auch seinen Spaß daran, irgendwelche Ingenieurwissenschaftler oder Umwelttechniker an der Uni zu Pseudostudien zu überreden. Die ließ er dann zum Beispiel fünf Minuten auf einem Bein stehen, während er sich mit gewichtiger Miene Notizen machte. Oder er gab vor, zu testen, wie lange zwei wildfremde Probanden einen Handschlag aushielten. Das war denen bald richtig unangenehm; man sah förmlich, wie ihre Hände zu schwitzen begannen. An Tankstellen hat er auch angeboten, für fünf Euro eine Protzkarre zu putzen und vollzutanken. Stichwort: Porsche Cayenne. Wenn der Besitzer darauf einging, und wenn er dumm genug war, Jacob mit einer gewissen Nachlässigkeit seinen Schlüssel zuzuwerfen, konnte es vorkommen, dass ein Teil des Benzins nicht im Tank, sondern in einem Kanister landete, den Jacob recht gekonnt direkt unter dem Tank aufgestellt hatte. Den konnte er später für seinen Benzin-Rasenmäher verwenden. Alles in allem sind das Dinge, die Jacobs Opfer meistens gar nicht bemerkt haben. Und wenn doch, haben sie was daraus gelernt, oder?

So. Den Rest erzählt dir der Jacob am besten selbst. Gilt noch, dass du unser Abendessen bezahlst? Fein. Aber eine Frage brennt mir noch auf den Nägeln, und ein bisschen Zeit bleibt uns ja noch. Also, sag schon: Was hat der Jacob denn über mich erzählt?

Viertes Kapitel

Mia

Du willst wirklich mit Anna durch Südamerika streifen, Nele? Find ich klasse. Da wär ich echt gerne dabei. Hab aber gerade den Job im Rathaus bekommen und muss mir solche Abenteuer aufsparen. Doch eines Tages, da unternehme ich auch so was Verrücktes wie ihr, wirst schon sehen!

Ist ein feiner Zug von dir, mich in diese Bar einzuladen. Hättest mir aber auch einfach sagen können, dass du wissen willst, was die Anna für eine ist. Darum geht es hier doch, oder? Ich versteh das. Immerhin werdet ihr drei Wochen lang Tag und Nacht aufeinanderkleben. Da will man schon wissen, ob man der Schülerin aus der Parallelklasse über den Weg trauen kann, was? Also, was willste wissen?

Klar, die Anna spricht Spanisch, ganz gut sogar. So schwer ist das ja nicht, das ist ja eigentlich gar keine Sprache, sondern so ein verschwurbeltes Latein für Lispler, ein bisschen wie Französisch, nur weniger schwul. Die Anna kann das. Die spricht auch Englisch und ganz passabel Russisch. Hat ein Händchen für Fremdsprachen. Passt wohl zu ihr, sie ist ja neugierig wie eine Spitzmaus, will immer zu unbekannten Ufern. Dass sie kaum stillsitzen kann, hast du bestimmt gemerkt. Die wird dir bei der Vulkanbesteigung voranklettern, und beim Canyoning wird sie sich als Allererste die Wasserfälle hinabseilen, noch vor eurem *guía*, das sag ich dir!

Der Sport macht aber nur einen kleinen Teil von ihr aus. Doch, wirklich. Wenn du sie wirklich kennenlernen willst, solltest du eines wissen: Unsere Anna ist *Pitta*. Nein, das ist kein Fladenbrot, du Banausin. Pass auf, ich erklär's dir: Meine Mama war mal auf Sri Lanka, und als sie heimkam, sprach sie nur noch von Chakren und Mandalas. Das war richtig gruselig, was für ein Mumpitz da aus ihr rauskam. Als hätte man sie da unten einer Gehirnwäsche unterzogen. Ich hab mir nicht viel davon gemerkt. Gleich nachdem sie von Sri Lanka zurück war, haben wir ja praktisch über Nacht alle Berliner Gesellschaftsschichten übersprungen. Meine Mutter hat den Manager geheiratet, mit dem sie in Asien unterwegs gewesen war, und wir sind nach Grunewald gezogen. Direkt neben Anna eben. Die hat ja immer schon in Charlottenburg gewohnt. Wie, zwei unterschiedliche Dinge? Nee, das gehört schon zusammen: Grunewald ist ein Stadtteil des Bezirks Charlottenburg. Hey, Berlin ist nun mal ein bisschen größer, da kannst du als Leipzigerin nicht mithalten. Jedenfalls haben wir damals praktisch alle Schichten mal eben übersprungen. Davor hatten wir ja in Marzipanien gewohnt. Na, in Marzahn eben. Kennst du doch, oder? Liegt gleich neben dem Arsch der Welt. Das war jedenfalls schon krass, wie meine Mama völlig verwandelt nach Hause gekommen ist. Hab wirklich eine ganze Weile lang gedacht, dass die n' Ding an de Jondel hat, so wie die Makulatur redete. Hä? Oh, wenn ich mich aufrege, falle ich manchmal in meinen Dialekt zurück. Tut mir leid. Ich dachte also, dass die nicht mehr alle Tassen im Schrank hat. Nur das mit dem *Pitta* hab ich mir gemerkt, weil das eben wie die Faust aufs Auge zu unserer Anna passt. Und später hab ich selber was darüber gelesen.

Schau, im Ayurveda gibt es drei Lebensenergien, die wir in unterschiedlichen Ausprägungen in uns tragen.

Manche von uns sind *Kaphas*. Herr Weber zum Beispiel, unser Geschichtslehrer. Der kriegt, wenn er geht, die Füße kaum vom Boden hoch. Ist erdverbunden, ein bisschen schwerfällig und eher nachdenklich, so ähnlich wie ein Bär. Solche Leute mögen gerne Kartoffeln und Rüben.

Oder Melanie, unsere Reitlehrerin. Die mit dem Gesicht wie ein Ausrufezeichen. Die ist *Vatha*, ein Luftwesen, das sich von den Strömungen mal hierhin und mal dorthin tragen lässt, wie ein Kolibri vielleicht oder ein Schmetterling. Ich meine, schau sie dir an: Wenn ein Luftzug kommt, hat man direkt Angst, dass er sie mitnehmen könnte. Hast du mal gehört, wie ihre Stimme manchmal zittert? Wie ihr das Fundament abhandengekommen zu sein scheint?

Und unsere Anna, die ist eben *Pitta*. Das heißt, dass sie innerlich brennt. Die hat einfach mehr Energie abgekriegt als die meisten anderen. Das siehst du daran, wie schnell sie schwitzt, auch wenn sie noch meilenweit von ihren eigenen Grenzen entfernt ist. Ihre Energie will raus. Darum ist sie immer auf dem Sprung irgendwohin, auf die Zukunft fixiert und ein bisschen nervös. Am ehesten erinnert sie an einen Tiger. Ist dir aufgefallen, wie oft sie einen Satz zu Ende führt, den irgendjemand begonnen hat? Wie sie zuweilen ungeduldig darauf wartet, dass ihr Gegenüber eine Pointe verstanden, einen Gedankengang endlich nachvollzogen hat? Glaub mir, mit wenigen anderen Leuten wirst du dich so angeregt unterhalten können wie mit unserer Anna, die hat's faustdick hinter den Ohren. Ist echt schnell im Kopf, dafür kann sie sich manche Dinge nicht so gut merken. Oder, sagen wir besser, sie wählt aus, was sie behalten will, und hat kein Problem damit, alles andere loszuwerden. Die geht ihren eigenen Weg, ganz im Ernst.

Einmal, da war sie fünfzehn und wir waren eben Nachbarinnen geworden, ist sie zu einem Turnwettkampf gefahren. Ich war nicht dabei, aber es lief wohl nicht so, wie sie es sich erträumt hatte. Am folgenden Tag hat sie darauf bestanden, den Schlüssel zur Turnhalle von der Trainerin zu bekommen. Hat gesagt, dass sie noch kurz aufräumen und dann die Tür abschließen werde. Stattdessen hat sie die ganze Nacht durchtrainiert. Hat abends angefangen und erst wieder aufgehört, als die Sonne aufgegangen ist. Total wahnsinnig, wenn du mich fragst. Aber unsere Anna, die braucht so was. Wenn die sich etwas in den Kopf setzt, dann zieht sie das durch.

So wie die Sache mit der Party. Hast du vielleicht schon gehört. Das war ein Jahr später, und die Jungs haben angefangen, in unserer Gegenwart nervös zu werden. Wir gingen also zu Monis Party, die hat ihren Sechzehnten gefeiert. Ist ein denkwürdiger Abend geworden, und das lag vor allem an Anna. Irgendein Junge hat sie damals zum Tanzen aufgefordert. War das Jens gewesen, oder vielleicht Holger? Ich weiß es nicht mehr. Jedenfalls hat er sich nicht gerade geschickt verhalten. Hat gestottert und an Anna vorbei zu Boden geschaut. Ich dachte schon, dass sich Anna einfach umdrehen und weggehen würde. Stattdessen hat sie etwas ganz anderes gemacht.

»Gut«, meinte sie, »lass uns tanzen.«

Und dann tanzte sie, wie ich es noch nie gesehen hatte. Sie tanzte, als wolle sie die Welt erobern. Sie tanzte, als ob es kein Morgen gäbe. Das war nicht weniger als ein Rausch, eine Ekstase. Eine halbe Stunde lang hab ich mitgehalten, dann zog ich mich zurück und alle anderen auch. Am Schluss war nur noch Anna auf der Tanzfläche und wirbelte herum wie ein Derwisch.

Moni war ganz schön sauer. Und Anna? Es tue ihr leid, meinte sie beim Abschied, sie habe einfach mal ausprobieren wollen, wie man richtig feiert.

Am nächsten Tag hat sie mir gesagt, dass sie da auf der Tanzfläche auf einmal so eine unbändige Lust bekommen hat, sich zu bewegen, und dass sie nichts dagegen tun konnte. Ich glaube ja eher, dass sie sich einfach rasch langweilt, darum braucht sie diese Extreme. Nur dann spürt sie vielleicht, dass sich etwas in ihrem Leben tut. Was weiß ich. Hey, zumindest unternimmt sie niemals etwas nur der Show wegen. Nie. Wenn sie etwas anfängt, dann stürzt sie sich mit Haut und Haaren hinein.

Dabei sind Partys eigentlich gar nicht so ihr Ding. Nee, echt nicht. Das hat sie ein paar Mal ausprobiert, und seither reden alle über diesen einen Abend bei Moni. In Wahrheit aber zieht sich Anna ganz gerne mal für ein paar Wochen zurück. Sie kommt gut mit sich selbst klar. Wandert gerne. Ja, ich weiß, wie spießig das klingt, es ist aber so. Einmal, mit siebzehn, ist sie einen knappen Monat lang durch Nordschweden gegangen, auf dem Kungsleden. Nein, das hat mit Leder nichts zu tun. Das ist ein Fernwanderweg in Lappland. Weiß der Himmel, warum sie sich den ausgesucht hat, da oben gibt's ja nichts: nur Kälte und Endlosigkeit – und kalte Endlosigkeit. Aber so was macht Anna. Minus zehn oder fünfzehn Grad machen der praktisch gar nichts aus. Einmal war sie sogar auf Grönland und hat die kalbenden Gletscher von Ilulissat gesehen. Die saugt Erfahrungen auf wie ein Schwamm, das sag ich dir, und Grenzen kann sie gar nicht leiden. Stur kann die sein, entsetzlich stur, du machst dir ja keine Vorstellung, wie stur sie sein kann …

Ähm, aber davon abgesehen ist sie super, wirklich! Jetzt schau mich nicht so erschrocken an. Hier mein Tipp: Wenn du sie ein bisschen aus dem Konzept bringen willst, dann rede mit ihr über Jungs. Dazu hat sie eine ganz eigene Meinung. Die hat se jefressen, das sag ich dir! Du merkst ja, wie sie Anna anstarren und dabei meinen, dass die das nicht merken würde. Nur weil sie kurz darauf vorgeben, sich für einen Punkt hinter ihr zu interessieren. Wie blöd man sein kann! Egal, jedenfalls schauen die meisten Anna nun mal gerne an. Aber nur kurz. Bald merken sie nämlich, dass Anna sie körperlich übertrumpft. Die spüren, dass sie fünfzig Liegestütze schafft, ohne dass ihre Knie den Boden berühren, und das können sie gar nicht ab. Müssen ja immer den Macker raushängen, den Beschützer und so.

Jedenfalls, als Anna achtzehn geworden ist, sind wir mit Interrail durch Südeuropa gezogen. Das war was, sag ich dir! Ich glaube, dass Anna erst auf dieser Reise so richtig gemerkt hat, was sie in den Männern auslöst. Die sind da unten im Süden ja ein bisschen … hm, weniger subtil als hierzulande. Einmal also, da waren wir in einer Kaschemme in Valencia und hatten echt Knast … Wie? Ach so, entschuldige, wir saßen also in einer dunklen Spelunke und wollten was essen. Da kamen zwei Spanier herein. Die waren höchstens siebzehn, leicht untersetzt und einen halben Kopf kleiner als Anna. Lustig sah das aus. Plusterten sich aber sofort auf wie Gockel und belagerten uns. Erst hatten sie angeboten, unser Spanisch zu verbessern. Dann wollten sie uns die Stadt zeigen. Und schließlich war klar, was sie uns tatsächlich zeigen wollten. Um die Wahrheit zu sagen: Ich saß starr vor Schreck auf meinem Stuhl und schaute angestrengt in mein Glas. Sangria, das weiß ich noch, ein Anfängerfehler. Aber Anna? Die blickte einem der Kerle in die Augen, bis er ins Schwitzen kam. Kann richtig durchdringend schauen, unsere Anna, da läuft es sogar mir kalt den Rücken runter. Und dann hat sie noch diese dunkelgrünen Augen, was kannst du da schon machen als junger Mann? Der Kerl wippt also nervös mit einem Bein und weiß gar nicht mehr, wie ihm geschieht. *De acuerdo*, hat Anna dann gesagt, lass es uns tun, unser Hotel ist nur zwei Straßen von hier entfernt. Und der Kerl? Sackt zusammen, der schwitzt jetzt richtig, murmelt etwas von einem Treffen mit seiner Freundin und rennt raus aus der Kaschemme. Sein Freund ihm hinterher. Die sind geflohen wie zwei Hasen vor der Füchsin.

Woher sie gewusst habe, dass das funktioniere, wollte ich von Anna wissen. Und sie so: Ich hätte doch auch gesehen, wie der Blick des Kleinen immer wieder nervös aufgeflackert sei. Dass er seine Anzüglichkeiten beinahe wie eine lästige Pflicht vorgebracht habe, und dabei habe er immer wieder Beifall heischend zu seinem Kumpel geschielt. Nein, antwortete ich, das hätte ich alles nicht bemerkt, weil ich damit beschäftigt gewesen sei, mich mit meiner Angst auseinanderzusetzen. Daraufhin sagte Anna, und daran denke ich bis heute, sie sagte also zu mir: »Nur wer keine Angst hat, kann bei Männern die Spreu vom Weizen trennen.«

Na ja, um bei der Wahrheit zu bleiben: Wenig später hat sie die Männer dann schon rangelassen, das kann ich definitiv bestätigen. Alles in allem aber ist sie wohl ein wenig enttäuscht von ihnen. Ich meine: von all der Halbherzigkeit, dem oberflächlichen Tamtam, dem Herumstolzieren – und davon, wie wenige tatsächlich das meinen, was sie sagen, und wie wenige davon wiederum tun, was sie meinen.

Vielleicht zieht sie sich darum so gern zurück. Ich bin da irgendwie verflochtener mit meiner Umgebung. Vielleicht brauche ich auch mehr Bestätigung als sie. Anna dagegen, die sagt gerne, was sie gerade denkt, auch wenn sie damit manche Menschen vor den Kopf stößt. Ich meine, wenn man die fragt, welche Musik sie hört, dann sagt sie nicht Rihanna oder Lady Gaga. Wenn du ihr mit Radiohits kommst, läuft sie davon. Nee, die hört lieber Rammstein und Marilyn Manson. Doch, echt, krasseste Jungsmusik! Und Ska, darauf steht sie total. Passt wohl zu ihrem Energieüberschuss. Hast du das mal gehört: die Broilers vielleicht, die Beatsteaks oder die

Mighty Mighty Bosstones? Das ist wie Reggae auf Speed, ein atemloses Herumgefuchtel, und auf den Konzerten hörst du keinen einzigen Akkord, nur Gitarrengeschrammel. Der Bass rennt rauf und runter wie blöd, das Schlagzeug kommt kaum hinterher, irgendein Sänger hetzt durch stumpfe Parolen hindurch, und am Ende bist du völlig fertig.

»Komm mit«, hat Anna mal zu mir gesagt, »heute Abend gehe ich zu Mutter Fourage«. Statt Brecht gab's dann zwei Stunden Herumgehopse, und am wildesten gehopst ist der Sänger selbst, ein kleiner Mann mit Inkamütze und Marihuanalächeln mit Namen Manu Chao. Von da an war ich auf der Hut, das sag ich dir! Wenn Anna wieder ihre Einladungen ausgepackt und irgendwelche Orte genannt hat, die verdächtig klangen – komm doch mit ins S036, heute steigt was im Cassiopeia, lass uns ins Slaughterhouse gehen –, habe ich immer was vorgeschoben. Darin hab ich bald eine gewisse Meisterschaft an den Tag gelegt. Gut, oft konnte ich wirklich auf einen Streik oder auf irgendeine Störung des Schienennetzes verweisen. Auf unsere BVG ist da ja Verlass, darum heißen die ja auch so: »Bereits Verspätet Gestartet«.

Anna also: Die treibt sich gerne in Nischen herum. Wahrscheinlich hat man sie im LSD-Viertel oder in der O-Straße noch nie gesehen. Dafür umso öfter auf dem Teufelsberg. Kennste nicht? Hey, das ist unsere zweithöchste Erhebung, gleich nach den Arkenbergen. Jetzt hör doch mit diesem »Herr der Ringe«-Quatsch auf: Was weiß ich, ob es da Arkensteine gibt. Viel spannender: Am Teufelsberg rast Anna gerne mit dem *Longboard* den Hang hinab oder bouldert am Kletterfelsen. So ist sie. Immer draußen, immer in Bewegung.

Wenn ich dir einen Rat geben darf: Verschone Anna mit irgendwelchen Games oder Facebookgruppen. Interessiert sie nicht die Bohne. Aber wenn du dich wirklich mit jemandem unterhalten willst – so richtig, meine ich, vielleicht mal eine halbe Nacht lang –, und wenn du was erleben willst, das dir im Gedächtnis bleibt, dann gibt es kaum jemand Besseren als unsere Anna. Hast es echt gut erwischt mit ihr.

Wie meinst du das: Nachhelfen beim Erleben? Welche Stimulanzien? Ach so, nee, da musst du dir echt keine Sorgen machen. Ein paar Joints vielleicht, das ein oder andere Plättchen, und das war's. Die Anna wird dich nicht zu irgendeiner Sucht verführen, glaub mir. Höchstens zur Bewegungssucht. Oh ja, und am Ende wirst du genauso eine Frischluftfanatikerin sein wie sie. Das kann ja heiter werden, wenn wir vielleicht irgendwann mal eine WG gründen und ihr die Fenster dann am liebsten abmontieren wollt, ojemine.

Wo wir schon so offen sprechen: Anna hat mir natürlich auch aufgetragen, was über dich herauszufinden. Ist ja nur legitim. *Quid pro quo, Doktor Lecter*! Also, hol dir doch noch ne Schrippe mit ner Bulette darin – na, mit einem Hackfleischbällchen eben – also gut, einigen wir uns auf den Namen »Frikadelle« –, und jetzt erzähl mal: Wie ist das mit dir und den Männern?

Fünftes Kapitel

Jacob und Thorsten

Oktober in München-Gern. Einer jener Tage, an denen der Himmel abwägt, ob er dem Sommer eine letzte Chance geben oder bereits den Winter einläuten soll. Probeweise umkränzt er den Hauptbahnhof mit Wolken. Erste Tropfen färben den Stiglmaierplatz dunkler. Am Leonrodplatz öffnet man mürrisch Regenschirme. Wie ein schlafender Riese reckt und dehnt sich der Wind, ehe er aufsteht und die Dachauer Straße entlanggeht. Stadtauswärts, vorbei an Schrebergärten und Fenstern, die so mathematisch genau in die Fassaden gesetzt sind, dass er beim Hineinschauen durcheinanderkommt. Er kehrt um, setzt Strudel und Luftverwirbelungen, um einzelne Orte zu markieren, die kurz darauf trotzdem wiederzukehren scheinen. Hinter diesen normierten Fenstern leben Menschen, die nach zehn Uhr abends keinen Lärm mehr machen. Kurz nach Sonnenaufgang klemmen sie sich hinter den Schreibtisch eines schlecht durchlüfteten Büros; neun Stunden später kommen sie mit hängenden Augenlidern heim.

Das sind Jacobs Kunden. Etwas in ihnen kann es nicht fassen, dass das ihr Leben sein soll. Eines, für das zu leben Millionen andere ohne zu zögern einen Arm hergäben. Und das sich doch so eindeutig unterscheidet von den Bildern ihrer selbst, die sie nicht aus dem Kopf bekommen. Von all den Feuerwehrmännern, Rockstars und Superspionen, die sie nun einmal nicht geworden sind. Jacob bietet ihnen an, die Lücke ein klein wenig zu schließen.

Er lehnt an einer Beinpressmaschine, die aussieht wie ein modernes Folterinstrument. Unglaublich, dass seine Kunden Geld dafür hergeben, sich in diese Maschine zwängen zu lassen. Jacob gegenüber nimmt Thorsten ein Gewicht von einer Stange, die quer über einer Bank liegt. Auch dieses Arrangement wirkt auf Ungeübte wenig anheimelnd: Vier Scheiben, auf denen jeweils *20 kg* steht, balancieren genau oberhalb der Stelle, wo normalerweise der Hals eines Trainierenden liegt. Thorsten trägt die Scheibe so nachlässig, als wäre sie aus Holz. Sein Körper muss das zusätzliche Gewicht nicht ausgleichen, nur der rechte Bizeps wölbt sich unter dem engen T-Shirt. Man sieht es dem Träger an, dass er gewöhnt ist, schwere Dinge in Bewegung zu setzen.

Unterschwellig nimmt Jacob die Kraft wahr, die von Thorsten ausgeht. Jacob blickt Menschen nicht nur an, er schätzt sie ein. Nichts entlarvt Menschen zuverlässiger als die Art, wie sie sich bewegen. Wie ein Mensch zum Beispiel durch ein Bahnhofsgebäude geht, sagt mehr über ihn aus als all seine Reden und Bewerbungsschreiben zusammengenommen. Worte kann man wählen, die Stimme verstellen und die Blicke üben, die kühnen und die romantischen. Wenn man sich aber bewegt, zeigt man nicht länger, wer man sein will, sondern, wer man wirklich ist. Man kann gar nicht anders.

Wie fest tritt jemand auf, wie schnell kommt er voran? Wie weit dreht er die Hüfte bei jedem Schritt? Zeigen seine Füße raumergreifend nach außen oder bescheiden nach innen? Muss er zur Unterstützung beim Gehen mit den Armen schlenkern? Befinden sich seine Schultern auf einer Ebene? Weicht sein Körper in eine Schonhaltung aus, wenn er einen Rucksack oder eine Tasche trägt? Stiert er auf seine Füße oder hat er Muße, die Umgebung zu betrachten? Und wenn er hinauf oder hinunter muss, nimmt er dann die Rolltreppe oder geht er selbst?

All das nimmt Jacob wahr, das meiste davon im Bruchteil einer Sekunde, und fügt es zusammen zu einer Einschätzung: Wie beweglich, wie stark, wie fit ist der Mensch, dem er begegnet? Jacob weiß binnen eines Lidschlags, wie es dem anderen geht. Besser als sein Gegenüber selbst schätzt er ab, wie sehr dessen Körper und Geist sich im Einklang befinden. Er kann die Bewegungen des anderen in Gedanken zu Ende führen, noch ehe sich jener für eine Option entschieden hat. Jacob wäre ein Zauberer, ein Fitnessguru und ein Meister des Verkuppelns, wenn er sich all das nur bewusst machen könnte. Es bleibt jedoch unterhalb seiner Wahrnehmungsschwelle.

Auf dieselbe Art schätzt er Thorsten ein. Thorstens Kraft ist warm, rund und ausgewogen. Sie ist nicht nur in ihm, sondern auch in jedem Raum, den er betritt. Stellt man sich dicht neben ihn, ist es, als lege sich eine Decke um einen. Das macht ihn bei den Frauen so beliebt. Wenn man gegen ihn boxt, verplempert man viel Zeit damit, nach seiner Schwachstelle zu suchen. Man findet keine, und Thorsten nutzt die ersten Minuten, um einen mürbe zu machen und am Ende nach Punkten zu gewinnen.

Jacobs Trainer war ganz anders. Der boxte nicht, der hatte Zuckungen. Da hast du nichts gesehen, nichts geahnt, und ansatzlos hattest du seine Faust an der Schläfe. Als stündest du einem Knäuel Schlangen gegenüber, ohne zu wissen, welche davon im nächsten Augenblick zubeißt.

Gegen beide hatte Jacob am Anfang krachend verloren, immer wieder, und am Ende fast nur noch gewonnen. Die Explosionen seines Trainers hatte er irgendwann durch eine sorgfältige Deckung pariert; dann musste er nur noch den Moment abwarten, an dem die Ungeduld seines Gegenübers zu groß wurde. Der erste Volltreffer nahm seinem Trainer die Durchschlagskraft, die weiteren ließen ihn kleiner und kleiner werden, ehe ihn einer davon zu Boden schickte. Thorsten dagegen konnte er nicht auspowern. Ihn konnte Jacob nur überraschen. Zum Schein hielt er die rechte Hand im Hintergrund, ehe er mitten im Kampf den Körper drehte und die Linke zur Schlaghand machte. Oder er bearbeitete Thorstens Beine, zweieinhalb Minuten lang, und legte dann all sein Gewicht in einen einzigen *Uppercut*. Gegen Thorsten zu kämpfen war immer eine Tortur, ob man nun gewann oder verlor.

Jacob lächelt, als er sich daran erinnert. Als Thorsten die Scheibe verräumt hat und auf ihn zukommt, reicht er ihm ein Glas Sekt. Einen Moment lang blickt er auf Thorstens T-Shirt. Dort prangt dasselbe Emblem wie bei Jacob: ein unsauber gezeichnetes Pärchen beim Armdrücken, das grenzdebil grinst. Thorstens Ex-Freundin hat es entworfen. Nach einer durchzechten Nacht hatten sie drei dann den passenden Slogan dazu gefunden und gleich darauf die T-Shirts in Auftrag gegeben. Damals hatten sie sich für brillant gehalten; erst im Nachhinein kamen die Zweifel. Inzwischen haben sie sich mit der Sache arrangiert. Das Ganze zeugt zwar nicht von überbordender Kreativität oder gesteigerter Intelligenz, bleibt aber auf wundersame Weise im Gedächtnis derer haften, die es zu Gesicht bekommen.

GERN TRAINIEREN, prangt oberhalb des beschränkten Pärchens, und darunter: ***Besiege deinen Schweinehund, bei Jacob & Thorsten wirst gesund.***

Jacob lacht seinem Freund mit Augenzwinkern zu. »Ich weiß nicht, wie lange ich dein T-Shirt noch anschauen kann, ohne dir in die Fresse zu schlagen.«

Thorsten nickt, nimmt aber das Sektglas. »Geht mir bei dir genauso. Unser Spruch klingt wie die Werbung für ein Zeltwochenende mit den Zeugen Jehovas.«

»Wobei ja schon was Wahres drinsteckt. Besiege deinen Schweinehund: Darum geht's uns doch. Oder?«

Thorsten schnauft, es scheint ihm etwas anderes durch den Kopf zu gehen. »Weiß nicht. Geht's uns nicht darum, gut auszusehen?«

Jacob schüttelt zunächst den Kopf. »Nein! Also, ja, natürlich schon, irgendwie. Aber eigentlich doch um viel mehr. Darum, die eigenen Entscheidungen zu treffen. Sein Leben in die Hand zu nehmen. Sich nicht umhertreiben zu lassen, nur weil alles immer verfügbar ist. Ich meine, schau dich um: zu viele Urlaubsangebote, zu viel zu fressen und zu saufen, viel zu viele Möglichkeiten, wer wir werden wollen. Da müssen wir uns entscheiden.«

»Für Fitness?«

»Dafür, uns einen eigenen Weg zu bahnen. Fitness ist nur das Mittel zum Zweck.«

Thorsten atmet tief durch. »Verstehe, spreng deine Komfortzone und so. Und dadurch werden wir dann gesund, oder was?«

»So ist es halt. Glaub mir, die Leute verstehen schon, was wir mit unserem Spruch meinen. Diese Zeichnung dagegen …« Schulterzuckend deutet er auf das Armdrück-Emblem.

Seufzend verdreht Thorsten die Augen. »Fang nicht wieder damit an! Ja, ich weiß, ich hätte auf dich hören sollen. Aber Jenny war sehr … ähm … überzeugend. Wenn du die Frauen mal richtig anschauen würdest, statt zweimal täglich seilzuspringen, wüsstest du, was ich meine.«

»Und wir beide sehen ja, was dabei herauskommt. Das klebt jetzt unverkennbar auf unserer Brust.«

»Hey, das Armdrücken symbolisiert doch den Kampf, den du so magst. Von wegen Komfortzone und so. Wobei ich echt nicht weiß, ob die Leute das auch so sehen wie wir. Wollen die nicht lieber auf dem Sofa sitzen und Serien gucken, bis sie nicht mehr aufstehen können?«

»Ach, so was macht ein paar Tage Spaß, danach bist du fertig.« Entschieden schüttelt Jacob den Kopf. »Fühlst dich abgefüllt, wirst matt und dumpf. Mein Vater hat das ein paarmal ausprobiert. War nicht so toll. Nach dem Training dagegen bist du voll da. Da merkst du, dass du stärker geworden bist.«

»Schon, aber um was genau zu tun? Um mal ne Treppe hochzusteigen, nen Zug zu erwischen? Oder nen Wasserkasten ins Haus zu tragen? Wer braucht eigentlich noch Kraftmeier wie uns? Ist doch alles superbequem geworden um uns herum.«

»Eben drum ist es ja so wichtig, zu trainieren! Sonst rächt sich unser Körper mit Knieschmerzen und Bandscheibenvorfällen, noch ehe wir vierzig werden.«

Thorsten nickt versonnen. »Hm. Du meinst, wir müssen was tun, obwohl die meisten von uns ihren Körper im Alltag kaum noch einsetzen?«

»Nein. Wir müssen was tun, *weil* wir unseren Körper im Alltag kaum einsetzen.«

Entschuldige bitte, wenn ich mich als Autor an dieser Stelle einschalte. Ich schulde dir wohl eine Erklärung. Es ist so: Immer, wenn die beiden aufeinandertreffen, fühlen sich Jacob und Thorsten verpflichtet, jeweils das Gegenteil des anderen zu sagen. Vor allem, wenn sie, wie vorhin, ein paar Gläser Sekt getrunken haben. In Wahrheit aber verstehen sie sich blendend. Fünf Mal sind sie bei Wettkämpfen gegeneinander angetreten.

Beim ersten Mal, das war vor acht Jahren, brauchte Jacob den Sieg mehr als Thorsten. Eben darum verlor er den Kampf. Er hatte ein Einser-Abitur in der Tasche und musste ständig erklären, warum er trotzdem Profi-Kickboxer werden wollte. Ein früher Sieg hätte seine Kritiker zum Schweigen gebracht. Jacobs Kraft brach sich eruptiv Bahn; doch sein Körper war noch im Werden begriffen, er war erkennbar nirgendwo angekommen. Die übertrieben großen, von Adern durchzogenen Armbeugemuskeln harmonierten nicht mit den bestenfalls straffen Armstreckern, die ausladenden Schultern wurden nicht von starken Rückenmuskeln gestützt, und den Oberschenkelmuskeln, die sich, wenn Jacob sie anspannte, wie Gebirge entfalteten, standen im Vergleich dazu kaum entwickelte Abduktoren und Adduktoren zur Seite. Jacob hatte keine Angst vor Schmerzen. Aber er war zu beschäftigt damit, sich selbst und alle anderen genau davon zu überzeugen. Seine Blicke huschten umher wie aufgescheuchte Tiere, ohne je etwas festhalten zu können. Seine wilden dunklen Locken wehten um sein Gesicht, wenn er einem Schlag auswich.

Thorsten erkannte die Schwächen seines Gegners innerhalb der ersten Minute. Gleich zu Beginn des Kampfes platzierte er zwei Treffer auf Jacobs Bizepsen. Das nahm dessen Schlägen während der folgenden zweieinhalb Runden den Nachdruck.

Überhaupt musste Jacob in jenen Jahren einiges einstecken. Die Leute sagen ja gern, dass man eigenständig denken solle. Stark solle man sein und seinen Weg gehen. Das ist natürlich Blödsinn. In Wahrheit wollen sie nichts sehnlicher als ein Volk aus braven Beamten und halbzufriedenen Angestellten. Hast du schon mal etwas mit Hingabe gemacht? Mit echter Leidenschaft, die stärker wird, wenn sie auf Widerstände stößt? Bilder gemalt, Lieder geschrieben, ein

Restaurant eröffnet? Da läuft deine Umgebung Amok. Graue Anzugsmenschen entwickeln einen ungewohnten Ehrgeiz, wenn es darum geht, dich davon zu überzeugen, dass das nicht funktionieren kann.

Nächtelang hatten Jacobs Eltern versucht, ihm das Kickboxen auszureden – erst seine Mutter, dann sein Vater. Und dann wieder seine Mutter. Seine Lehrer hatten die Hände über dem Kopf zusammengeschlagen. Selbst Jacobs Freunde konnten nicht begreifen, was ihm das Kämpfen bedeutete. Dass das kein Hobby war, kein Spleen von ihm. Sondern auf den Punkt brachte, was sein Leben ausmachte.

Der zwei Jahre ältere Thorsten brauchte nur zu warten. Jacob schlug rasend schnell und unpräzise, neun von zehn Schlägen rauschten ins Leere. Den zehnten blockte Thorsten in aller Regel ab. Nach der dritten Runde war beiden klar, dass Thorsten diesen Kampf gewinnen würde. Jacob wusste es zuerst. Er kannte das Ergebnis des Kampfes, als er nach drei Finten versucht hatte, Thorsten zuerst mit einem *Uppercut* am Kinn, dann mit einem Kick in den Magen und schließlich mit dem Ellbogen an der Schläfe zu treffen. Thorsten hatte alles pariert und zu lächeln begonnen.

Auch jenseits des Rings gelang Jacob kein Befreiungsschlag. Sein Vater fand nach der Trinkerei erneut Anschluss an Münchens gehobene Gesellschaft. Jacob und er kannten den Preis dafür: Sein Vater arbeitete hart und sah Jacob nur noch an den Wochenenden. Jacob war auf sich gestellt. Er war die krumm gewachsene Fichte unter all den getrimmten Tannen; der Einzige, der Foxtrott tanzte, während sich alle anderen im Walzertakt drehten. So erschien es ihm zumindest, vor allem, wenn er in seinem Viertel rund um den Rotkreuzplatz umherging. Den meisten Leuten war er zu ungestüm. Ein Träumer, der erst aufwachen würde, wenn seine Freunde längst Manager bei Siemens oder BMW geworden waren. Da war es nicht hilfreich, dass es in den ersten Jahren seiner Kickboxer-Karriere eigentlich nur darauf ankam, zu lernen und nach Möglichkeit keine dauerhaften Schäden davonzutragen. Jacob schlug wacker an gegen das Schicksal eines einundzwanzigjährigen Münchner Boxers und verlor am Ende doch nach Punkten – im Ring und im Leben.

Zwei Jahre später trafen sich Jacob und Thorsten erneut. Und das im wahrsten Sinne des Wortes, denn dieser Kampf war wesentlich ausgeglichener als jener zuvor. Jacobs Kraft war jetzt besser verteilt. Er hatte Schwachstellen ausgemerzt. Seine Kicks kamen unvorhersehbarer, seine Strategien reichten über das Ende einer Runde hinaus, und mehrmals provozierte er Thorsten zu unnötigen Angriffen. Mittlerweile hatte sich Jacob in der Szene einen Namen gemacht, was ihm überschaubare Einnahmen bescherte. Er gewann beinahe jeden zweiten Kampf.

Jacob hatte damit begonnen, sein Leben zu gestalten. Das Preisgeld gab er in erster Linie für überbordende Frühstücke und eiweißreiche Abendessen aus; tagsüber trainierte er. Gerne schaute er aus dem Fenster seiner Dachgeschosswohnung hinunter auf den Nymphenburger Kanal. Er mochte die trägen Schwäne dort, mochte die Buchläden am Rotkreuzplatz, und ab und an führte er die Leben entgegenkommender Passanten in Gedanken zu Ende. Nur manchmal, zwischen drei und vier Uhr nachts, schreckte er aus dem Schlaf, weil er keine Antwort auf die Frage fand, was er tun würde, wenn er sich eines Tages ernsthaft verletzte. Würde er dann Trainer werden? Sportlehrer? Oder vielleicht einen Laden für Eiweißdrinks aufmachen? Eine halbe Stunde wälzte er sich in seinem Schweiß, dann tröstete er sich mit dem Gedanken, dass er zumindest – anders als die meisten – im Moment das tat, was er tun wollte. Kämpfen und sich dadurch in jeder Millisekunde in der Gegenwart halten: Das konnte er, das machte sein Leben aus.

Am Ende ihres zweiten Kampfes blutete Thorsten aus einem Riss unter dem linken Auge. Obwohl er nach Punkten gewann, lächelte er nicht.

Der dritte Schlagabtausch der beiden fand nach einer Nacht statt, in der Jacob so gut wie keinen Schlaf gefunden hatte. Das war nicht weiter schlimm gewesen: Der Grund dafür hieß Pia, war ein Meter achtundsechzig klein und hatte ihn nach einer Trainingseinheit einfach mit nach Hause genommen. Sie war gebannt von der so unpassenden Schüchternheit dieses Muskelpakets, ihm wiederum imponierte ihre Resolutheit. Tags darauf war Jacob unkonzentriert. Als Thorsten ihm nach weniger als einer Minute einen Aufwärtshaken an die linke Schläfe setzte, hielten beide erstaunt inne. Jacob taumelte, fing sich aber schon im selben Augenblick und ließ die Rechte vorschnellen, gerade als Thorsten die Deckung öffnete, um seinem Gegner nachzusetzen. Es war wenig mehr als ein Reflex gewesen, doch Jacobs Faust traf Thorstens rechten Backenknochen so hart, dass es laut knackte und ein Schmerz durch den Handschuh hindurch in Jacobs Arm fuhr. Thorsten taumelte. Jacob sprang ihm nach wie eine Katze und rammte sein Knie in den Bauch seines Gegners. Nur der Gong rettete Thorsten davor, den Kampf in der ersten Runde zu verlieren.

Auch in seinem Leben setzte Jacob jetzt Treffer. Die meisten davon waren ungeplant und kamen auch für ihn überraschend. Er merkte ja nicht, wie junge Frauen zu kichern begannen, wenn er an ihnen vorbeilief. Wie ihre Blicke eine Sekunde zu lang an seinem Arm hängen blieben, wenn er irgendwohin zeigte oder eine Tasche aufnahm. Ab und an wollten Kinder Autogramme von ihm haben. Erstaunt unterschrieb er ihre Karten und Boxhandschuhe. Viel wichtiger als seine überschaubaren Siege war, dass ihm Niederlagen kaum etwas anhaben konnten. Verglichen mit anderen Kickboxern bewegte sich Jacobs Kraft im Mittelfeld. Seine Resilienz aber war beeindruckend. Es machte ihm wenig aus, wenn seine Pläne mal durchkreuzt wurden. ›Pläne‹ wäre ohnehin ein zu großes Wort für das, was sich Jacob zuweilen für die nähere Zukunft wünschte. Man konnte eher von Ideen sprechen. Wenn sich eine von ihnen als nicht durchführbar entpuppte, ordnete Jacob das nicht als Schicksalsschlag ein, sondern als Impuls dafür, bessere Ideen zu entwickeln. Seine Stärke bestand darin, unmittelbar nach einem Treffer oder Verlust wieder aufzustehen und weiterzumachen. Darin ähnelte er Thorsten mehr, als den beiden bewusst war.

Thorsten erholte sich mit schwindelerregender Geschwindigkeit. Noch ehe der Gong ein zweites Mal ertönte, war er zu neunzig Prozent wiederhergestellt. Was folgte, waren fünf zähe Runden, die Jacob an den Rand dessen brachten, was er zu leisten vermochte. Am Ende keuchte er ohne Unterlass, ähnlich wie eine Dampflok, und wenn er einen Arm oder ein Bein vorschnellen ließ, begleitete er seine Bewegung mit einem Geräusch, von dem keiner wusste, ob es ein Kampfschrei war oder ein Stöhnen. Thorsten schien dagegen von Runde zu Runde immer schneller zu werden. Alles in allem wurde Jacob gehörig vermöbelt. Und dann, ansatzlos, drückte Jacob, der eigentlich in seine Ecke gedrängt stand, das linke Bein mit voller Kraft nach vorne. Ein verzweifelter Kick, der Thorstens Bauch treffen sollte. Der sah die Gefahr im letzten Moment, versuchte sich wegzudrehen, und spürte, wie sich Jacobs Ferse stattdessen in seine Leber bohrte. Da konnte man noch so hartnäckig trainieren, einen solchen Treffer steckte man nicht ohne Weiteres weg. Thorsten sah noch, wie Jacob die Arme im Triumph emporriss, ehe seine Knie hart auf den Brettern aufschlugen.

Bei ihrem vierten Kampf war Jacob siebenundzwanzig und seinem Kern nach noch immer der Junge, der sich nach einer Mama sehnte, die fähig wäre, ihn in den Arm zu nehmen. Nach einem Papa, dem er sich anvertrauen könnte, wenn er mal wieder Mist gebaut hatte. Man sah es ihm nicht an; die wenigsten konnten an seinen Muskeln vorbei- und in ihn hineinschauen. Für die Leute war er nur der Protz, der offensichtlich zu viel Zeit damit verbrachte, sich um seinen Körper zu kümmern, und dessen Gehirn daher unterentwickelt sein musste. Dazu passte, dass Jacob nicht gut reden konnte. Erst sagte er lange nichts, dann brodelte es aus ihm heraus, viel zu schnell und abgehackt.

Thorsten hatte die aktuelle Schwachstelle seines Gegners erkannt. Er hatte gesehen, dass Jacobs rechtes Bein stärker war als sein linkes. Tags zuvor hatte Jacob zu viel trainiert und einen Muskelkater davongetragen, dessen Ausläufer sich noch am Kampftag den gesamten linken Unterschenkel hinab bis in die Wade zogen. Der Impuls, mit dem linken Bein zu einem Tritt auszuholen oder einen Ausfallschritt zu machen, wurde darum mit kaum merklicher Verzögerung ausgeführt. Diese Sekundenbruchteile entschieden den Kampf. Wenn Jacob mit rechts zu einem Tritt ansetzte, kickte Thorsten mit voller Kraft gegen sein Standbein. Zweimal knickte Jacob daraufhin ein; auch die weiteren Treffer waren schmerzhaft und verzögerten seine Bewegungsabläufe. Nachdem Jacob in der vierten Runde zu Boden gegangen und erst nach acht Sekunden wieder aufgestanden war, warf sein Trainer das Handtuch. Der Schiedsrichter brach den Kampf ab und erklärte Thorsten zum Sieger.

Wieder und wieder analysierte Jacob diesen Kampf. Nachdem er das Video davon zum neunzehnten Mal gesehen hatte, war er sich sicher, es ab sofort emotionsfrei betrachten zu können. Er fing an, seine Schwachstellen auszuloten, durchschaute Thorstens Taktiken, wog Handlungsoptionen ab und führte diese in immer neuen Abwandlungen gedanklich aus. Wenige Tage später forderte er Thorsten zur Revanche heraus.

Der Kampf fand an Jacobs neunundzwanzigstem Geburtstag statt. Jacob war wie ausgewechselt. Kerzengerade stand er in seiner Ecke. Thorsten war für ihn kein Gegner mehr, kein Mensch aus Fleisch und Blut, sondern ein Hindernis, das überwunden werden musste. Thorsten würde der Beweis sein, dass Jacob lernfähig war. Dass er sich fortentwickelte und zeitlebens besser werden würde. Dass er eine Zukunft hatte, wie auch immer diese aussehen mochte. Und Jacob liebte Thorsten dafür. Er liebte ihn, weil er wusste, dass Thorsten es ihm so schwer wie möglich machen würde. Er liebte ihn, weil Thorsten mit jeder Faser seines Körpers versuchen würde, ihn zu widerlegen. Er liebte ihn, weil er spürte, dass eben das ihn, Jacob, unsterblich machen würde. Von heute an hätte er ein Prinzip in seinem Leben verankert: dass er alles werden konnte, wenn er es nur wirklich wollte.

»Pass auf, Thorsten«, sagte er zu Beginn der ersten Runde, »wenn ich gegen dich gewinne, kommst du dann in unseren Verein?«

Thorsten nickte kaum merklich, ehe er sich besann und laut auflachte. »Davon träumt die Sardine, wenn sie gegen den Hai antritt«, meinte er und hob die Fäuste.

Thorsten wies tatsächlich keine Schwachstelle auf. Seine Muskeln waren nicht nur gut entwickelt, sondern auch harmonisch aufeinander abgestimmt. Kein Arm war schwächer als der andere, kein Bein langsamer als das andere. Jacob hatte nur zwei Vorteile: Er war zwei Jahre jünger als sein Gegner. Und er hatte dessen Angriffe und Abwehren wieder und wieder studiert. Er wusste, dass Thorsten ihm ein winziges Zeitfenster bieten würde. Kaum merkbar, aber vorhanden: Wenn Thorsten mit dem linken Arm zu einem Schwinger ansetzte, ließ er den rechten Arm ein klein wenig zu weit sinken. Der Effekt verstärkte sich, wenn Thorsten müde wurde. Jacob musste nur die ersten beiden Runden überstehen und seinen Gegner wieder und wieder zu Angriffen reizen. Und nicht unversehens getroffen werden, natürlich.

Jacob hatte eine neue Art von Stärke gefunden. Er hatte gelernt, sich zurückzuhalten. Den Ereignissen und den Menschen um sich herum Raum zu geben. Genau zu beobachten, statt drauflloszuschlagen. Und zu warten, bis der entscheidende Augenblick kam. Zu Beginn der dritten Runde setzte er einen Schlag an Thorstens rechte Schläfe, als dieser gerade zu einem Schwinger ausholen wollte. Noch in derselben Runde gelang ihm der Treffer erneut. Beide Male war Jacobs Faust abgerutscht, sie hatte Thorsten nicht voll getroffen. Der aber schien überrascht zu sein, dass Jacob nicht nur eine Lücke in seiner Abwehr gefunden hatte, die ihm selbst verborgen geblieben war, sondern diese auch systematisch nutzte. Er verdoppelte seine Anstrengungen und war selbst nach der Pause noch außer Atem. In der vierten Runde rutschte Jacobs Faust nicht mehr ab. Thorsten ging zu Boden und stand erst nach sieben Sekunden wieder auf den Beinen. Er hielt noch zweieinhalb Runden durch. Vielleicht hoffte er auf einen *Lucky Punch*; im Grunde aber wussten beide, wer diesen Kampf für sich entscheiden würde.

Tags darauf unterschrieb Thorsten den Vertrag beim TSV München-Gern. Weniger als eine Woche später fragte Jacob ihn, ob sie beide nicht einen Fitnessraum eröffnen wollten.

Jetzt, ein halbes Jahr später, ist Jacob also Miteigentümer eines Ladens – vorne Fitnessclub, hinten Kampfarena. Hier würden Thorsten und er täglich trainieren und kämpfen können. Nur dass sie jetzt dafür sogar noch Geld bekämen. Morgen würden sie die Tür ihres Ladens öffnen. Darum der Sekt und die zwischen Albernheit und Erhabenheit changierenden Gespräche.

Jacob prostet seinem Freund mit dem Sektglas zu. »Sind wir eigentlich süchtig, Thorsten?«

Thorsten lacht, denn er weiß, dass sein Freund nicht die Sucht nach Alkohol meint. Trotzdem braucht er eine Weile, ehe er antwortet. »Klar sind wir das. Wenn ich mir die Daniela so anschaue, die mit uns trainiert, dann wird mir ganz anders. Einmal habe ich gesehen, wie sie direkt vor meinen Augen ihr T-Shirt gewechselt hat. Einfach so. Es war grün-weiß gestreift, also das, das sie ausgezogen hat, und das andere, das darunter war …«

»Ich mein's ernst, Thorsten.« Jacob zeigt ihm seine freie Hand. »Manchmal trainiere ich so hart, dass mir die Hände zittern, wenn ich mir abends die Zähne putze. Am nächsten Tag schlagen wir uns für Geld. Ist das nicht saublöd?«

»Hey, andere bauen Waffen für Geld. Schreiben sinnlose Mails oder optimieren Arbeitsabläufe. Die halten ihre Minimalfunktionen aufrecht und dämmern über die Jahre immer mehr weg. Am Anfang ihrer Karriere leben sie noch zu neunzig Prozent und nennen das Kompromiss. Dann leben sie nur noch zu siebzig Prozent und nennen es Anpassung. Wenn sie bei fünfzig Prozent angelangt sind, reden sie sich ein, dass sie halt älter geworden seien. Irgendwann geben sie vollends auf; lassen sich von *Comedians* unterhalten, die ihnen einreden, dass ihr Leben ganz normal und irgendwie in Ordnung sei. Tief in ihrem Inneren aber wissen sie, dass sie ihre Lebensaufgabe nicht erfüllt haben: das Beste in sich entdecken und zum Blühen bringen. Wir dagegen müssen immer hundert Prozent geben – einfach, weil es sonst wehtut. Das zwingt uns, so zu leben, wie es richtig ist. Daran ist gar nichts saublöd, glaub mir. Wir sind ganz nah am Kern dessen, was unser Leben ausmacht. Wirklich ausmacht.«

»Hm, vielleicht hast du recht. Wahrscheinlich fühlt es sich genau darum auch so verdammt gut an. Geht es uns nicht am besten, wenn unser Körper nicht mehr kann? Kramen wir nicht genau dann unsere letzten Kräfte hervor? Und ist das vielleicht etwas, das echtem Glück am nächsten kommt?«

Thorsten wiegt den Kopf hin und her. »Na ja, das machen in erster Linie die Endorphine. Da kannst du auch am Fallschirm aus einem Flugzeug springen oder mit Krokodilen schwimmen. Früher, als es noch darauf angekommen ist, hat unser Körper in solchen Momenten das Maximum gegeben, und unser Gehirn war leistungsfähig wie niemals sonst. Das können wir immer noch. Wir müssen es heutzutage nur eben künstlich hervorrufen – zum Beispiel durch exzessives Training.«

»Stimmt, in Wahrheit trainiere ich nie nur den Körper, sondern immer auch den Kopf. Wenn man es genau nimmt, ist das mit dem Körper vielleicht nur ein Vorwand.«

»Klar ist es das. Aber richtig hart macht uns das Ganze letztlich nicht, oder?« Thorsten klopft Jacob auf die Schulter. »Vor allem dich nicht. Nimm's mir nicht übel, aber du bist eigentlich eher weich, so in dir drin. Hast eine Haut dünn wie Papier und lässt dich von den Stimmungen anderer beeinflussen. Hab ich nicht recht?«

»Eine Künstlerseele, hat mein Papa immer gesagt, die ich hinter Muskeln verstecke.«

Thorsten nickt. »Das ist super. Macht dich zu was Besonderem, ehrlich. Typen, die sich für cool halten, gibt's eh schon genügend. Soll ich dir sagen, wer die wirklich harten Jungs sind? Das sind die Politiker. Ja, genau die, mit ihren schwabbeligen Bäuchen und aufgedunsenen Gesichtern. Du siehst es ihnen nicht an. Siehst nicht, wie zynisch sie geworden sind. Die sind hart, das sag ich dir, von innen heraus sind sie hart. Aber weder fit noch stark.«

»Meinst du echt, dass es da einen Unterschied gibt?«

»Und ob! Wer hart ist, der schlägt sich durch und auch mal um sich. Der denkt vor allem an sich selbst und kümmert sich nicht darum, was die anderen von ihm halten. Wer dagegen fit ist, der will sich weiterentwickeln. Da er andauernd seine Grenzen ausreizt, ist er sich seiner Defizite bewusst und arbeitet aktiv daran, sie loszuwerden. Dieser Kampf hört niemals auf. Und stark? Stark ist jemand, der einen Schritt weitergegangen ist. Der kaum aus der Bahn geworfen werden kann und anderen daher Halt gibt. Stark ist man nie nur für sich, sondern immer auch für andere, merk dir das! Alle drei Ausformungen von Kraft kann man trainieren. Sie sind uns nicht gegeben: Unsere Erbanlagen können wir entweder nutzen oder wir müssen sie überwinden. Es liegt an uns. Immer liegt es an uns. Vielleicht kann man es so zusammenfassen: Wer fit ist, der will eigentlich stark sein und läuft Gefahr, stattdessen hart zu werden. Aber keine Sorge, auf dich trifft das nicht zu, du Weichei. Du bist auf einem guten Weg, ganz im Ernst.«

Jacob lacht laut. »Aha. Ich weiß nicht recht. Im Winter halten mich manche für dick, und im Sommer wirke ich auf die meisten doch eher übertrieben definiert. Die meinen, dass ich nur Sport im Kopf hätte, und geraten vor lauter Staunen ganz aus dem Häuschen, wenn sie mich beim Lesen erwischen. *Aufgeblasener Gockel*, haben mir zwei Mädchen mal hinterhergerufen, *da sticht man rein und dann geht die Luft raus.*«

»Die Künstlerseele, da ist sie wieder. Wie nett …« Sein Freund schüttelt beinahe resignierend den Kopf. »Nein, gar nicht nett, Mann! Scheiß doch drauf, was die von dir denken! Echt jetzt, ich krieg das nicht in den Kopf: Du gehst lächelnd auf Gegner zu, die einen Kopf größer sind als du, kletterst auf Höhengraten herum und kannst mir aus dem Stand drei Zitate von Jean-Paul Sartre aufsagen. Und dann bringt dich so ein Sprüchlein aus dem Konzept? Du hast es echt nicht so mit den Frauen, daran müssen wir arbeiten. Nimm die Daniela: Die fordert dich doch bestimmt körperlich heraus, wenn du verstehst, was ich meine. Oder etwa nicht?«

»Klar. Aber ich mag ihre Art zu lachen nicht.«

»Ihre Art zu …? Drehst du jetzt völlig durch, oder was? Warum sollte das wichtig sein?«

Jacob stemmt die Fäuste in die Seiten. »Das ist sogar sehr wichtig! So eine Stimme hast du, wenn es gut läuft, eine ganze Weile um dich herum. Die sollte dann schon angenehm sein, oder? Warum reden wir überhaupt über mich? Bist du vorgestern nicht wieder mit der Jenny ausgegangen? Wie lief es denn?«

»Och, wir sind nicht ganz auf einer Wellenlänge. Haben irgendwie gemerkt, dass wir ein paar entscheidende Dinge im Leben anders sehen.«

»Verstehe: Du wolltest also Sex und sie hat abgelehnt. Richtig?«

»Ähm, schon.« Verlegen kratzt sich Thorsten am Kinn. »Aber ich hab's wenigstens versucht. Hab meine Nehmerqualitäten vorangebracht. Einmal wirst du auch mal ein Risiko eingehen müssen, Jacob. Bitte tu das bei der Richtigen.«

»Geht klar.« Jacob lacht kurz auf. »Halt, Moment: Woher weiß ich denn, dass es die Richtige ist?«

»Sie muss dich in einem Moment der Schwäche sehen. Angeknackste Künstlerseele und so. Am besten ist sie da, wenn du gerade aus irgendeinem Grund zu Boden gehst und dich so richtig dafür schämst. Wenn sie dann zu dir steht, ist sie die Richtige. Dann kann sie durch deine Hülle hindurchblicken.«

Jacob grinst breit. »Aber zu einfach wollen wir es ihr nicht machen, oder? Lass uns noch eine Runde trainieren. Um die Hülle weiterzuentwickeln.«

»Spitze. Mit Sekt geht das sowieso am besten. Da werden die Endorphine Samba tanzen.«

Jetzt muss ich mich als Autor noch einmal zu Wort melden. Jacob hat natürlich keine Ahnung. Wie sollte es anders sein: Er ist noch keine dreißig und war noch nie außerhalb von Europa. Immerhin hat er sich vorgenommen, im folgenden Jahr den *Selvaggio Blu* zu gehen, den ›wilden blauen‹ Kletterpfad auf Sardinien. Thorsten hat ihm dazu geraten, damit Jacob ›endlich mal was erlebt‹. Jacob hat noch nie die untrennbare Mischung aus Angst und Mut verspürt, diesen Angstmut, der Besitz von einem ergreift, wenn man einen Menschen anspricht, den man wirklich mag. Er hat noch nie den Dreiklang aus Panik, Hoffnung und Euphorie erlebt, der einen in die erste Partnerschaft begleitet. Noch nie hat er am eigenen Leib gespürt, welche absurden Möglichkeiten sein Gehirn auszumalen imstande ist, wenn er Hals über Kopf verliebt ist, welche schillernden Welten es entwirft und wie wenig darin Erfahrungen und die Gesetze der Logik gelten. Er hat noch nie erfahren müssen, was es bedeutet, zwei Tage lang aus Liebeskummer nichts zu essen oder sich so tief in einem Gedankennetz zu verstricken, dass man selbst dann nicht mehr herauskommt, wenn man es will. Jacob hat sich noch nie bis aufs Blut mit einer Frau gestritten, sich danach mit ihr versöhnt, sich von ihr getrennt und wieder zu ihr gefunden. Er hat noch nicht erlebt, wie selbstverständlich eine Frau Kleinigkeiten zu grundlegenden Störungen erhebt und wie sie vermeintlich große Taten mit einem Wort, einer bloßen Geste vom Tisch fegt. Wie soll er da wissen, wer die Richtige für ihn ist?

Die richtige Frau für Jacob ist eine, die mit entschlossenen Schritten vorwärtsgeht. Eine, die sich, wenn man sie anschaut, nicht sofort abwendet. Die beim Jogging mit ihm mithält und gütig wartet, bis er eine ihrer Pointen verstanden hat. Eine, in deren Kopf immerzu mehrere Ideen um den ersten Platz streiten. Die richtige Frau für Jacob ist eine, die vieles hätte werden können, sich aber für einen Weg entschieden hat und das nicht bereut. Eine, die nicht weglaufen oder ausbrechen muss, weil sie seit jeher draußen ist; sie lässt sich nicht einsperren. Eine, die Actionfilme und Horrorserien mag, die späten Gemälde von Théodore Géricault und die frühen Bücher von Alessandro Baricco. Eine, die ungern, dann aber nachdrücklich schimpft und gerne laut flucht. Wenn sie lacht, kräuseln sich die Falten unter ihren Augen, und man kann gar nicht anders als mitlachen. In der Eisdiele wählt die richtige Frau niemals Schokolade oder Vanille, sondern Zitrone-Basilikum oder salziges Karamell. Die richtige Frau für Jacob ist eine, die Wert auf das Werden legt: In Jacob sieht sie nicht nur das, was er ist, sondern auch das, was in ihm steckt – Eigenschaften, auf denen sie aufbauen kann, und Dinge, die sich entwickeln werden mit der Zeit. Die richtige Frau zieht Jacob am Schlafittchen hinter sich her. Ihre Verletzlichkeit gibt sie erst spät, dann aber uneingeschränkt preis.

Was Jacob nicht ahnt: Die richtige Frau hat sich bereits auf den Weg zu ihm gemacht.

Sechstes Kapitel
Anna und Simone

Dieses Jahr hat der Wind das Kommen des Frühlings verpasst. Unbarmherzig rauscht er die Straßen entlang, wirft Blumentöpfe von den Balkonen und bringt die Baumkronen am Berliner Helmholtzplatz ins Schwanken.

Einmal mehr fragt sich Anna, ob all der preußische Prunk, der betuchten Muttis mit ihren Gören eine ansehnliche Kulisse bietet, sich in Wahrheit nicht gegen diese wendet. Zu langgezogen sind die vielgeschossigen cremefarbenen Häuser, zu breit und ausladend die Straßen, um den einfallenden Stürmen Paroli bieten zu können. Von den Autobahnen ganz zu schweigen, die hinausführen aus der Stadt, Bernau und der Uckermark entgegen. Alles hier ist gerade und lang. Der Wind kommt direkt aus dem Februar und rast die Korridore entlang wie eine böse Erinnerung. Am Göhrener Ei schießt er an den ehrwürdigen Fassaden empor und ergießt sich triumphierend wie eine Flutwelle über die Dächer. Wer diesem Sturm ausgeliefert ist, zieht den Kragen seiner Jacke hoch oder drückt sich die Mütze tiefer ins Gesicht.

Nur Anna geht im T-Shirt an den Spielplätzen vorbei. Eine Nebenwirkung des täglichen Trainings: Sie kommt rasch ins Schwitzen und friert selbst im Winter kaum. Ihre Muskeln arbeiten ununterbrochen, auch wenn sie keinen Sport treibt. Obwohl Anna sie kaum anspannt, sieht man sogar im Vorübergehen, wie sich ihr Bizeps wölbt und ihr Trizeps eine feine Welle auf ihren Hinterarm malt. Ausladende Adern führen ihre Handrücken entlang von den Handgelenken zu den Fingerknöcheln. Würde man ihr die Hand geben, spürte man, dass eine Hornhaut ihre Fingerkuppen und Handinnenflächen unempfindlich macht.

Anna schreitet weit aus und winkt zwei Kindern zu, die vor dem Wind ins Innere einer Spielplatzburg geflohen sind und neugierig durch einen hüfthohen Spalt lugen. Hüfthoch für Erwachsene, versteht sich. Seit die Polizei die Drogenhändler in andere Stadtteile verjagt hat, gehört der Helmholtzkiez endgültig den Müttern mit ihren Tausend-Euro-Kinderwägen, den Outdoor-Ökojacken und ihren Latte-Macchiato schlürfenden Hipster-Ehemännern. Nur abends versammeln sich manchmal noch ein paar Säufer am Spielplatz, und versprengte Punks führen struppige Hunde aus. Schlimmer sind die Schwaben. Die reden komisch und haben zu viel Geld. Kommen so harmlos daher mit ihren deplatzierten ›sch‹'s und ihrem niedlichen ›le‹, das sie an alle Hauptwörter dranhängen, verderben aber die Mietpreise und verhunzen die Sprache. Zugegeben, die Sprache war auf dem *Helmi* vielleicht schon immer verhunzt gewesen. Aber sie war eben lange Zeit anders kaputt gewesen als heutzutage.

Anna geht vorwärts, als sei der Wind gar nicht da. Sie muss sich ihm nicht entgegenbeugen. In aufrechter Haltung gelangt sie zu einem Haus, das sich kaum von seinen Nachbarn unterscheidet. Links und rechts geht das Gemäuer nahtlos in das der anderen Häuser über. Natürlich stehen lauter neumodische Namen auf den Klingelschildern, es wimmelt nur so von *Agencies*, *Consultants* und *Institutes of Irgendwas*. Dazwischen aber ruht ein beruhigend verlässliches deutsches Wort: »Verlag« steht dort und dahinter »4. OG«.

Anna drückt die Klingel, schiebt die summende Tür nach innen auf und geht nach oben. Natürlich nimmt sie die Treppe, darüber denkt sie nicht nach. Vermutlich weiß sie nicht einmal, dass das Haus einen Aufzug hat, obwohl sie schon ein paar Mal hier gewesen ist. Sie nimmt immer zwei Stufen gleichzeitig und bemerkt nicht die neidischen Blicke, die ihr zwei Angestellte nachschicken, ehe sie sich mit ihren zuckrigen Milchkaffees in den Aufzug drücken. Die meisten Männer wissen im ersten Augenblick nicht, ob sie Anna begehrenswert oder abstoßend finden sollen. Am ehesten beides zugleich.

Anna ist jetzt achtundzwanzig und eine Naturgewalt. Sie steht mit beiden Beinen fest im Leben und weht doch so leicht die Treppenstufen hinauf, als wären diese neben- statt übereinander angebracht.

Keine Minute später steht sie vor einer dunkelrot lackierten Tür. Ein Mädchen öffnet ihr. Es reicht Anna schüchtern die Hand und bedeutet ihr, ihm zu folgen. Anna weiß nicht, ob es sich um eine Praktikantin oder eine Volontärin handelt. Bei jedem ihrer Besuche ist es ein anderes Mädchen. Alle sind entsetzlich jung, haben große Augen und reichen Anna bis zur Stirn. Sie sind auf eine schwer greifbare Weise nett anzusehen, ohne dass sie sich jedoch in Annas Gedächtnis verhaken. Ohne diese Mädchen hätte der Verlag längst dichtgemacht.

Anna folgt dem Mädchen – heißt es Lea oder Leni? Oder doch Marlene? – einen dämmrigen Flur entlang. Von rechts und links leuchten Anna eigens angestrahlte Bücher entgegen. *Wie ich dank Sport den Sex meines Lebens hatte*, heißt eines, das ziemlich dünn ist. Das daneben nennt sich *Muskeln für Mädels*, kurz darauf folgen *Von null auf fit in 50 Tagen* und *Sportsüchtig – na und?* Ganz hinten, kurz vor dem Büro der Programmchefin, macht Anna den Klassiker aus, der den Verlag zwar nicht berühmt, aber doch angenehm reich gemacht hat: *Weck den Panther in dir – Geschmeidig und stark dank der Doktor-Brown-Methode*. An dieser Stelle muss Anna immer lächeln. Nicht nur, weil auf dem Buchcover kein Panther, sondern ein Gepard von links nach rechts flitzt. Sondern auch, weil Simone, die Programmchefin, Anna eines Abends anvertraut hatte, dass sie die Erfinderin der Doktor-Brown-Methode ist. Mehr noch: Simone ist ›Doktor Brown‹. Das Model auf dem Cover wiederum, das gleich neben dem Gepard einen Wissenschaftler mimt, ist in Wahrheit ein Nachwuchs-Zehnkämpfer aus Mecklenburg-Vorpommern, der von Simone zur Verschwiegenheit verpflichtet worden ist. Die Idee mit der bahnbrechenden Methode war ihr beim Browniebacken gekommen.

Anna lächelt noch immer, als ihr die Praktikantin oder Volontärin die Tür öffnet und sich mit einem unverbindlichen Lächeln von ihr verabschiedet. Kuchen backen, das passt zu Simone, denkt Anna, ehe sie der Programmchefin die Hand entgegenstreckt. Simone ist so ziemlich die unsportlichste Person, die Anna kennt. Auf Simones Beinen zeichnen Krampfadern eine eigenwillige Landkarte; ihre Oberarme ändern, wenn sie sie anspannt, nicht ihre Form. Fast immer lässt Simone sie aber ohnehin herabhängen, oder sie legt sie, wie jetzt, auf der Schreibtischplatte ab. Großporig wie ein Schwamm ist ihre Haut. Simones Bauch bildet den natürlichen Schwerpunkt ihres Körpers. Wenn sie sich bewegen soll, schnauft sie, oder sie seufzt laut. Sie hat eine gewisse Meisterschaft erlangt, wenn es darum geht, Bewegungen zu vermeiden. Selbst jetzt, da ihr die Höflichkeit diktiert, sich zu Anna umzudrehen und ihr die Hand entgegenzustrecken, verharrt ein maximal großer Teil ihres Körpers in der vorherigen Haltung. Alles an ihr macht klar, dass sie jede Lageänderung als Störung ihrer wohlverdienten Ruhe empfindet. Simones Kollegen wissen das nur zu gut. Sie nähern sich Simone niemals anders als mit einem entschuldigenden Lächeln.

Zwischen Anna und Simone hatte es auf Anhieb gefunkt. Äußerlich mochten sie das Gegenteil der jeweils anderen sein, ihrem Wesen nach aber ähnelten sie sich so sehr, dass sie einander schon nach wenigen Augenblicken erkannt hatten. Beide waren sie ausweglos vom Alltag gelangweilt. Nicht Sorgen oder Ängste trieben sie an wie die meisten anderen, die um ihr Geld, ihren Status und ihre Zugehörigkeit bangten, sondern eine schier unerschöpfliche Neugier. Da das durchgeregelte Leben, das für sie vorgesehen war, ihnen kaum je bahnbrechende Überraschungen auftischte, suchten sie zeitlebens nach dem Besonderen, dem Unerwarteten. Nach dem, was die gängigen Rahmen sprengt. Anna führte dafür ihren Körper über immer neue Grenzen hinweg. Simone fand den Kick in guten Texten und in modernen Kunstwerken – gerne in solchen, in denen ganze Räume zweckentfremdet oder Besucher unvermittelt Teil einer Performance wurden. Am besten gefiel ihr, wenn konsequent unverständliche Kunstkonzepte mit Dingen kombiniert wurden, die man vom Alltag her kannte – mit Schweineblut zum Beispiel oder mit Ejakulat. Daher gilt sie, wie Anna, als Sonderling.

Allerdings ist Simone die Einzige im Verlag, die ein Buch nicht nur zum Bestseller gemacht, sondern es sogar zu weiten Teilen selbst geschrieben hat. Darum sieht man ihr die meisten Verschrobenheiten nach. Dass sie in den Mittagspausen sitzen bleibt und erst abends ganze Menüs verschlingt, zum Beispiel. Dass sie fluchen kann wie ein Pirat, wenn ihr ein Titelbild nicht zusagt. Oder einen Autor rüde vertreibt, wenn der vom ›Einzigsten‹ schreibt statt vom ›Einzigen‹.

Dann ist da noch die Sache mit ihrer Stimme. Simone telefoniert ausgiebig und gerne. Manchmal ruft sie in einer Grafikagentur an, nur um sich ›mal grundsätzlich‹ beraten zu lassen, oder nimmt freiwillig an telefonischen Umfragen teil, deren wissenschaftliche Aussagekraft fraglich ist. Simone verfügt nämlich über eine samtene Stimme. Ihre vollen Vokale umhaucht sie mit einem angedeuteten Kratzen – verrucht genug, um bei ihren Gesprächspartnern das Kopfkino anspringen zu lassen, und trotzdem so unverbindlich, dass sie daraus niemals wirklich etwas weiterspinnen können. Vor allem aber weiß sie, ihre Stimme einzusetzen. Sie spricht weder zu schnell noch zu langsam. Ihre Sätze sind austariert, sie betont die Wörter weder zu nachdrücklich noch zu leidenschaftslos. Ihre Kollegen behaupten, dass Simone alles bekommen könne – berühmte Autoren, einen Preisnachlass von einem Messestandbauer, einen Interviewtermin im Fernsehen –, solange man sie nur nicht sehe. Irgendwann würde Gott seinen Irrtum bemerken und sie mit einer Stimme ausstatten, die zu ihr passe – einer unharmonischeren, irgendwie älteren und definitiv weniger anziehenden Stimme.

Für Anna hingegen passt Simones auditives Organ bereits jetzt zu ihr. Anna weiß, dass Simone hinter ihrem igligen Verhalten, hinter dem Rückzug und dem Trotz ein verletzliches und brodelndes Inneres versteckt.

An Simone beißt sich Anna seit nunmehr sechseinhalb Jahren die Zähne aus. Die Programmchefin hat sie manch durchgemachte Nacht gekostet. Simone schießt ein Projekt lieber ab, als sich mit neunundneunzig statt hundert Prozent zufriedenzugeben. Das fasziniert Anna. Simone wiederum schätzt Annas Beharrlichkeit, ihre Hingabe und die Fähigkeit, nach jeder Ablehnung umso vehementer weiterzumachen. Sie will unbedingt, dass Annas Buch ein Erfolg wird.

Keine einfachen Voraussetzungen also für das folgende Gespräch, das endlich den Durchbruch bringen sollte.

Simone seufzt und kramt in ihren losen Blättern herum, als suche sie etwas. »Das wievielte Mal treffen wir uns jetzt, das fünfte? Dann sag mal an, wie dein Buch dieses Mal heißen soll.«

Anna verdreht die Augen, da Simone sie aber noch immer nicht anschaut, fällt ihr das nicht auf. »*Fit wie ein Turnschuh – nur wozu?*«

Nun blickt die Verlegerin beinahe erschrocken auf. »Komm schon, Anna, verarsch mich nicht. Rück den richtigen Titel raus.«

Anna seufzt leise. »Das ist der richtige Titel. Der trifft den Nagel auf den Kopf.«

»Also, jetzt mal im Ernst, Anna. Das erste Mal bist du zu mir gekommen, aus dem Nichts heraus. Hat mir imponiert, echt. Wie du auf einmal vor mir gestanden bist und losgelegt hast. Damals waren deine Muskeln noch nicht so übertrieben groß wie jetzt. Beim Sprechen hast du dich andauernd verhaspelt. Warst wohl aufgeregt. Hattest gerade mit dem Studium angefangen und brauchtest vermutlich Geld. Weißt du noch, wie dein Buch damals heißen sollte?«

»Natürlich weiß ich das; ich hab es ja geschrieben.« Am liebsten würde Anna jetzt aufstampfen, aber sie hält sich noch rechtzeitig zurück. »*Resilienz – die unterschätzte Kraft*. Vielleicht erinnerst du dich auch daran, dass genau dieses Thema kurz darauf durch die Decke geschossen ist. Wenn wir mein Buch damals veröffentlicht hätten, könnten wir jetzt vor unserem Haus auf den Bahamas liegen und Cocktails trinken statt dieses Verlagswasser, das wie das Berliner Wetter schmeckt.«

Simone schnaubt laut. »Die Bahamas werden total überschätzt. Da schlurfen Massen amerikanischer Touristen die Strände entlang, und alle zwei Jahre wirft ein Hurrikan alles in Schutt und Asche. Glaub mir, da sind wir mit unserem Stürmchen besser dran. Wir wissen doch beide, dass der Wind morgen schon weitergezogen sein wird, um die Polen zu ärgern. Resilienz also, schön und gut, aber das klang damals einfach zu sehr nach einer Worthülse. Tut es immer noch. Ich denk da immer an Residenz oder an dieses Lied – kennst du, oder? – Resi, i hol di mit'm Traktor ab …«

»Dein Bairisch ist genauso gut wie dein Bestsellergespür, oder?« Anna hebt die linke Augenbraue. »Welches Buch war nach der *Doktor-Brown-Methode* doch gleich ähnlich erfolgreich? Ach so, richtig, es gab ja keines mehr. Hättest du mal meinen zweiten Vorschlag angenommen. Dann wären wir jetzt weiter.«

»Ähm, nee, wären wir nicht. Immerhin hab ich schon mal ein erfolgreiches Buch hingekriegt und kann dir sagen, dass sich etwas, das du *Das Fitness-Orakel* nennst, niemals verkaufen wird. Und weißt du, warum nicht? Weil sich die Leute, die sich für Fitness interessieren, wirklich anstrengen wollen. Mich lockst du damit nicht hinterm Ofen hervor, das kann mir alles gestohlen bleiben. Aber denen gefällt das, die wollen Blut und Schweiß und Tränen fließen sehen. Unsere Leser kenne ich, glaub mir. Das sind Leute, die ganz konkret was tun wollen. Die brauchen kein Orakel und keine abgehobenen Theorien. Denen geht's darum, Muskeln aufzubauen.« Simone reibt sich über die Arme und schüttelt sich dabei. »Brrr, das auch nur auszusprechen, lässt mich schon schaudern. Warum tut man sich so was überhaupt an? Aber egal. Ich weiß ja, dass du im ersten Jahr deines Studiums eine Überfliegerin warst. Stimmt doch, oder? Du hättest mir so ziemlich alles über Sportwissenschaft erzählen können. Sehr subtil übrigens, die Sache mit dem Empfehlungsschreiben deines Professors, das just zwei Tage vor unserem Treffen auf meinem Schreibtisch gelandet ist. Nicht schlecht, junge Dame, dachte ich damals. Das Orakel war schon besser als die Sache mit der ausgelutschten Resilienz. Origineller und eigensinniger. Ich hab mir nur eben beim besten Willen keine Leser dazu vorstellen können.«

»Hey, dafür hatte ich dich im Jahr darauf schon an der Angel, als ich dich zum Abendessen ausgeführt und dir von meinem neuen Buchprojekt erzählt hatte. Richtig?« Beinahe siegesgewiss reckt Anna ihr Kinn hoch.

»Du warst nah dran an einem Verlagsvertrag, das geb ich zu. Ein Vier-Gänge-Menü und zweieinhalb Flaschen *Côtes du Rhône*, das war ein guter Einstieg in die Verhandlungen.« Die Verlegerin nickt, als müsste sie sich die Situation mit vollem Magen und vor allem vollem Glas noch mal in Erinnerung rufen. »Du warst ganz schön übermütig damals. Dein Freund hat dir gutgetan. Wie hieß er doch gleich? Frank? Oder Rolf? Irgendwas Kurzes, oder? Den Namen, meine ich. Die Beziehung wohl auch. Egal, jedenfalls kamst du ganz aufgeputscht zu mir. Hast darauf bestanden, mich gleich zum Abendessen einzuladen und wohl nicht bedacht, wie viel Alkohol ich dank meiner Masse vertrage. War ein kostspieliger Abend für dich. Aber das Buch, das du im Gepäck hattest, das hat mir wirklich gefallen.«

»*Dein Körper sagt danke.* Da stand alles drin, was ich zu sagen habe. Ich wollte herausfinden, woher der Drang kommt, fit zu sein. Warum wollen wir das überhaupt?«

Simone reibt sich über ihr Kinn. »Ähm, um verdammt guten Sex mit schönen Menschen zu haben?«

Anna schüttelt empört den Kopf. »Eben nicht. Also, schon auch, klar. Aber doch vor allem, weil wir so viel leichter im Alltag zurechtkommen. Da spielt nun mal die Musik. Und schon verlieren die täglichen Anforderungen ihren Schrecken – die realen und die, die wir uns einbilden.«

»Die Anforderungen, die wir uns einbilden? Also wirklich, Anna, ich mag dich ja, irgendwie. Bist ein verrücktes Huhn, genau wie ich. Das ist gut, wenn man ein Buch veröffentlichen will. Aber wenn du jetzt unter die Esoterikerinnen gehst, ist es aus mit uns, das sag ich dir!«

»Denk doch mal drüber nach, Simone. Klar gibt's die Anordnungen von Chefs, die Fristen von Geschäftspartnern, es gibt Meetings und Telefontermine. Aber den meisten Stress machen wir uns selbst. Kennst du doch, oder? Kaum bist du zwei Tage krank oder eine Woche im Urlaub, erledigen sich fast alle dieser furchtbar wichtigen Dinge von ganz allein. Wir aber meinen, immer geschäftig tun zu müssen. Steigern uns in Kleinigkeiten hinein und beantworten Anfragen im Handumdrehen. Abends sind wir dann so müde, dass wir uns nur zu gern von einem der Lockangebote zurück an den Computer oder gleich vor den Fernseher schubsen lassen. Machen ja alle so. Meinen wir zumindest, weil wir von überall her pausenlos die Bestätigung dafür bekommen. Dabei müsste es genau andersherum sein! Erst wenn uns jemand widerspricht, würden wir nämlich lernen können. Und nicht gleich einknicken, wenn uns mal ein Wind entgegenbläst.«

»Anna, hab ich dir schon gesagt, dass ich dir unglaublich gern zuhöre? Wie du da so schnell sprichst, so eindringlich, und deine Anliegen mit diesen zackigen Gesten unterstreichst: Du schwitzt die Leidenschaft aus jeder Pore. Finde ich gut, ganz im Ernst. Wenn ich ein Kerl wäre, könnte ich wahrscheinlich gar nicht mehr an mich halten. Nur: Was hat unser Alltagsstress mit Fitness zu tun?«

»Alles, Simone, alles. Genau darum geht es ja. Dass wir aus der Müdigkeit herauskommen. Uns selbst entscheiden und andere Optionen ganz bewusst links liegen lassen. Dass wir uns definieren, indem wir etwas tun. Wir können meinetwegen ein Bild malen oder für einen Marathon trainieren. Oder eine Armentafel ins Leben rufen oder Veganer werden. Nur so kommen wir wieder in Kontakt mit den anderen, statt uns in irgendwelchen Netzwerken auszutauschen. Wir schauen einander wieder in die Augen. Und unsere Körper werden es uns danken: Wir fühlen uns rundum besser.«

»Verstehe, Anna. Nein, wirklich. Stand ja auch in deinem vierten Manuskript, *Fit sein heißt Ich sein.* Ganz ehrlich, wir hätten deinen dritten Vorschlag beinahe umgesetzt – der mit dem Körper, der Danke sagt, meine ich –, wenn unsere Verlagsleiterin in jenem Jahr nicht gesagt hätte, dass wir die Sportbücher herunterfahren und uns auf *Feelgood*-Texte konzentrieren sollten. *Lächelnd durchs Leben gehen* und der ganze Unsinn: Gegen solche Vorgaben kann ich nicht viel machen. Auf einmal musste ich behaupten, dass die Leute schon zufrieden sein können mit dem, was sie haben. Das war zu einer Zeit, in der ein paar junge Leute mit Internetgeschäften und Kurzvideos reich geworden waren. Ein Buch, das nahelegt, dass man sich anstrengen muss, um irgendetwas zu erreichen, hätte damals nicht zur Ausrichtung unseres Verlags gepasst. Außerdem warst du vor ein paar Jahren noch zu sehr auf das Körperliche fixiert. Vielleicht, weil du diesen Frank oder Rolf damals gegen Tim eingetauscht hattest, den Leistungsschwimmer. Scheinst eine Vorliebe für kurze Namen zu haben; ich mach dich mal mit unserem Grafiker Lutz bekannt. Egal. Die Verlagsleiterin hat dann ja Schiffbruch erlitten. Wir haben sie mit Empfehlungsschreiben überhäuft und sind sie bald an einen anderen Verlag losgeworden. Wegloben nennt man das. Jedenfalls mag ich deinen jetzigen Ansatz sowieso lieber. Den, der besagt, dass Fitness nicht unbedingt bedeutet, dass man stahlharte Muskeln aufbaut. Sondern eher im Kopf stattfindet. Dass es eine Kraft ist, die einem dabei hilft, den eigenen Weg auch gegen Widerstände zu gehen. Das fasst deine bisherigen Ansätze doch ganz gut zusammen, oder?«

»Genau. Na so was, dann hast du das ja doch kapiert! Da sprichst du wie in Zeitlupe, reihst Wort an Wort, als wäre in deinem Mund ein Dauerstau, und gleichzeitig schießen deine Blicke hin und her und verraten, wie fix deine Gedanken um die wenigen Wörter herumspringen, die du nach draußen lässt. Das ist cool, echt. Aber warum hast du mein viertes Buch damals nicht genommen, wenn du es doch gemocht hast?«

»Schau, da hast du eben zum zweiten Mal Pech gehabt. Dir ist ein Autor zuvorgekommen, der ein ganz ähnliches

Buch vorgeschlagen hat. Er hat den Zuschlag bekommen, kurz bevor du bei mir aufgekreuzt bist. Wir haben seinen Vorschlag veröffentlicht, es ist kein großer Erfolg draus geworden. Nimm's als Chance: Du kannst immer noch ein Buch bei uns herausbringen, das dann auch gelesen wird. Also gut, erklär mir noch mal die Sache mit dem Turnschuh. Erklär sie mir genau. Was soll das nun wieder? Worauf willst du hinaus?«

Fit wie ein Turnschuh – nur wozu?

Ja, worauf will Anna hinaus? Es tut mir leid, doch wir müssen an dieser Stelle ein wenig in die Tiefe gehen. Immerhin hat Anna ihren Bachelor in Sportwissenschaft mit der Bestnote abgeschlossen und danach einen Master in Sportpsychologie gemacht. Sie weiß, warum ihr Nachbar in zwei Jahren an der Bandscheibe operiert werden wird, warum Katzen nach einem Sturz vom höchsten Ast eines Baumes sich nicht die Beine brechen und welche chemischen Prozesse ausgelöst werden, wenn wir die Oberschenkel anspannen. Bitte blättere nicht vor. Du wirst herausfinden, dass Annas und Jacobs Leben um die folgenden Prinzipien kreisen. Nach gerade mal zweiundzwanzig Seiten wird dieser Ausflug in unsere Körper beendet sein. Versprochen.

Anna hat sich entschieden, genau dort gründlich nachzusehen: in unseren Körpern. Nicht nur, weil sie ein Sportfreak mit einer natürlichen Abneigung gegenüber körperlichen Grenzen ist. Sondern auch, weil sie nicht nachvollziehen kann, wie andere ihre Körper umhertragen, ohne wissen zu wollen, wie sie funktionieren. Die sehen Krankheiten auf sich zukommen, als wären es Schicksalsschläge: Sehnenschmerzen und Kreislaufprobleme, Verspannungen und Diabetes, Arthrose und Osteoporose. Diese Einstellung hält Anna für fatal. Wenn ein Auto auf einen zurast, das Hausdach über einem zusammenbricht oder jemand einem ein Messer an die Gurgel hält, ist das Pech. Den meisten Unbill aber können wir abwehren oder zumindest deutlich verkleinern. Keine Sorge, es bleibt genug Übles übrig, über das du dich beschweren kannst. Wieso aber, fragt sich Anna, wollen so viele Leute dann nicht herausfinden, warum ihnen etwas wehtut, und was sie unternehmen können, um diese Schmerzen in Zukunft zu vermeiden?

Nach ihrem Studium der Sportwissenschaft nimmt Anna Körper nicht mehr wahr wie zuvor. Sie achtet kaum noch auf einzelne Muskeln. Bizepsumfänge und Wadenwölbungen sind ihr egal. Stattdessen interessiert sie sich für Gegenspieler und Gleichgewichte. Und anders als früher legt sie Wert darauf, zu wissen, wozu unsere Muskeln eigentlich da sind.

Wenn wir auf die Welt kommen, tragen wir über dreihundert Knochen und Knorpel in uns, von denen einige im Lauf der Zeit fusionieren. Als Erwachsener bleiben uns gut zweihundert davon, von denen sich die Hälfte in unseren Händen und Füßen befindet. Kein Knochen bleibt ein Leben lang gleich. Ständig bauen Osteoblasten, das sind Zellen auf der äußeren Knochenhaut, neuen Knochen auf. Zugleich bauen Osteoklasten von innen permanent Knochen ab, sodass sich mit der Zeit eine sich vergrößernde Röhre ergibt. Das biologische Gleichgewicht ist erreicht, wenn sich Auf- und Abbau die Waage halten. Ein weiteres Gleichgewicht entsteht durch das Zusammenspiel von anorganischen Bestandteilen wie Mineralien und Kalk, die dem Knochen Härte und Stabilität verleihen, und organischen Bestandteilen, den Bindegewebsfasern, die ihn elastisch machen. Knochen halten mehr Druck als Zug aus; das Verhältnis ist in etwa vier zu drei. Belastet man den Knochen beim Sport – zum Beispiel den Handwurzelknochen beim Tennisspielen –, verdickt sich nicht nur die Rinde, wodurch er widerstandsfähiger wird. Auch die Länge kann sich ändern: Nicht selten ist der Schlagarm bei Tennis- oder Badmintonspielern ein Zentimeter länger als der weniger beanspruchte Arm. Ohne Sport wird der Knochen dünn und brüchig; man spricht von Inaktivitätsosteoporose.

Damit wir die einzelnen Teile unseres Skeletts bewegen können, brauchen wir Gelenke. Die bestehen aus Bindegewebsfasern und Eiweiß-Zucker-Molekülen. Die wechselnde Belastung eines Gelenks beim Sport sorgt für den Austausch der Gelenkflüssigkeit mit der Grundsubstanz. Bei Entlastung saugt sich der Knorpel wie ein Schwamm mit Nährstoffen voll. Belastet man ihn, wird er ausgepresst und dadurch gereinigt.

Unsere sechshundertsechsundfünfzig Muskeln – von lateinisch *musculus*, ›Mäuschen‹, da ein angespannter Muskel unter der Haut wie eine Maus aussieht – erfüllen zwei

Hauptaufgaben. Tonische Muskeln halten uns aufrecht. Sie werden daher besonders gut mit Blut versorgt und verfügen über einen hohen Anteil ausdauernder Muskelfasern. Diese Muskeln neigen dazu, sich mit der Zeit zu verkürzen. Darum sollten sie regelmäßig gedehnt werden. Wichtige tonische Muskeln sind zum Beispiel in unseren Beinrückseiten und in unserer Brust. Die Beinrückseiten machen sich bemerkbar, wenn man versucht, den Boden im Stehen bei durchgestreckten Beinen mit den Fingerspitzen zu berühren. Was da wehtut, sind die verkürzten tonischen Muskeln im Unterschenkel und in der Wade. Tonische Muskeln in der Brust spielen vor allem bei Kraftsportlern eine Rolle. Da ihnen meistens zu schwache Rückenmuskeln gegenüberstehen, sind die Schultern leicht nach vorne und nach innen geklappt. Das Ergebnis ist mittelfristig nicht selten ein Haltungsschaden.

Viele unserer ›hinteren‹ Muskeln, die man selbst nicht so gut sieht und darum gerne vernachlässigt, sind dagegen phasisch: der Rückenstrecker zum Beispiel, der Kapuzenmuskel und der Trizeps. Im Gegensatz zu den tonischen Muskeln stützen phasische Muskeln nicht primär das Skelett, sondern sind für die Bewegung zuständig. Die kommt nun einmal oft aus dem Rücken. Oder aus dem Bauch: Unsere Bauchmuskeln sind ebenfalls phasisch. Im Vergleich zu ihren tonischen Kameraden verfügen phasische Muskeln über einen höheren Anteil schneller Muskelfasern. Dafür werden sie schlechter durchblutet und ermüden rascher als die Haltungsmuskeln. Die Erschlaffung phasischer Muskeln nennt man Atrophie.

Vor diesem Hintergrund wird klar, wodurch man das muskuläre Gleichgewicht, das Haltungsschäden vorbeugt und uns vor manchen Schmerzen bewahren kann, am ehesten erreicht: indem man tonische Muskeln regelmäßig dehnt und phasische stärkt. Verkürzte tonische Muskeln schwächen ihre phasischen Gegenspieler zusätzlich, indem sie deren Bewegungsspielraum einschränken. Ein solches Ungleichgewicht tendiert dazu, sich zu verstärken. Trotzdem werden Dehnungsübungen meistens in die fünf bis zehn Minuten vor oder nach einem Training verbannt. In Fitnessstudios sind sie zuweilen regelrecht verpönt. Das machen Tänzer, Yogalehrer und Kampfsportler besser: Sie achten auf eine ausgewogene Mischung aus Dehnung und Kräftigung.

Ob tonisch oder phasisch: Ein quergestreifter Bewegungsmuskel – im Gegensatz zu den »glatten«, nicht bewusst kontrollierbaren Muskeln, die die Organe schützen – wird über Sehnen am Knochen befestigt und ist von feinem Bindegewebe, den Faszien, umhüllt. Er besteht aus Bündeln von Muskelfasern, deren kleinste Einheit Sarkomer genannt wird. Die Sarkomere werden durch sogenannte Z-Scheiben voneinander getrennt. Die kontraktilen Elemente, die den Muskel zusammenziehen, sind die Eiweißmoleküle Myosin und Aktin. Ein Myosin wird von jeweils zwei Aktinen umrahmt. Sendet der Nerv den Impuls zur Muskelkontraktion, schiebt sich das Myosin zwischen die Aktine. Genauer gesagt, heften sich die Myosinköpfchen an die Aktinfilamente und ziehen diese dann durch eine Kipp-Ruderbewegung zur Mitte des Sarkomers. Dadurch verkürzt sich der Muskel um etwa ein Prozent. Ähnlich wie beim Seilziehen müssen die Myosinköpfchen darum immer wieder »nachfassen«. Sie tun das bis zu fünfzig Mal pro

Sekunde, wodurch sich die Länge des Muskels halbiert: Der Muskel kontrahiert.

Einen Nerv und die durch ihn versorgten Muskelfasern nennt man ›motorische Einheit‹. In feinmotorischen Muskeln, zum Beispiel am Auge und in der Hand, versorgt ein Nerv fünf bis zwanzig Muskelfasern, wodurch genaue, aufeinander abgestimmte Bewegungen möglich sind. In grobmotorischen wie dem Gesäßmuskel und dem Oberschenkel ist ein Nerv hingegen für mehrere tausend Muskelfasern zuständig, was eine große Kraftentfaltung nach sich zieht.

Wie für jede Bewegung muss auch für die Muskelkontraktion Energie bereitgestellt werden. Der elementare und universelle Energielieferant aller Lebewesen – Menschen, Tiere und Pflanzen – ist das Adenosintriphosphat. ATP ist unabdingbar für jede Muskelkontraktion, für alle unsere Bewegungen und für jede Aktivität, auch zum Beispiel für die Absonderung von Magensaft nach einer Mahlzeit und für die kognitiven Prozesse, die in deinem Gehirn in Gang gesetzt werden, während du diesen Text liest. Es ist die einzige direkt verwertbare Substanz unseres Körpers. Täglich verbrauchen wir, abhängig von unserem Körpergewicht, unfassbare fünfzig bis hundert Kilogramm davon. In jeder Sekunde benötigt jede deiner Zellen etwa zehn Millionen ATP-Moleküle – sofern du keinen Sport treibst, denn dann sind es wesentlich mehr. Dein *Körper treibt einigen Aufwand, um* dir unablässig neues ATP bereitzustellen. Wenn zu wenig davon da ist, bekommst du Hunger.

Schon 1929 wurde das ATP von Karl Lohmann, einem deutschen Biochemiker und Physiologen, entdeckt. Adenosintriphosphat besteht aus dem Molekül Adenin, das an den Fünferzucker Ribose gebunden ist. Am fünften Ende des Zuckermoleküls sind drei energiereiche Phosphatreste angeheftet. ATP wird, vereinfacht gesagt, aus Kohlenhydraten oder Fetten gewonnen (Metabolismus) und in den Mitochondrien der Zellen hergestellt. Wenn du zum Beispiel, um einem Schönheitsideal zu genügen, Fett ›verbrennen‹ willst, um schlank zu werden, solltest du vor dem Training keine Kohlenhydrate zu dir nehmen. Dann nämlich würde dein Körper die Energie hieraus beziehen und die Fettreserven unangetastet lassen. Erstens, weil er die aus den Kohlenhydraten gewonnene Glucose sowohl mit als auch ohne Sauerstoff nutzen kann, und zweitens, weil wichtige Organe wie das Gehirn und die roten Blutkörperchen ihre Energie ausschließlich aus Glucose beziehen. Sinnvoll ist es jedoch nicht, auf Fett zu verzichten, zumindest nicht mit Blick auf die Energiebilanz, da Fett weitaus mehr und deutlich länger Energie speichern kann als Kohlenhydrate. Das nämlich ist das Problem mit dem ATP: Es speichert die Energie nur kurzfristig und ist binnen Sekunden aufgebraucht.

Im aeroben Trainingsbereich, wenn genügend Sauerstoff vorhanden ist, wird ATP, vereinfacht gesagt, in Adenosindiphosphat (ADP) und Phosphat umgewandelt. Dabei wird Energie freigesetzt, von der uns etwa vierzig Prozent für mechanische Tätigkeiten, zum Beispiel für eine Bewegung, zur Verfügung gestellt werden. Sechzig Prozent gehen als Wärme verloren – darum schwitzen wir beim Sport. Unsere Muskeln sind damit effizienter als ein Ottomotor. Das ist vor allem bei Ausdauersportarten mit eher niedriger Belastung der Fall, zum Beispiel beim Joggen. Die frei gewordenen Phosphate stimulieren die Atmung, die sich bis auf das Hundertfache steigern kann. Da mit Hilfe von Sauerstoff neues ATP etwa achtzehn Mal schneller aufgebaut werden kann als ohne, ist der aerobe Trainingsbereich die vom Körper favorisierte Art der sportlichen Anstrengung. Deshalb keuchen wir bei Belastung: Unser Körper versucht, mehr Sauerstoff bereitzustellen. Wenn wir die Belastung erhöhen, zum Beispiel beim Endspurt, geraten wir in den anaeroben Bereich. Dann werden, wiederum vereinfacht dargestellt, Zuckermoleküle (insbesondere Glykogen) in ATP umgewandelt. Ein Beiprodukt dieses chemischen Prozesses sind Laktate, die Salze und Ester der Milchsäure. Der Muskel »übersäuert«, was nichts anderes ist als ein Schutz vor Überlastung: Der damit einhergehende Schmerz bringt uns dazu, die Belastung zu senken.

In Wahrheit finden der aerobe und der anaerobe Stoffwechsel immer gleichzeitig statt; einer davon ist aber ausgeprägter als der andere. In den ersten Sekunden einer Belastung erzeugen wir anaerob Maximalkraft – wenn wir zum Beispiel beim Kampfsport einen Kick ausführen –, dann wechseln wir in den primär aeroben Stoffwechsel. Schließlich, je nach Trainingszustand nach zwanzig bis fünfundvierzig Minuten, übernimmt der anaerobe Stoffwechsel erneut die Oberhand. Krokodile gehen da anders vor. Sie können die erste anaerobe Phase ausdehnen. Darum beißen sie vergleichsweise lang mit maximaler Kraft zu und verharren danach stundenlang lethargisch, um das entstandene Laktat wieder abzubauen.

Wenn du also das nächste Mal beim Endspurt von deinem Joggingpartner überholt wirst, kannst du zumindest verbuchen, länger als dein Gegner unterhalb der ›anaeroben Schwelle‹ trainiert und daher deinen Laktatwert nicht unnötig erhöht zu haben. Bei der Frühstücksmilch erklärst du ihm dann, dass du durch die erhöhte Calciumzufuhr die Anhaftungsfähigkeit der Myosinköpfchen an die Aktinfilamente optimierst. Vielleicht erwähnst du in einem, da du schon dabei bist, dass das aufgenommene Calcium im sarkoplasmatischen Retikulum gespeichert und bei Belastung explosionsartig ausgeschüttet wird.

Den größten Anteil der Energie, die uns das ATP bereitstellt, benötigen wir übrigens, um die Myosinköpfchen nach einer Anspannung wieder von den Aktinfilamenten zu lösen: um den Muskel also wieder erschlaffen zu lassen. Steht – zum Beispiel aufgrund eines Magnesiummangels infolge von Schwitzen – nicht genügend ATP zur Verfügung, gelingt diese Entspannung nicht mehr so gut: Der Muskel verkrampft. Der berüchtigte Muskelkater dagegen entsteht, wenn die Muskelkontraktionen unkoordiniert werden – zum Beispiel durch ungewohnte Bewegungsabläufe oder infolge einer Muskelermüdung. Dann zerreißen die Z-Streifen in den Sarkomeren; es kommt zu Wasserablagerungen (*Ödemen*) im Muskel und zu reflexartigen Verspannungen.

Warum aber halten manche Menschen viel mehr Belastung aus als andere? Anders gefragt: Was macht Sport mit uns?

Wenn du dich regelmäßig bewegst, verdichten sich deine Herzmuskelfasern. Der Effekt ist ähnlich wie bei den Bewegungsmuskeln, nur eben nicht sichtbar. Im Gegensatz zum dreihundert Gramm leichten Herz eines Untrainierten wiegt manches Sportlerherz ein halbes Kilogramm. Es kann pro Schlag mehr Blut durch die Arterien schicken und schlägt darum in Ruhephasen langsamer als das eines Untrainierten. Bei Belastung schiebt es auch dann noch genügend Sauerstoff und Nährstoffe zu den Muskeln, wenn ein Untrainierter die »anaerobe Schwelle« längst überschritten hat. Am wichtigsten hierfür ist ein Gewebe aus über fünf Milliarden Kapillaren, winzigen Blutgefäßen, die aneinandergereiht zehntausend Kilometer lang wären. Durch Sport – vor allem durch Ausdauersportarten – werden mehr und größere Kapillaren aufgebaut als ohne. Das gilt auch für die Mitochondrien, die Kraftwerke innerhalb einer Muskelzelle, die das ATP erzeugen. Außerdem wird dank Sport mehr Myoglobin bereitgestellt, das Sauerstoff bindet. All das sorgt dafür, dass Sportler und Sportlerinnen wie Anna bei Belastung länger als andere im aeroben Bereich bleiben. Zudem werden durch Sport die Knochen und Sehnen widerstandsfähiger. Vor allem Ausdauertraining verbessert die Muskeldurchblutung, während Maximalkrafttraining in erster Linie die Muskelfasern verdickt (Hypertrophie). Ein Bodybuilder, der einen Muskelaufbau mit Anabolika beschleunigt, nimmt dadurch eine Sehnenscheidenentzündung in Kauf, weil die Sehne die größere Kraft des Muskels auf den Knochen übertragen muss. Kinder dagegen machen uns vor, wie es richtig geht: Sie bleiben länger im aeroben Bereich als Erwachsene, weshalb sie bei Belastung in etwa so gut abschneiden wie Spitzensportler. Sie ermüden deutlich später und benötigen kürzere Erholungspausen als Erwachsene. Eltern werden dir das bestätigen.

Anna besitzt die Gabe, sich für die richtigen Muskeln zu interessieren. Sie ist zum Beispiel fasziniert vom Mechanismus der Hand. Unsere Hand macht uns zu dem, was wir sind. Dank der Oppositionsfähigkeit des Daumens – wir können unseren Daumen separat bewegen und den anderen Fingern gegenüberstellen – *können wir zum Beispiel mit einem Schlüssel eine Tür aufsperren. Feinmotorische Tätigkeiten wie Gitarre spielen setzen die reibungsfreie Koordination Hunderter Einzelelemente voraus. In unserer Hand arbeiten* siebenundzwanzig Knochen mit sechsunddreißig Gelenkverbindungen zusammen, die von neununddreißig Muskeln bewegt werden. Allein acht Muskeln sind für die Bewegungen des Daumens zuständig. Vier davon befinden sich im Bereich der Hand, die anderen vier im Unterarm. Form und Funktion vieler Alltagsgegenstände folgen aus der Beschaffenheit unseres Körpers. Falls du dich je gefragt hast, warum wir Schrauben in aller Regel rechtsherum in etwas hineindrehen: Das liegt daran, dass die meisten Menschen Rechtshänder sind und bei gebeugtem Ellenbogengelenk die Auswärtsdreher stärker sind als ihre Gegenspieler (da unser Bizeps mithilft). Strecken wir den Ellenbogen hingegen durch, sind die Einwärtsdreher stärker.

Unsere Hand können wir nur darum so vielseitig einsetzen, weil uns das Schultergelenk eine extreme Beweglichkeit ermöglicht. Kaum ein Tier kann zum Beispiel die Arme kreisen lassen wie wir. Der Preis dafür ist eine erhöhte Verletzungsanfälligkeit: Wir können uns zum Beispiel die ›Schulter auskugeln‹. Das Zusammenspiel von Schulter und Hand ermöglicht es uns, zu greifen, zu tasten, zu formen, aufzunehmen, zu behalten und heranzuziehen. Im Gegensatz dazu ist unser Hüftgelenk besonders gut geschützt: durch enorme Muskeln, zusammengeschmolzene Knochen und besonders widerstandsfähige Bänder – darunter das Darmbeinschenkelband, das stärkste Band unseres Körpers. Das muss so sein, da das Hüftgelenk infolge unseres aufrechten Gangs, ähnlich wie die Kniegelenke, den Großteil unseres Körpergewichts trägt. Bei Katzen ist das nicht so. Deren Schultern sind weniger beweglich, dafür wesentlich stabiler. Die Evolution hat ihnen zudem ein flexibles Skelettsystem und besonders gut entwickelte Rückenmuskeln gegeben. Darum überstehen Katzen einen Sprung oder Fall aus großer Höhe besser als wir.

Um unsere Schultern zu schützen, brauchen wir enorm viele Muskeln. Annas Favorit ist der vordere Sägemuskel, der sich fächerförmig zwischen Schulterblatt und Brustwand aufspannt. Anna setzt ihn gern als Test ein, da er nur bei schlanken und muskulösen Menschen vorne bis seitlich am Rumpf zu erkennen ist. Der vordere Sägemuskel ist nicht nur für das Heben und Senken des Arms zuständig; er stabilisiert auch die Schulter – Liegestütze sind zum Beispiel ausschließlich bei ausgeprägtem vorderen Sägemuskel sinnvoll – und hilft uns beim Atmen.

Anna mag auch den großen Rückenmuskel, *latissimus dorsi*, für den in Fitnessstudios eine eigene Maschine bereitsteht – der ›Lat-Zug‹. Mit dem Delta- und dem Trapezmuskel ist er für die V-Form des trainierten Oberkörpers verantwortlich, die wir mit Gesundheit und Fitness verbinden. Flächenmäßig ist er der größte Muskel, den wir haben. Nicht der stärkste; das ist der Kaumuskel. Der längste ist mit etwa fünfzig Zentimetern der Schneidermuskel. Er führt von der äußeren Hüfte leicht schraubenförmig nach innen bis zum Kniegelenk. Dank ihm können wir das Bein so bewegen, wie es für einen Schneidersitz erforderlich ist.

An fast allen Bewegungen beteiligt sind der Oberschenkelmuskel, Quadrizeps, dank dem wir das Knie aus einer Beugestellung heraus strecken *können* – wir brauchen ihn, wenn wir gehen, springen, aufstehen oder auch nur aufrecht stehen – und der Lenden-Darmbein-Muskel, der das Hüftgelenk beugt. Als tonischer Muskel neigt der LDM zur Verkürzung, was zu einem Hohlkreuz führen kann. Er sollte daher regelmäßig gedehnt werden, wohingegen sein Gegenspieler, der *gluteus maximus*, trainiert werden muss – schon, weil er die Form unseres Pos bestimmt. Anna weiß, dass beim Bauchmuskeltraining nie ein Partner die Beine fixieren darf. Man würde dann weniger den Bauch als den LDM trainieren und das Gegenteil des erwünschten Effekts erzeugen. Sie weiß auch, dass man bei den Dehnungsübungen nicht wippen sollte. Die Golgi-Organe in den Sehnen gäben ansonsten als Schutz vor einer Überstreckung den Impuls zur reflexartigen Kontraktion. Der Muskel würde verkürzt statt gedehnt.

Das sind die körperlichen Effekte von regelmäßiger Bewegung. Doch das ist nicht alles. Aktuelle Studien legen noch ganz andere Schlussfolgerungen nahe, die uns dorthin führen, worauf Anna letztlich hinauswill. Wir müssen reden: über Dopamin. Über Bequemlichkeit und Bewegungssucht. Und darüber, inwiefern Sport uns schlau macht.

Was ist Dopamin? Ein sogenannter Neurotransmitter, ein Botenstoff unseres Nervensystems, der Signale weitergibt und so ziemlich für alles verantwortlich ist, das uns voranbringt: für alle Bewegungen unseres Körpers und die feinmotorische Koordination ebenso wie für unsere Motivation, unsere Konzentration und unser Wohlbefinden. Wie üblich steht das Dopamin im Wechselspiel mit einem Gegenspieler, in diesem Fall dem Serotonin. Wenn dieses Gleichgewicht zusammenbricht – zum Beispiel durch Zufuhr von Kokain – und sich das Dopamin ungehindert verbreitet, kann das zur Sucht führen.

Dopamin ist so wichtig für uns, dass wir allein für die Möglichkeit, dass es ausgeschüttet wird, ein eigenes Wort erfunden haben: Man spricht von ›dopaminergen‹ Zellen. Zahlreiche Studien haben bewiesen, dass wir direkt nach einer sportlichen Betätigung schneller und besser lernen als ohne. Bewegungen bringen unsere Gedanken in Schwung. Aristoteles scheint das geahnt zu haben. Beim Philosophieren schlenderten er und seine Schüler durch Athens Wandelhallen. Sitzen ist dagegen nicht förderlich, wenn es darum geht, auf neue Ideen zu kommen oder fruchtbare Theorien zu entwickeln. Aus diesem Grund müssten zum Beispiel Schulen und unsere Arbeitsumgebung ganz anders gestaltet sein. Auch Auguste Rodin war auf dem Holzweg. Er hätte seine Figur ›Der Denker‹ nicht sitzend auf einem Stein, sondern beispielsweise gehend entwerfen sollen. Damals waren die aktuellen Forschungsergebnisse jedoch noch unbekannt.

Heute wissen wir, dass Dopamin insbesondere die exekutiven Funktionen anregt. Also jene Hirnareale, die für unsere Eigenständigkeit, für Disziplin und für die Inhibition zuständig sind. Inhibition bezeichnet die Fähigkeit, Impulse zu unterdrücken, Störreize auszublenden und uns auf eine

Sache zu konzentrieren – zum Beispiel unterhalten wir uns im Café trotz des uns umgebenden Gemurmels mit unserem Gesprächspartner. Zu den exekutiven Funktionen gehört außerdem die kognitive Flexibilität: Wir können uns rasch auf fremde Situationen einstellen und neue Perspektiven einnehmen. Für unseren Lernerfolg sind die exekutiven Funktionen wichtiger als unser Lieblingsfetisch, der Intelligenzquotient. Daher wäre es zielführend, in den Kindergärten und Schulen gezielt die exekutiven Funktionen zu trainieren. Derzeit geschieht das genaue Gegenteil: Der Spaß an der spielerischen Bewegung wird uns systematisch ab- und das hartnäckige Sitzen antrainiert.

Wie fördert man die exekutiven Funktionen am besten? Du ahnst es: genau, durch Sport. Durch regelmäßige Bewegung. Der positive Effekt von körperlicher Fitness auf unseren Lernerfolg ist nicht nur nachweisbar, er wirkt auch noch nachhaltig.

Warum ist das so? Bei genauer Betrachtung bedeutet Sport so gut wie nie nur körperliche Anstrengung, er geht einher mit geistigen Herausforderungen. Wir werden mit immer neuen Situationen konfrontiert, auf die wir uns einstellen müssen: Das Zusammenspiel im Mannschaftssport und der schnelle Wechsel von Verteidigung zu Angriff sind komplexe Vorgänge. Fordernd kann auch die Kontrolle von Emotionen unter Druck sein, die Konzentration auf das Verhalten des Gegners, das Abschätzen eines Spielzugs, die Optimierung der eigenen Bewegungen und vieles mehr.

Zuständig für die exekutiven Funktionen sind in erster Linie unser Stirnhirn – in der Fachsprache präfrontaler

Kortex genannt –, das Striatum und die Hippocampi. Genau die Bereiche also, in denen wir uns am deutlichsten von den Tieren unterscheiden. Unser Gehirn ist ganz ähnlich aufgebaut wie das der meisten Säugetiere. Der entscheidende Unterschied ist das Verhältnis der Größe unseres präfrontalen Kortex' zur Größe der anderen Gehirnbereiche.

Der PFC ist das Kontrollzentrum des Gehirns. Hier wägen wir Handlungsoptionen ab, planen unsere Aktionen und entscheiden, welche Informationen wir eingehender verarbeiten wollen (diejenigen, die wir mit Emotionen verbinden). Im Striatum steuern wir unsere Motivation und Bewegungsabläufe. Und in den Hippocampi, die wie Seepferdchen aussehen (daher ihr Name), entscheiden wir, was wir vom Kurzzeit- ins Langzeitgedächtnis übernehmen. Das Zusammenspiel dieser drei Hirnbereiche lässt uns langfristige Ziele verfolgen, Wörter zu Sätzen formen und angemessen auf eine sich verändernde Umgebung reagieren.

Der Treibstoff dafür ist das Dopamin, und nichts setzt auf natürlichem Wege mehr davon frei als körperliche Anstrengung. Dann nämlich wird der Botenstoff explosionsartig ausgeschüttet – was einleuchtet, wenn man sich vor Augen führt, weshalb er ursprünglich zur Verfügung gestellt worden ist. Wenn unsere Vorfahren vor einem Säbelzahntiger davonrannten oder unvermittelt einem Mammut gegenüberstanden, war es von Vorteil, nicht nur körperlich, sondern auch geistig fit zu sein und zum Beispiel ein Versteck zu finden oder eine Sackgasse rechtzeitig zu erkennen. Das ist bis heute so: Am meisten Dopamin wird bei unerwarteten Bewegungserfolgen ausgeschüttet. Wenn wir zum ersten Mal einen Rückwärtssalto schaffen, im Boxkampf den *Knockout* setzen oder uns beim Fußball das Volleytor gelingt, erleben wir ein absolutes Hochgefühl. Unser Gehirn wird mit Dopamin geflutet. Dadurch vermehren sich unsere Neuronen, unsere Synapsen verändern sich: Wir lernen und sind in der Lage, neue Perspektiven einzunehmen.

Koffein simuliert diesen Effekt: Es hemmt die Freisetzung von Adenosin, da es die Rezeptoren für diesen Botenstoff besetzt. Adenosin wiederum unterdrückt die Freisetzung von Dopamin. Da es genau das nicht mehr tun kann, steigt der Dopaminspiegel. Darum gilt Kaffee als Genussmittel.

Dopaminmangel führt dagegen in aller Regel zu Interesse- und Lustlosigkeit und zu sozialem Rückzug. In den Sechzigerjahren verordnete die NASA fünf jungen Männern eine dreiwöchige Bettruhe. Am Ende waren die Probanden nicht nur körperlich geschwächt, sondern auch ängstlicher, missmutiger und feindseliger als zuvor. Im Umkehrschluss macht uns das Dopamin aufgeschlossener, neugieriger, aufgeweckter und motivierter.

Das ist vor allem für ältere Menschen wichtig, da die Dopaminausschüttung mit den Jahren abnimmt. Regelmäßige Bewegung sorgt dafür, dass man im Alter nicht so leicht »verkalkt«. Der Effekt von Dopamin auf unser Wahlverhalten ist signifikant. Vermutlich würden progressive Parteien etwas besser abschneiden, wenn wir zehn Runden um das Wahlgebäude laufen würden, bevor wir unseren Stimmzettel ausfüllen.

Auch ohne die genauen Zusammenhänge zu kennen, spüren wir die Effekte von Dopamin, wenn wir auf unseren

Körper hören. Nach dem Schwimmtraining oder der Joggingrunde fühlen wir uns zwar körperlich ermüdet, sind aber gleichzeitig hellwach und zufrieden. Nach einer ganztägigen Sitzung oder einem Seminartag fühlen wir uns dagegen erschlagen und wie gerädert – obwohl, nein: WEIL wir uns kaum bewegt haben. Im ersten Fall ist unser Dopaminspiegel erhöht, im zweiten dagegen das Cortisol. Eine mehrtägige Fortbildung oder ein tagesfüllendes Fachgespräch ist nachweisbar gesundheitsschädlich – zumindest auf kurze Sicht. Nach einer Sitzung absolviert Anna daher besonders lange und harte Trainingseinheiten. Ihr Körper verlangt danach. Inzwischen weiß Anna, dass er das tut, um das erhöhte Cortisol abzubauen und den Dopaminspiegel wieder anzuheben.

So weit, so gut. Aber: schlau werden durch Sport? Aber ja doch! Das Gehirn eines Erwachsenen verfügt über mehr als hundert Milliarden Nervenzellen. Über die Synapsen sind diese Neuronen mit Tausenden weiterer Neuronen in Verbindung. Lernen bedeutet, dass die Synapsen ihre Struktur oder ihre Übertragungseigenschaften verändern. Ein Auslöser hierfür ist sportliche Aktivität. Macht Sport uns also schlau? Nicht direkt, aber er sorgt für ideale Lernverhältnisse. Während und direkt nach der körperlichen Aktivität sind wir konzentrierter und merkfähiger, unser motorisches und kognitives Gedächtnis springt an. Dopamin spielt eine entscheidende Rolle, wenn es darum geht, welche Informationen wir behalten. Erst durch das Dopamin werden Eindrücke zu Anreizen.

Bei alldem haben wir sogar noch Spaß – vor allem, wenn uns etwas Unerwartetes gelingt. Dopamin ist unsere größtmögliche Belohnung, unser Körper verlangt danach.

Als Archimedes in die Badewanne stieg, dabei bemerkte, dass das Wasser überlief und auf diese Weise das Prinzip des hydrostatischen Auftriebs entdeckte, demzufolge das Volumen des verdrängten Wassers dem des eingetauchten Körpers entspricht, zog das eine Dopamindusche nach sich. Kein Wunder also, dass er sein berühmtes ›Heureka‹ gerufen und anschließend nackt und euphorisiert durch die Straßen gelaufen ist (zumindest, wenn man den Chronisten glaubt). Auch die Ekstase der tanzenden Derwische ist in erster Linie einem Dopaminrausch zu verdanken.

Wenn wir uns bewegen und ab und an Situationen suchen, die *fight-or-flight*-Entscheidungen ähneln, verhalten wir uns so, wie es die Evolution für uns vorgesehen hat. Anders gesagt, verhalten wir uns im besten Wortsinn *natürlich*. Und wir werden dafür belohnt: Wer regelmäßig Sport treibt, besitzt mehr Selbstvertrauen, ist weniger ängstlich und seltener niedergeschlagen. Energien werden auf das Naheliegende, Veränderbare konzentriert. Misserfolge können besser weggesteckt werden. Das beinhaltet den Mut, Teile von sich infrage zu stellen, um sie zu verbessern und sich seinen eigenen Weg zu bahnen. Sport ist eine der besten Methoden, um Jugendliche davor zu bewahren, gewalttätig oder drogensüchtig zu werden.

Das geht am ehesten durch Erfahrungen, die ein Risiko in sich tragen. Sport ist dabei nur eine Möglichkeit von vielen. Man kann auch den Job wechseln, Bilder ausstellen, vor fremden Leuten reden, eine Bar oder ein Unternehmen gründen, mit dem Fahrrad zum Meer fahren oder jemanden zum Boxkampf auffordern. Alldem liegt die Einstellung zugrunde, dass wir etwas tun müssen, um vorwärtszukommen. Dass wir genau dadurch unser Leben definieren. Und dass es letztlich Spaß macht, den eigenen Weg zu gehen. Weil es dem entspricht, was unser Leben ausmacht – dem steten Wandel, dem alles unterworfen ist, und den wir selbst gestalten.

Fitness ist dafür nur eine Chiffre. Ein Lückenfüller, den wir beibehalten, bis uns ein besserer Begriff einfällt. Er beschreibt die Kraft, seine Umwelt zu beeinflussen und zu spüren, dass unsere Entscheidungen Konsequenzen nach sich ziehen. Er beinhaltet die Stärke, beharrlich unsere Ziele zu verfolgen – wie Wasser, das einen Stein aushöhlt. Und er zielt ab auf die Resilienz, unsere Widerstandsfähigkeit gegenüber Stress, Erwartungen und Verengungen. Er umfasst auch die Klugheit, die es uns ermöglicht zu entscheiden, was wichtig und unwichtig ist, was veränderbar ist und was wir hinnehmen müssen. Das meint Anna, wenn sie von Fitness spricht.

Schön und gut. Doch warum fällt es vielen von uns trotzdem so schwer, sich zu bewegen? Weil unser präfrontaler Kortex einen mächtigen Gegenspieler hat: das limbische System. Über fünfzigtausend Jahre lang unternahmen wir Wanderungen, um unsere Beute oder einen Partner zu finden. Essen mussten wir erjagen und manchmal vor mächtigen Feinden fliehen. Unser Körper ist dazu gemacht, diesen Anforderungen standzuhalten. Er ist für die Bewegung geschaffen, fürs Vorwärtskommen optimiert. Erst in den vergangenen gut tausend Jahren haben sich unsere Lebensumstände entscheidend verändert. Seitdem drängen wir alles Körperliche konsequent zurück. Tagsüber sitzen wir im Büro, abends fahren wir mit dem Auto nach Hause;

wir sitzen mit Freunden in einer Bar oder einem Restaurant, sehen fern oder tippen auf Smartphones herum. Wir haben eine Kultur rund um das Sitzen aufgebaut.

Das prägt uns bis in die Sprache hinein: Professoren erhalten einen ›Lehrstuhl‹, Neider ›sägen am Stuhl‹ ihres Chefs, und Abgeordnete bekommen einen ›Sitz‹ im Parlament. Wir ›setzen‹ sogar ›Kinder in die Welt‹. Alles um uns herum verführt uns zur Bequemlichkeit. Die Folgen dieses Lebensstils, den wir rund um Meetings und Seminare, Abendessen und Kinobesuche, Fastfood und Limonaden aufgebaut haben, sind eine unzureichend entwickelte Skelettmuskulatur und eine verminderte Herz-Kreislauf-Tätigkeit. Von den zahlreichen Studien zu diesem Thema ist die des Karolinska-Instituts in Stockholm bekannt geworden, der zufolge Frauen, die täglich nur eine Stunde länger sitzen als sonst, bereits nach wenigen Wochen ein um fünfundzwanzig Prozent höheres Risiko haben, eine Herz- und Kreislaufkrankheit zu entwickeln.

Unsere derzeitigen Schreibtisch-Hamburger-Smartphone-Körper sind nicht die Folge einer natürlichen Evolution, sondern eine künstlich hervorgerufene Anpassung an Umstände, von denen wir wissen, dass sie uns nicht guttun. Denn nur bei aktiven Muskeln kann unser Körper Fett abbauen, ansonsten legt er Fettreserven an. Für Steinzeitmenschen, die manchmal tagelang auf die nächste Mahlzeit warten mussten, war das sinnvoll. Für uns, die wir heute leben, nicht. Wir könnten, dem Trend folgend, eine Zukunft entwerfen, in der dicke, glückliche Menschen ihre Zeit mit Herumsitzen verbringen. Das aber wird nicht funktionieren! Unser Körper ist nun einmal mehr als ein System, dank dem wir irgendwo sitzen können. Er meldet sich, wenn wir ihn geringschätzen und entgegen seiner Natur handeln.

Während der präfrontale Kortex unseren mittel- bis langfristigen Nutzen im Auge hat, ist das limbische System auf unmittelbare Bedürfnisbefriedigung ausgerichtet. Der PFC entspricht den Eltern, die »unser Bestes« wollen; das limbische System aber ist der Kumpel, der uns in die Disco mitnimmt. Da wird klar, dass der spießige Kortex, auch wenn er meistens die besseren Argumente hat, im direkten Duell mit dem coolen limbischen System oft den Kürzeren zieht. Es wäre trotzdem ratsam, von Zeit zu Zeit auf ihn zu hören.

Die Mechanismen, die Sport in unserem Körper lostritt, sind so vielfältig und komplex, dass wir sie bis heute nicht ganz verstehen. Unzählige Studien untermauern aber die These, dass Bewegung die mit Abstand beste Therapie und Prophylaxe für eine Fülle von Krankheiten ist. Wer sich viel und richtig bewegt, schützt sein Skelett vor Brüchen und seine Sehnen vor Überlastungen. Er vermindert die Gefahr von Verspannungen, die zu Kopfweh führen können, und wirkt Zivilisationskrankheiten entgegen, die auf einem erhöhten Blutzuckerspiegel und auf einem geschwächten Herz-Kreislauf-System basieren. Da die Arterien besser entwickelt sind, schützt uns Bewegung vor Infarkten und Schlaganfällen. Sie baut schädliches Blutfett ab, senkt langfristig den Blutdruck und bewahrt uns vor vielen Schmerzen. Kein Wunder, dass unser Körper mit dem Dopamin einen Botenstoff entworfen hat, der uns süchtig nach Sport macht. Uns wurde die Fähigkeit gegeben, uns zu freuen – damit wir uns evolutionär sinnvoll verhalten.

Es steckt sogar noch mehr dahinter. Möglichst viel über die Welt erfahren, Handlungsoptionen erkennen und nutzen, Vorhersagen treffen: Das sicherte unseren Vorfahren das Leben. Von ihnen haben wir das Dopaminsystem geerbt. Es geht darum, es sinnvoll einzusetzen – auch in unserem eher ungefährlichen Alltag. Den Veränderungen entkommen wir sowieso nicht, also können wir sie gleich selbst gestalten. Hast du dich schon mal gefragt, warum wir so viel Spaß daran haben, Rätsel zu knacken und uns ungewohnten Herausforderungen zu stellen? Warum wir uns so gerne Ziele setzen und so viel Vergnügen daran finden, sie zu erreichen – nur um uns sofort darauf neue Ziele auszudenken? Was wir in solchen Momenten empfinden, kommt dem am nächsten, was wir als ›Glück‹ bezeichnen.

Darin stecken eine gute und eine schlechte Nachricht. Wir wissen jetzt, wie wir Glücksmomente herbeiführen können. Wenn Glück aber letztlich ein Mittel ist, um neue Situationen meistern zu können, ist es grundsätzlich nicht auf Dauer ausgelegt. Demzufolge ist Glück eher eine Art Perlenschnur aus Momenten und Erkenntnissen. Wenn wir »glücklich« sein wollen, sollten wir auf dieser Schnur möglichst viele kleine und größere Herausforderungen und Überraschungen auffädeln, um unser Dopaminsystem auf Trab zu halten. Anders gesagt: Bewegen wir uns, reisen wir, lassen wir unsere Neugier über unsere Angst triumphieren, um Grenzen zu überwinden, immer wieder – dann leben wir so, wie die Natur es für uns vorgesehen hat. Wir müssen uns nur eben selbst die Herausforderungen suchen, die uns die heutige Zeit verwehrt. Drei Dinge, die in unserem durchgeregelten

Leben Dopaminausschüttungen hervorrufen, sind sportliche Erfolge, aufregende Musik und unbekannte Nervenkitzel – zum Beispiel auf einer Abenteuerreise. Das Dopamin sorgt dafür, dass sich solche Dinge direkt in unser Gedächtnis brennen.

Anna ist der Beweis dafür. Sie realisiert besonders gerne das, von dem andere behaupten, dass es »nicht machbar« sei. Das versteht Anna unter »sportsüchtig«. Wenn es nach ihr ginge, würde jede Lehrstunde in den Schulen mit fünf Minuten Gymnastik begonnen werden. In Betrieben würden Gespräche im Stehen abgehalten und jede Firma hätte einen Sportraum, den die Angestellten gratis nutzen könnten. Die Arbeitstische wären höhenverstellbar und jeder Stuhl würde alle zehn Minuten seine Lage ändern, damit wir zu einer kleinen Bewegung gezwungen wären. Fitnesseinrichtungen würden kommunal gefördert wie Büchereien und Museen. Und die Städte würden für Fußgänger und Radfahrer gebaut werden statt für Autofahrer.

Stattdessen drucksen wir gerne herum, wenn wir über Fitness sprechen. Vielleicht meinen wir, dass regelmäßiger Sport egoistisch sei und ein bisschen blöd mache. Die Studien legen hingegen nahe, dass wir durch fordernde Bewegung die entscheidende Lücke füllen, die das moderne Leben in uns hinterlässt. Und nur wenn wir auf diese Weise bei uns sind, können wir auch etwas für andere tun.

Darauf will Anna hinaus.

Simone dreht sich auf dem Stuhl nach rechts und links und stapelt das ein oder andere Buch zur Seite. Schließlich legt sie die Fingerspitzen vor sich zueinander und ruckt mit dem Kopf hoch. »Also gut, Anna, wir veröffentlichen dein Buch.«

Anna zuckt überrascht zurück. »Wie bitte?«

Simone schmunzelt. »Wir tun es. Glaub bloß nicht, dass du damit am Ziel bist! Wir werden um die genaue Ausrichtung und um viele Details miteinander ringen. Aber wir bringen deine kruden Ansichten heraus, jawohl.«

»Freut mich, Simone, echt. Aber woher kommt dein Sinneswandel?« Anna hebt schnell ihre Hand. »Halt, verrat's mir nicht! Es war die Sache mit dem ATP und dem Dopamin, richtig? Ist ja auch spannend, was das alles in uns auslöst. Und wie wenig wir eigentlich darüber wissen, obwohl es uns so sehr prägt …«

»Das, liebe Anna, wars auf keinen Fall! Ich hab an der Stelle sowieso nur halb zugehört.«

Enttäuscht verzieht Anna den Mund. Dann hellen sich ihre Augen auf. »Ha, dann müssen es die vielen guten Effekte von regelmäßiger Bewegung gewesen sein. Hab ich's doch gewusst! Das sollte man wirklich allen erzählen. Und ganz anders fördern als bisher. Fitness hilft halt vor allem, wenn sie im Kopf ist. Bei dir zum Beispiel …«

»Ach was, ich will auf was ganz anderes hinaus.« Die Verlegerin legt ihren Kopf schief und schmunzelt. »Hey, warte mal: Du hast mich gerade nicht allen Ernstes als *fit* bezeichnet, oder?«

»Und ob. Du bist ziemlich stark im Kopf. Hast du mir überhaupt zugehört? Das ist nichts rein Körperliches, da steckt viel mehr drin. Davon rede ich doch seit einer halben Stunde. Wenn es nur um den Körper ginge, hättest du schon noch einen gewissen, ähm ...«

»Nachholbedarf?«

Anna überlegt nicht lange. »Spielraum.«

»Schön. Aber jetzt mal im Ernst: Ich hab dir nicht bei allem zugehört, weil ich abgelenkt gewesen bin. Mir ist nämlich eingefallen, dass wir jemanden haben, der genau das, was du sagst, wie kein Zweiter verkörpert. Der aufgeweckt ist bis in die Haarspitzen, konzentriert und äußerst hartnäckig. Der ist total resilient und lässt sich von Gegenwind nicht aus der Bahn werfen.«

»Oh, toll! Und wer ist dieser *Superman*?«

»Eher eine *Wonderwoman*.« Jetzt macht sich ein Grinsen in Simones Gesicht breit. »Du bist das, Anna.«

»Wirklich? Ich, ähm, weiß nicht so ganz ...«

»Jetzt sei nicht gleich geschmeichelt. Das wirst du bald ablegen, glaub mir. Wir werden dich mit Interviewterminen piesacken, am besten lassen wir dich mit älteren Männern reden. Du wirst vor Managern auftreten und in Talkshows dicke Jugendliche dazu bringen, ihr Leben umzukrempeln. Gegen das, was dich da erwartet, waren deine bisherigen Trainingseinheiten eine Aufwärmübung.«

»Und du glaubst echt, dass ich die Richtige dafür bin?«

»Nein, Anna. Ich *weiß*, dass du die Richtige dafür bist. Fünfzehn Jahre lang bin ich jetzt im Geschäft. Ich würde dein Buch nicht verlegen, wenn ich nicht wüsste, dass wir das hinbekommen. Woher ich das weiß, fragst du? Ich schau dich an, wenn du von Myosinen und Aktinen sprichst, von

Dopamin und dem ganzen Zeug. Deine Augen leuchten dabei wie Flutlichter, dein Lächeln zerschmettert Einwände im Handumdrehen, und deine Muskeln unterstreichen jedes deiner Argumente, wenn du es mit einer Handbewegung illustrierst. Vieles, was du von dir gibst, ist nicht wirklich geschliffen. An manchen Stellen musst du tiefer nachforschen. Aber du brennst offenbar für das, was du tust, und tust das, was du sagst. Das kommt seltener vor, als du denkst. Was auch kommen mag, das musst du unbedingt beibehalten. Du wirst Gelegenheit bekommen, deine Vorstellungen gegen Widerstände durchzusetzen.«

Anna schüttelt noch immer verwundert den Kopf. »Du schickst mich also auf Vortragsreisen, wirfst mich den Medien zum Fraß vor und meinst, dass es praktisch egal ist, was ich da sage? Dass es nur darauf ankommt, *wie* ich es tue?«

»Ähm, so formuliert klingt das gar nicht mehr so nett.« Simone schmunzelt ein wenig verlegen. »Was ich sagen will, ist, dass du verkörperst, was du sagst. Und ja: Es werden weniger deine Inhalte sein, die die Leute auf deine Seite bringen. *Du* wirst es sein, der sie überzeugt, Anna. Versuch das als Kompliment zu sehen. Alle wirklich großen Erfolge basieren genau hierauf. Oder meinst du, dass die Stones oder Eminem oder Tina Turner wirklich nur aufgrund ihrer Musik so berühmt geworden sind? Dass die Texte von Friedrich Nietzsche oder Günter Grass wirklich zehntausendfach besser sind als andere? Dass Dalís und Picassos Bilder zig Millionen wert sind, nur weil die beiden meisterhafte Maler waren? Wir drucken dein Buch, und es wird erfolgreich werden. Aber nur, weil wir es auf dich zuspitzen werden. Das ist unser Angebot. Du solltest es annehmen. Es ist das einzige, das ich für dich habe.«

»Gut, Simone. Meinetwegen verkaufen wir das Zeug eben.«

»Sehr schön, Anna. Das wird dein Leben in jedem Fall bereichern. Wenn ich dir einen Rat geben darf: Mach erst mal Urlaub. Erhol dich, auch wenn ich ahne, dass das für dich etwas anderes bedeutet als für mich. Mach meinetwegen 'ne Radtour, geh wandern oder was du halt so tust. Sardinien soll schön sein, jetzt im Frühling – und vielleicht noch schöner im Herbst. Eine tolle Mischung aus Bergen und Meer, sehr wild, sehr ursprünglich. Neulich erst hab ich einen Artikel über so einen Wanderweg für Tollkühne gelesen, der nicht einmal ausgeschildert ist, man muss ihn sich unterwegs selbst erarbeiten und direkt oberhalb des Meeres an Felsen herumklettern. Die Nächte verbringt man in Höhlen oder am Strand kleiner Buchten. Da hast du alles für deine Dopamindusche beisammen: Nervenkitzel, Sport und Gehirnschmalz. Wie hieß dieser Weg doch gleich? Ach, richtig: *Selvaggio Blu.*«

Siebtes Kapitel
Antonia

Da staunst du, was? Hättest nicht gedacht, dass deine Mutter auf ihre alten Tage noch lernt, wie man E-Mails schreibt. Oder dass es an der Ostküste unserer Insel überhaupt Computer gibt. Oder Strom.

Ich hab den Bus nach Arbatax genommen. Die *Tramontana* sammelt ihre Kräfte. Bald werden Böen die Täler entlangfegen und die Büsche an den Abhängen durcheinanderwirbeln. Auf der Fahrt zurück zur Pension wird es zehn Grad kälter sein als auf dem Hinweg. Bis dahin sitze ich in einem Internetcafé – oh ja, deine alte Mutter! –, einem im Übrigen scheußlichen Ort, mit Brotkrümeln und Keksresten auf zu niedrigen Tischen, vor denen gekrümmte Leute in viereckige Bildschirme starren. Wenn das die Zukunft sein soll, bin ich froh, wenn ich nicht mehr allzu viel davon mitbekomme. Da fläze ich lieber auf einem Felsen, lasse mich von der Sonne bescheinen und schreibe einen Brief. Ich hab aber Angst, dass dir das altmodisch vorkommt und du darum vielleicht nicht liest, was ich dir mitteilen möchte.

Ich arbeite noch immer in der Pension. Sie sind dort gut zu mir. Ja, ich weiß: In meinen ersten Wochen auf Sardinien habe ich dir die Ohren vollgeheult. Vielleicht waren es auch Monate. Wir waren ja schon auf dem Weg nach Deutschland. Nur weg von Neapel, wo es keine Jobs für dich und deinen Bruder gibt. Ich hätte alles dafür gegeben, dass du nicht wie ich mit einem Putzlumpen in der Hand auf dem Boden kniest, um Zimmer sauber zu machen, die nicht dir gehören. Du bist zu klug, um Zimmermädchen zu werden. Schnell im Kopf bist du, Giulia: Redest doppelt so rasch wie ich und schreibst wie im Zeitraffer. Kein Wunder, dass oben an der Nordsee gleich drei Zeitungen nach dir gefragt haben. Die können froh sein, dass sie dich haben, vergiss das nie.

Die Lust am Schreiben hab ich dir wohl vererbt. Von deinem Vater hast du sie jedenfalls nicht, auch wenn er mir einen langen Brief geschrieben hat, ehe er auf und davon ist. Darin hat er mir erklärt, dass er es einfach nicht mehr aushielt in Italien. Er müsse zurück in »klare Verhältnisse«. Zurück zu den hässlichen quadratischen Städten Deutschlands also, den Zischlauten, dem ungenießbaren Kaffee und den langweiligen Regierungen, und dass ich es eines Tages schon verstehen würde.

Tue ich aber nicht. Dafür habe ich angefangen zu schreiben. Nur dass ich in der Zeit, in der du einen Satz zu Papier bringst, mit Ach und Krach ein Wort zusammenbringe. Seit einer halben Stunde sitze ich jetzt in diesem Kekskrümelladen, den sie Internetcafé nennen – nicht, dass es hier einen Kaffee gäbe! –, und sieh nur, was ich bisher zustande gebracht habe!

Vielleicht winde ich mich, weil ich nicht weiß, wie ich es dir sagen soll. Natürlich ist dir klar, dass ich mich nicht verstellen werde. Du ahnst wohl auch, dass mich dein letzter Brief schockiert hat. Du würdest nicht dieselben Fehler machen wie ich, meintest du, und dass alles anders wäre als bei deinem Vater und mir. Fehlte nur noch, dass du behauptest, dass ich das eines Tages schon verstehen würde!

Mit dem Namen fängt es an. Wer oder was soll das sein, ein »Ole«? Ist das ein missglücktes Spanisch, oder was? Darauf fällt kein Stier herein, glaub mir! Dann die Städte: Hamburg, ist das eine Burg aus Schinken, aus *ham*? Kiel, das klingt wie »kill«, nur fieser ausgesprochen, so genüsslich gedehnt, irgendwie deutsch. Und Bremen, wo du jetzt wohnst: Ist das die Stadt, aus der die Vorgänger der Männer kamen, die »Prä-Men«? Sind die dort oben so archaisch geblieben, weil sie das Wetter nie genießen können, sondern immer nur aushalten müssen? Ich hab mir nämlich den Wetterbericht für diese Woche angeschaut, musst du wissen; so was geht in dieser Krümelbude: Schnee im Oktober, das behaupten die nicht im Ernst, oder? Auf der Insel hatten wir heute Vormittag noch sechzehn Grad.

Du hast ja recht, wenn du sagst, dass ich nicht automatisch annehmen darf, dass Ole ein schlechter Mensch sei, nur weil er, wie dein Vater, aus Deutschland kommt. Bitte entschuldige, ich bin eine einfache Frau: katholisch erzogen, ansonsten durchaus biegsam und diskussionsfreudig. Und ich darf schon fragen, ob du die Brücke nach Italien wirklich so gründlich einreißen willst. Ob du alles hinter dir lassen möchtest, was dich zu der gemacht hat, die du bist.

Selbst schuld, höre ich dich sagen. Dass ich es war, die euch nach Deutschland geschickt hat, deinen Bruder und dich, obwohl es in Turin auch schön gewesen ist: das Hotel wie geleckt, die Gäste großzügig, die Stadt mit ihren Arkaden und Straßenkünstlern wie ein barockes Freiluftmuseum. Stimmt, wir hatten zwei gute Jahre dort. Trotzdem habe ich euch ziehen lassen, es war zu eurem Besten. Sei ehrlich: Wäre dein Bruder Museumskurator geworden, wenn er nicht nach Dresden gegangen wäre? Könntest du dich Journalistin schimpfen und Vorsitzende der Deutsch-Italienischen Gesellschaft, wenn du im Piemont geblieben wärst? Wir stehen alle drei auf eigenen Beinen, davon können viele deiner Freundinnen in Italien nur träumen.

Ich hatte nur eben gehofft, dass du spätestens in Stuttgart anhalten würdest. Vielleicht sogar schon in München. Mir wäre auch Wien recht gewesen. Aber Bremen? Das ist am anderen Ende von Europa!

Bitte versteh mich nicht falsch: Ich freue mich wirklich, dass du mir am Telefon vorgeschlagen hast, dich besuchen zu kommen und mir diesen Ole mal anzuschauen. Vielleicht mache ich das tatsächlich eines Tages. Dann packe ich meine Daunenjacke ein und zwei Packungen Amarettini. Die mochtest du immer gern, genau wie ich. Wenn ich in der Mittagspause auf die Felsen steige, die sich hinter der Pension erheben, nehme ich grundsätzlich zwei Hosentaschen voll davon mit.

Diese Felsen strömen etwas aus, eine eigenwillige Kraft. Wäre ich ein Quäntchen weniger katholisch, würde ich sagen: etwas Magisches. Sie sind wie Magnete, die mich hier halten.

Eines Tages werde ich ihm folgen, dem »Wilden Blauen«, diesem Klettersteig, an dessen Anfang sich die Pension befindet.

Oh, ich bereue nicht, dass ich auf die Insel gegangen bin, damals, als ich erfahren habe, dass sie hier Leute suchen. Ich verdiene zwar ein bisschen weniger als in Turin, dafür ist alles viel günstiger. Ich mag, dass die Bewohner entdeckt werden wollen und sich nicht gleich jedem an den Hals werfen. Dass es eine Steilküste gibt, mit donnernder Brandung und dem permanenten Beigeschmack einer diffusen Gefahr, und keinen gestriegelten Strand. Dass ich nicht länger in einem Dreisternehotel arbeite, sondern in einer Familienpension. Und dass sich so gut wie nie Strandtouristen zu uns verirren, sondern Sportler, die wandern und klettern gehen. Mit ihnen wache ich auf, frühmorgens – das hat mir noch nie etwas ausgemacht. Sie stürzen davon, bei Wind und Wetter, oft noch vor dem Frühstück, und ich pflege die Pension, bis sie mich abends umgibt wie eine frisch geputzte Nussschale. Manchmal bilde ich mir ein, dass das Meer mir Beifall spendet.

Das Meer. Verlässlich rauscht und zischt es unterhalb der Pension. Es ist immer da, aber es ist immer ein anderes Meer. Mal tut es so harmlos, als könne es niemandem ein Haar krümmen. Doch wehe, wenn es wütend wird; dann kreischt und tobt es, bricht faustgroße Steine aus den Felsen und leckt bis zu den Fenstern herauf.

Durch diese Fenster schaut die Pension aufs Wasser. Das muss man sich mal vorstellen: In den Augen des Meeres ist sie nicht mehr als eine Eintagsfliege. Kurz geblinzelt, ist sie schon wieder verschwunden. Von einem Felsen zermalmt vielleicht, von einem Brand ausgelöscht oder, schlimmer, sich selbst überlassen, bis ihre Möbel morsch geworden sind und der Putz von den Wänden bröckelt. Und dennoch schaut die Pension durch ihre Fenster aufs Wasser, in liebevoller Gelassenheit. Sie ist sich ihres Frevels bewusst: ein Punkt, den man schon nach wenigen Kilometern nicht mehr sieht; ein menschengemachtes Nest, das nach einem Lidschlag wieder verschwunden sein wird, gegen den unendlichen und immerwährenden Ozean. Die Pension weiß um ihre Unverfrorenheit. Sie weiß, dass sie am Rand steht, am Abgrund, und die Tatsache, dass sie nach all den Jahren noch immer nicht hinabgefallen ist in die Wellen, macht sie stolz.

Vielleicht ahnt das der ein oder andere Gast, wenn er durch sein Zimmerfenster hinabblickt auf das hin und her wogende Wasser. Wenn er beginnt, das Lied des Meeres zu verstehen. Dann bleibt sein Blick kleben in diesem Bild. Mit einem verklärten Lächeln steht er in seinem Zimmer oder auf seinem Balkon, reglos, als sei er durch die Maschen der Zeit gefallen. Zehn oder fünfzehn Minuten kann das dauern, und ich weiß dann, dass ich ihn im kommenden Jahr wiedersehen werde.

Vorgestern ist es wieder einem so ergangen. Einem jungen Mann mit einem ernsten, schmalen Gesicht, das man gern anschauen würde, wäre er nicht auf die Idee gekommen, sich einen Bart ums Kinn herum stehen zu lassen. Wahrscheinlich will er damit irgendwie gefährlich erscheinen, doch das passt nicht zu ihm. Seine Schultern sind zwar fast doppelt so breit wie seine Hüfte, da ist alles ganz gut verteilt. Was ihn aber wirklich ausmacht, ist das Zurückhaltende. Das umgibt ihn wie eine Aura. Beinahe schüchtern ist er vorgestern zur

Rezeption gekommen und hat, als er mich nach einem Zimmer gefragt hat, gleich den Blick gesenkt. Er kommt mir vor, als staune er unentwegt darüber, dass die Dinge so sind, wie sie sind. Als stelle er die Welt grundsätzlich infrage.

Noch ehe er mich nach der Übernachtung gefragt hatte, wusste ich, dass seine Stimme sanft sein würde. Dass eine hauchzarte Unsicherheit ein Bestandteil von ihr ist. Und dass sein Zögern nicht nur davon kam, dass er Englisch mit mir sprach – was uns beiden erkennbar schwerfällt. Nein, es war immer noch da, als er mit der Frau vom Nachbarzimmer zu Abend gegessen hat. Manchmal suchte er nach einem Wort, hatte vielleicht schon angefangen, es auszusprechen, und bog dann noch rasch ab zu einem ganz anderen. Da sieht man das Wegkartennetz in seinen Gedanken förmlich vor sich. Eigentlich niedlich, wenn man bedenkt, dass er eins dreiundachtzig groß ist und bestimmt dreimal so stark wie ich.

Ob das der Frau aufgefallen ist, die im Zimmer neben ihm wohnt? Keine Ahnung. Die ist eine Wucht, so etwas hab ich noch nicht gesehen. Auf den ersten Blick ist alles an ihr hart und straff. Sie steht wie ein Lot und sitzt mit durchgestrecktem Rücken, als hätte man die Neunzig-Grad-Winkel direkt in ihren Körper eingebaut. Wahrscheinlich liegt sie auch kerzengerade im Bett. Erst wenn sie sich bewegt, wird sie erkennbar weiblich. Dann bemerkt man ihre runden Formen und sieht, wie sich die Muskeln wie geschmeidige Katzen unter der Haut bewegen. In gewisser Weise ist sie ihr eigenes Kunstwerk. Alle Bewegungen fallen ihr provokativ leicht. Die geht die gezackten Felsen empor, als sei es ein Spaziergang. Was anderen zu schaffen macht, bemerkt sie wahrscheinlich noch gar nicht; und wo andere aufgeben, fängt es bei ihr zu kitzeln an. Mit Sicherheit hat sie auch eine Schwachstelle; man muss nur lange suchen, bis man sie findet. In ihrer Stimme ist kein Zögern, ruhig und gelassen strömen die Worte aus ihrem Mund.

Was die beiden miteinander gesprochen haben, kann ich dir nicht sagen; aber es war erkennbar Deutsch. So viel habe ich von deinem Vater dann doch gelernt.

Die beiden hatten sich mittags getroffen, kurz nachdem der Mann im Bild der Pension und des Meeres hängengeblieben war. Sie sind gemeinsam die Felsen emporgeklettert. Zuerst war ich genervt von ihnen; sie hatten mich dort oben beim Lesen gestört. Als mir aber klar wurde, dass das Deutsche sind, habe ich meine zwei Hosentaschen Amarettini und meine überschaubaren Fremdsprachenkenntnisse mit ihnen geteilt. Eine gute Stunde lang haben wir miteinander gesprochen, und ich habe die ganze Zeit nur an dich gedacht, Giulia. Ich habe die ungewohnten und mir doch vertrauten deutschen Worte gehört, die die beiden ausgetauscht haben, und mich gefragt, wie es dir wohl ergeht an der Nordsee. Schon nach einer Viertelstunde war mir klar, dass ich nach Arbatax fahren und dir eine E-Mail schreiben würde.

Vielleicht, weil ich ahne, dass diese beiden gemeinsam weiterziehen werden. Beim Abendessen tags darauf hat die Frau das mehrmals angedeutet. Natürlich die Frau, das müssen ja immer wir machen! Die Männer verstehen so was ja, wenn überhaupt, erst beim vierten oder fünften Mal. Ich aber habe es gleich bemerkt, als ich das Essen gebracht und danach das Geschirr abgeräumt habe. Die einen Hauch tiefere Stimme der Frau. Ihr einen Tick zu lautes Lachen, wenn der Mann einen mäßig witzigen Einwurf gemacht hat. Die wie zufällig wirkende Spiegelung seiner Bewegungen. Das Aushalten von Gesprächspausen, ohne dass es unangenehm wird. Und das wiederholte Einstreuen von »wir« und »uns«. Man muss kein Deutsch können, um zu begreifen, was vor sich geht. Man muss nur wach sein, das ist alles.

Sie werden also miteinander den »Wilden Blauen« gehen, den *Selvaggio Blu*. Meinen Traumweg: Wie gern würde ich mit ihnen kommen! Ich ahne aber, dass sie ein anderes Tempo anschlagen werden als ich. Zwei Geparde wollen wohl keine Schildkröte im Schlepptau haben. So kann ich leider nicht Mäuschen spielen und nur hoffen, dass der Mann die Schwachstelle seiner Begleiterin finden wird. Dass sie fähig sein werden, durch die mühsam errichteten Fassaden des jeweils anderen zu blicken. Sie wären nicht die Ersten, die dieser kaum markierte Pfad zusammenschweißt.

In einer Woche wollen sie wieder zurück sein in unserer Pension. Dann werde ich mehr wissen und dir eine weitere E-Mail schreiben.

Im Nachhinein klingt so etwas immer blöd, doch ich habe es von Anfang an gewusst, Giulia. Schon als ich die beiden beim Abendessen gesehen habe, war mir klar, dass sie gemeinsam zurückkommen würden. Anna und Jacob, so heißen sie. Kurz und knackig, wie Ole. Ob alle deutschen Namen aus nur zwei Silben bestehen?

Gestern Nachmittag sind sie zurückgekommen. Jacob ist nach Santa Maria Navarrese gefahren, um ein paar Dinge einzukaufen, und Anna hat mir die ganze Geschichte erzählt. Ihr Italienisch ist ganz passabel, und wen man in den entscheidenden Momenten seines Lebens trifft, den zieht man ins Vertrauen. Von nun an werden die beiden von mir berichten – von der Frau, die ihre Amarettini mit ihnen geteilt und von Beginn an geahnt hat, was sich zwischen ihnen anbahnte. Ihr Porträt von mir wird verzerrt sein, rosa gefärbt vermutlich, doch seit gestern habe ich Einzug gehalten in ihre gemeinsame Geschichte. So wie sie Einzug halten werden in diese E-Mail.

Die beiden sind also losgezogen, im Morgengrauen, gemeinsam und mit gemischten Gefühlen. Auf ihre Weise sind sie ja beide Einzelgänger; ursprünglich wollte jeder von ihnen allein unterwegs sein. Zumindest konnte Anna so auf ihr Sicherungsseil verzichten. Das von Jacob reichte für sie beide. Anna trug dafür das Wasser. Zehn Liter – zehn! –, und trotzdem ging sie vorneweg. Ihrer Ansicht zufolge hätte es in jenen ersten Tagen ruhig etwas schneller vorangehen können. Ich will mir gar nicht ausmalen, was das bedeutet. Jedenfalls freute sich Anna, dass Jacob sie nicht wie ein Mädchen behandelte – eines von denen, die man beschützen muss. Viele Männer interpretieren das als liebevolle Geste und merken gar nicht, wie sie uns damit herabsetzen. Jacob dagegen betrachtete Anna als ebenbürtig. Er ließ sie vorneweg steigen, beging nicht den Fehler, ihr bei einem besonders steilen Anstieg die Hand reichen zu wollen, und bot ihr auch dann nicht seine Jacke an, wenn ein ablandiger Wind an ihren Haaren zerrte und die Schlaufen ihres Rucksacks umherwirbelte.

Wenn er nur etwas gesagt hätte! Jedes Wort musste Anna ihm am ersten Klettertag aus der Nase ziehen. Er machte es ihr nicht leicht, ihn kennenzulernen. Immer war es Anna, die eine Konversation begann, und Jacob, der sie beendete. Immerhin hatte er auf vieles eine gute Antwort.

»Eine Plaudertasche bist du nicht gerade, oder?«

»Manche reden viel und sagen wenig. Bei mir ist das umgekehrt.«

Oder auch:

»Was machst du so in München, Jacob?«

»Morgens stehe ich auf und frühstücke, meistens Haferflocken. Im Sommer höre ich den Vögeln zu, im Winter laufe ich Schlittschuh auf dem Nymphenburger Kanal. Meist wundere ich mich ein bisschen über die Leute, denen ich begegne. Abends bleibe ich fast immer zu lang auf und schlafe dann wie ein Stein. Geht's dir in Berlin auch so?«

Und dann sogar:

»Jacob, an dieser Stelle bleiben wir besser eng beisammen.«

»Das ist generell eine gute Idee, finde ich.«

»So?«

»Oh ja. Immerhin trägst du unser Wasser.«

Schon nach den ersten Schritten war Anna klar, dass Jacob nicht auf den Mund gefallen war. Der war nicht gedankenlos, ganz und gar nicht, er hatte nur keine Lust darauf, seine Ideen und Eindrücke mit ihr zu teilen. Das war keine Marotte, wie sie manche Männer pflegen, um möglichst geheimnisvoll zu wirken. Jacob blieb konzentriert auf das Wesentliche. Da musste sich Anna schon ein bisschen ins Zeug legen, wenn sie mehr über ihn erfahren wollte.

Freudig nahm sie diese Herausforderung an. Sie hatte viele kennengelernt, die in ihr eine Konkurrentin gesehen hatten, ein Vorbild oder eine zu erobernde Bastion. Jacob war anders. Er spielte kein Theater und plusterte sich nicht auf. Das musste er nicht, da er etwas vorweisen konnte. Jeder anderen wäre Jacob an diesem ersten Klettertag davongerannt. Seine Kraft war gut verteilt, sie steckte nicht nur in der Brust und den Oberarmen. Beim Klettern holte er den größten Teil seiner Energie aus den Beinen, genau wie Anna. Obwohl er es nicht zeigen wollte, merkte Anna, wie beeindruckt Jacob war, dass sie sein Tempo noch zu steigern vermochte und dabei wie beiläufig mit ihm plauderte. Vielleicht legte sie in jenen ersten gemeinsamen Tagen extra einen Zahn zu, um diesen Effekt noch zu steigern.

Natürlich trug die ungewohnte Situation das Ihre dazu bei, dass Anna und Jacob einander näherkamen. Sie hatten es beide darauf angelegt. Anna spürte, dass ihr mit einem Mal etwas wärmer wurde, als sie merkte, wie linkisch Jacob am Abend ihres ersten gemeinsamen Klettertags wurde. Als es darum ging, einen gemeinsamen Schlafplatz zu finden, war er plötzlich keine dreißig mehr, sondern wieder fünfzehn. Er stotterte sogar, als er »Schlafsack« sagen wollte. Anna machte ihm klar, dass sie in jener Mulde schlafen werde und er vier Felsen weiter. Sie verdeutlichte ihm auch, was sie tun würde, wenn er auf die Idee käme, vor Sonnenaufgang in ihre Sichtweite zu kommen. Das beinhaltete einen dezenten Hinweis auf ihr mitgeführtes Pfefferspray. Trotzdem konnte Anna in dieser ersten Nacht lange nicht einschlafen. Sie ahnte, dass es Jacob vier Felsen weiter ähnlich erging. Was machst du da eigentlich, fragte sie sich. Ob sie spießig war, weil sie die gesellschaftlichen Vorgaben erfüllte und einen Mann, den sie eigentlich mochte, erst mal von sich stieß? Oder war das richtig so: Musste jemand wie Jacob erst beweisen, dass er bereit war, ein Risiko für sie einzugehen? Würde er einknicken, würde er vielleicht davonlaufen, wenn Anna den Spieß umdrehte und ihm Avancen machte?

Am folgenden Morgen hatte Anna keinen Muskelkater. Überhaupt hatte sie seit Jahren keinen mehr gehabt, selbst nach einem intensiven Training nicht. Zuweilen hatte sich ihr Körper angenehm müde angefühlt; immer aber war ihre Lust auf weitere Bewegung ungebrochen. Manchmal bemerkte Anna eine Irritation, eine schmerzende Achillessehne zum Beispiel, ein ungewohntes Ziehen im Oberschenkel oder ein unangenehmes Knirschen, wenn sie den Hals drehte – vor allem, seit sie die dreißig überschritten hatte. Immer aber verschwanden diese Einschränkungen, sobald sich Anna ausdauernd bewegte. Bewegung wirkte bei ihr besser als jede Medizin.

Auch Jacob fühlte sich nach dem Aufstehen pudelwohl. Nach nur einem Wandertag war sein Gesicht drei Nuancen dunkler geworden; die Bräune stand ihm gut. Vielleicht war er tags zuvor doch früher eingeschlafen als Anna. Willig überließ sie ihm an ihrem zweiten gemeinsamen Tag die Führung. Sie schmunzelte in sich hinein, als sie merkte, wie eifrig er ihr voranstieg.

Der Wegabschnitt war einfacher als der gestrige. Zu Beginn folgten Anna und Jacob einem alten Maultierpfad und hatten am Nachmittag noch Zeit, den *Selvaggio Blu* meerwärts zu verlassen, um zum Aussichtspunkt von Punta Salinas hinaufzusteigen. Von dort überblickten sie die Küstenlinie auf mehreren Dutzend Kilometern: gezackte dunkelgraue Felsen, aus denen hin und wieder knorrige, vom Wind zu Kunstwerken gebogene Bäume wie Erscheinungen emporragten. Dahinter, verlässlich und geduldig, das Meer. Sein Wasser ist nur dort interessant, wo sich das Blau am harten Grau der Felsen bricht. Immer aber trägt es den Hinweis mit sich, dass direkt hinter der Stelle, an der es an Land stößt, eine Unendlichkeit beginnt. Wenn man es lang genug anschaut, das Meer, merkt man, dass es auf etwas wartet. Man blickt es an, man hört ihm zu, und plötzlich weiß man, auf was: Es wartet auf einen selbst. Geschickt lockt es uns in seine Nähe, mit seinen Stränden, seiner augenscheinlichen Fülle und seinem sirenengleichen Rauschen. In seiner Nähe werden wir faul; wir kapitulieren vor seiner schieren Übermacht. Bald aber – manche nach Tagen, andere nach Wochen –, bald merken wir, was es wirklich in uns auslöst. Das Meer zeigt immer hinaus, über unseren Horizont hinweg. Ständig macht es uns klar, dass wir losfahren könnten und immer weiterziehen. Nach Tagen oder Wochen kämen wir in einem anderen Land an; das Meer aber wäre noch immer da. Auf die Dauer halten wir das nicht aus, unsere offensichtliche Beschränktheit und seine ans Unendliche grenzende Größe. Also portionieren wir die Küstenlinien. Wir trennen Buchten voneinander ab, markieren sie mit weißen Segeln und bunten Liegestühlen; wir entwerfen mächtige Hotelzimmer und opulente Vier-Gänge-Menüs – und können uns doch nicht darüber hinwegtäuschen, dass uns das Meer ständig etwas zuruft. Nein, es flüstert vielmehr, das ist stärker. Wir entkommen dem wahren Charakter des Meeres nicht: Es ist die ständige Aufforderung, die Größe der Welt zu erfahren, indem wir vorangehen und uns entwickeln.

In etwa das war es, das Anna durch den Kopf schoss, als sie mit Jacob am Aussichtspunkt von Punta Salinas stand. Natürlich hätte sie das Jacob niemals gesagt, vielleicht hätte sie es nicht einmal auf diese Weise formulieren können. Es war eher eine Ahnung. Aber sie wusste, was das Meer in ihr ausgelöst hatte. Und da sie dies wusste, sagte sie nach einer guten Stunde, die sie beide schweigend dort oben verbracht hatten, nicht irgendetwas Belangloses; sie stellte keine Frage, um ein weiteres Gespräch zu beginnen, das Jacob auf seine Weise gekonnt beendet hätte. Stattdessen fragte sie ihn, ob er auch das Gefühl habe, dass die Felsen zu ihnen sprächen. Tags zuvor wäre das ein Irrsinn gewesen, nur knapp vor der Frage, auf welchem Planeten sie sich gerade befanden, oder einer Beitrittserklärung zu den Scientologen auf Lebenszeit. Jetzt hingegen war es genau das, was getan werden musste. Das merkte Anna, als Jacob unvermittelt zu reden begann. Auch ihm käme das so vor, meinte er. Dass er begonnen habe, den Felsen zu vertrauen; er mochte ihre Beschaffenheit, ihre Schroffheit, und dass er gelernt hätte, ihre Farben zu lesen. Die Felsen wüssten schon Tage im Voraus, wann es regnen würde. Sie ahnten, wann der Wind drehte, und rüsteten sich mit kleinen Mulden und Unebenheiten gegen die Sonne. Die

Gräser und Blumen in diesen Mulden seien es, die Jacob am meisten beeindruckten; das sei ein Triumph des Lebens über die harschen Bedingungen.

Nie zuvor hatte Jacob derart viele Sätze aneinandergereiht. Wäre jetzt ein Außenstehender zu den beiden gestoßen, hätte er sie für verrückt erklärt – zwei Einsiedler, denen die spätherbstliche Sonne einen Gutteil des Gehirns verbrannt hatte. Anna aber war es um etwas anderes gegangen: Sie hatte ein Geheimnis gefunden, das fortan ihnen beiden gehörte. Wie zufällig stützte sie sich mit ihrer Hand auf dem Felsen ab, auf dem sie saßen. Keinen halben Meter von Jacob streckte sie ihre Finger aus. Das musste sogar er verstehen; niemand setzt sich freiwillig so hin. Es war ein Bild, in dem ein einzelnes Puzzleteil fehlte. Jacob musste es nur noch einsetzen, eine kleine Bewegung genügte, eine Geste, ein Klacks – weniger als ein Meter und doch so viel weiter als der Weg, den sie beide bis hierher zurückgelegt hatten.

So gelang den beiden der Durchbruch erst am dritten Tag. Und das im wahrsten Sinne des Wortes. Es sollte die mit Abstand härteste Etappe des Weges werden. Was Anna mir davon erzählt hat, war genug, dass ich meine Sehnsucht nach diesem Klettersteig überdacht habe. Demzufolge balancierten die beiden auf einer mit Steinbrocken und Geröll übersäten schiefen Ebene und ließen sich die Schuhe vom scharfkantigen Karst zerfetzen, ehe sie sich zunächst fünfzehn und dann zwanzig Meter tief abseilten. Helle Felsen blendeten sie, der Wind zehrte an ihren Nerven, vor ihnen rollten Steinchen in kleinen Lawinen bergab. Manchmal stellten sich ihnen vier oder fünf Meter hohe Felsmauern in den Weg, über die sie hinwegklettern mussten. Das alles wäre nicht schlimm gewesen: Beide waren sie sportlich und hatten sich schon größeren Herausforderungen gestellt. Schwierig war die Tatsache, dass sie unterwegs nicht mehr wussten, ob sie noch auf dem richtigen Weg waren. Normalerweise spürt man das ja. Selbst an Stellen, die keine Markierungen aufweisen, sieht man vielleicht eine Spur im Gras, einen umgeknickten Ast oder den Beginn eines Pfades am Ende eines Feldes. Welcher Weg aber führt frontal auf eine Steilwand zu und dann darüber hinweg? Nimmt dich mit an den Rand eines Abgrunds und verlangt von dir, dort unten weiterzugehen? Legt dir Hölzer und Steine auf die Strecke, als lasse er es darauf ankommen, dass du ausrutschst?

Mit Intuition ist dem *Selvaggio Blu* nicht beizukommen. Jedenfalls nicht, solange du ihn gehen willst wie einen normalen Wanderweg. Das kann nicht funktionieren; er sträubt sich dagegen. Erst als Anna und Jacob verstanden hatten, dass sie aufhören mussten, nach Markierungen zu suchen, als sie losließen und einfach einen Höhenrücken entlangbalancierten, erst da zeigte der Pfad, was er ihnen geben konnte. Sie fanden den Weg, indem sie ihn gingen. Es war eine Befreiung. Er würde ihr eigener Weg werden.

Und dann, endlich, passierte es. Jacob fiel zuerst hin. Sie hatten sich schon zweimal abgeseilt, hatten Steilwände bezwungen, auf dem Höhengrat dem Wind Paroli geboten und sich mit den geflochtenen Wacholdertreppen der Hirten angefreundet, als ein Teil des Felsens, an dem Jacob sich festhielt, abbrach. Sofort fasste Jacob nach, doch seine Hand bekam das widerspenstige Gestein nicht mehr zu fassen.

Stattdessen schrammte sie an dessen scharfer Kante entlang, ohne Halt zu finden. Einen Lidschlag lang schwebte Jacob mit dem rechten Fuß über der abschüssigen Ebene, ehe er ihn mitten in einem Geröllfeld absetzte. Es gab ein Holterdiepolter, als Jacob der Länge nach hinfiel und wie eine Lawine kopfunter abwärts rauschte. Er kam nur drei oder vier Meter weit, doch das genügte, um ihm ein paar Schürfwunden und einen schmerzenden Ellenbogen zu verpassen.

Anna brauchte anderthalb Minuten, um bei Jacob anzukommen. Sie zog ihn empor, dann sammelte sie die Habseligkeiten ein, die im Umkreis mehrerer Meter verstreut lagen.

»Geht's wieder?«

»Ja.«

Das war alles. Und war es natürlich nicht, denn keine Stunde später knickte Anna um, als ein Stock unter ihrem rechten Schuh zerbrach. Sie fiel hin und kullerte fünfeinhalb Meter weit eine verdorrte Wiese hinab, ehe sie unsanft von einem knorrigen Macchia-Gestrüpp gebremst wurde.

Im Nachhinein meint Anna, dass etwas in ihr damals genau das gewollt hatte. Denn sympathisch macht uns doch immer erst eine Schwäche.

Nimm ein Idol, was weiß ich: einen Sänger vielleicht, einen Sportler oder einen Schauspieler. Wollen wir dem zusehen, wie es dies und jenes meistert und ihm immer nur alles gelingt? Das wäre furchtbar langweilig. Wirklich nahe kommen wir ihm nur, wenn wir ihn in einem schwachen Moment erleben und merken, dass er kämpfen muss.

Ohne dass sie es sich hätten eingestehen können, hatten Anna und Jacob beide einen Bruch in der Fassade gebraucht.

Weil wir erst dann wirklich stark sind, wenn wir um unsere Schwächen wissen und sie zulassen können. Und sonst nicht. Niemals.

Soll ich dir sagen, wer wirklich stark ist? Das hat Anna mich gefragt, als sie zurück war von der Kletterpartie. Und als ich »Jacob?« geantwortet habe, ist sie in ein Lachen ausgebrochen, dass mir angst und bange um sie geworden ist. Einen Gehandicapten hätten die beiden unterwegs getroffen, meinte Anna dann, einen Mann, dem ein Bein fehlte. Der habe ebenfalls den Weg in Angriff genommen. Er würde doppelt so lang brauchen wie sie, vielleicht auch dreimal so lang, doch dieser Einbeinige, der sei wahrhaftig stark gewesen. Weil Stärke nicht viel damit zu tun hat, wo man gerade steht, und sehr viel damit, wohin man von dort aus geht. Ein Rollstuhlfahrer, der in einen Hockeyverein eintritt, ein Schüchterner, der eine Rede hält, weil ihm deren Inhalt wichtig ist, ein Einwanderer, der Vokabeln büffelt, um ankommen zu können, das seien die wirklich Starken. Meistens diejenigen, denen man das nicht ansehe. Die hat gut reden, dachte ich, und dass das wäre, als behaupte Heidi Klum, dass es auf die inneren Werte ankomme. Vielleicht aber hat sie doch recht – Anna, meine ich, nicht Heidi. Zumindest damit, dass sie erst in einem Moment der Schwäche einen Weg zum jeweils anderen gefunden haben.

Anna jedenfalls lag in dem knorrigen Macchia-Gestrüpp und strahlte. Sie hatte gleichgezogen mit Jacob und damit für eine Gemeinsamkeit gesorgt. Abends versorgte Jacob ihre Wunden, und sie versorgte seine. Das war natürlich übertrieben, vielleicht sogar einen Schritt über der Grenze zum Kitsch, aber sie taten es auf ironische Art und Weise und genossen, dass ihr körperlicher Abstand dadurch verkürzt wurde. Und da sie schon mal damit begonnen hatten, einander zu berühren, machten sie eben weiter.

Die weitere Faktenlage ist etwas dünn; darum kann ich dir nicht mit Sicherheit sagen, was sich in den darauffolgenden Stunden zugetragen hat. Tags darauf schienen die beiden jedenfalls zu schweben. Anna erwähnte noch, dass sie sich mehrmals abgeseilt hätten, vierzig Meter tief – sie sagte es, wie jemand anderes erwähnt, dass er Brot kaufen war –, dass sie früher als erwartet angekommen seien und zwei herrliche Tage in Cala Gonone erlebt hätten. Jacob sei wie ausgewechselt gewesen, die Sätze seien nur so aus ihm geflossen. Anna fiel auf, dass sie seine Stimme mochte, die bassreichen Untertöne vor allem und die Beschleunigung, die ihn mitriss, sobald er etwas für ihn Wichtiges sagte.

Damit könnte diese kleine Anekdote zu Ende sein, aber jetzt pass auf: Abends kam Jacob zurück aus Santa Maria Navarrese, und als Anna ihren Rucksack für die Abreise packte und sich danach kurz hinlegte, erzählte er mir in einem durch die zurückliegenden Ereignisse deutlich verbesserten Englisch, wie er ihren *Selvaggio Blu* erlebt hatte.

Am Tag ihres gemeinsamen Aufbruchs war Jacob demzufolge ganz cool, während Anna ihre Nervosität hinter einem Plauderzwang versteckte. In den ersten vier Stunden hatte sie Jacob praktisch ihr bisheriges Leben erzählt. Er ließ sie vorneweg steigen, blieb Anna hart auf den Fersen und hoffte, dass sie aufgrund ihres hohen Tempos bald gezwungen wäre, weniger zu sprechen. Da hatte er die Rechnung aber ohne sie gemacht. Anna redete und redete, als hinge ihr Leben davon ab, während sie in einer Art Dauerlauf über die Felsen setzte. Jacob musste sich eingestehen, dass er dieses Tempo nicht mehrere Tage lang durchhalten könnte. Er ärgerte sich darüber, dass Anna ihn so ansatzlos beeindruckte. Und gleichzeitig eine Hitze in ihm freisetzte, deren Zentrum eindeutig unterhalb seines Bauchnabels und oberhalb seiner Oberschenkel lag. Wenn es aufwärts ging – das ging es an jenem ersten Klettertag meistens –, befanden sich Annas Beine und ihr Hinterteil direkt vor ihm; das machte diesen Effekt nicht kleiner. Die zweite Tageshälfte verbrachte Jacob daher hauptsächlich damit, sich seine Begleiterin nackt vorzustellen; auch darum blieb er so wortkarg. Er wusste, dass es zu früh dafür war, dass sein Begehren von Anna nicht erwidert wurde und dass er Gefahr lief, alles, was sich zwischen ihnen anbahnte, gleich in den allerersten Stunden kaputtzumachen. Jacob war ehrlich erleichtert, als Anna den Schlafsack an ihrem ersten Abend vier Felsen von ihm entfernt ausbreitete. Er schlief wie ein Baby.

Am folgenden Morgen suchte Jacob erfolglos nach Anzeichen, dass seine Begleiterin ihr halsbrecherisches Tempo drosseln würde. Er wusste, dass er keinen weiteren Tag hinter Anna herlaufen durfte. Vielleicht etwas zu forsch stieg er ihr darum voran. Er hatte beobachtet, wie leicht es Anna fiel, Felsen emporzuklettern und in unwegsamem Gelände voranzukommen. Es schien kaum eine Rolle zu spielen, ob ein Weg ebenerdig verlief oder anstieg. Oder ob überhaupt ein Weg zu erkennen war. Bei den Abstiegen war Anna hingegen vorsichtiger als er. Und auf geraden, gut markierten Wegen schritt er ebenso weit und schnell aus wie sie. Ob der wiederkehrende Anblick seiner schlanken Beine und seines zweifellos trainierten *gluteus maximus* einen ähnlichen Effekt auf Anna ausübte wie andersherum, konnte Jacob indessen nicht sagen.

Der nächste Wegabschnitt spielte ihm in die Hände: Vormittags folgten sie einem Maultierpfad, später gelangten sie zum Aussichtspunkt von Punta Salinas. Dort angekommen, wurde Anna zum ersten Mal seit ihrem Aufbruch wortkarg. Jacob verstand das gut: Aus knapp fünfhundert Metern Höhe blickten Anna und er hinab auf hell- und dunkelgraue Felsnasen, die so lustvoll ins Meer ragten, als würden sie das Wasser auffordern, mit ihnen zu spielen. Das Meer war türkisblau und umfloss das Land wie eine Liebkosung. Eine gute Stunde saßen Anna und Jacob nebeneinander und saugten Landschaft in sich hinein. Für Jacob war das die schönste Zeit, die er bislang mit Anna verbracht hatte. Es gab nicht einen Moment, in dem einem der beiden das Schweigen unnatürlich vorgekommen wäre oder jemand Anstalten gemacht hätte, weiterzugehen. Sie waren hier, sie waren angekommen auf dem Weg, im Hier und im Jetzt, und alles war gut, so wie es war.

Jacob war Anna unendlich dankbar dafür, dass sie, als sie die Stille schließlich doch zerbrach, dies so behutsam machte, dass ein großer Teil des Zaubers, der sie beide seit einer guten Stunde umfloss, erhalten blieb. Fragte sie ihn doch nichts

Belangloses, nichts Beiläufiges, sondern etwas ganz und gar Intimes. Da war sie: die Übereinkunft, dass sie eine neue Ebene erreicht hatten. Von hier an würden sie nicht mehr zurückkehren zu den Fragen, was man beruflich machte und ob Berlin wirklich so heruntergekommen war und München so prunkvoll, wie alle immer behaupteten.

Ob er auch das Gefühl habe, dass die Felsen zu ihnen sprächen: Vielleicht war es nicht die nächstgelegene Frage, doch es war eine der wenigen legitimen, die ihrer aktuellen Entrücktheit angemessen war. Jacob wusste später nicht mehr, wann sie es sich auf den Felsen gemütlich gemacht hatten. Er wusste auch nicht, was er Anna erzählt hatte. Ihm dämmerte, dass es eine ganze Menge gewesen sein könnte, doch er hatte nur Augen für Annas Hand, die wie eine Aufforderung zwischen ihnen beiden lag. Dazu muss man sagen, dass Annas Hände ziemlich phänomenal sind; eine Waffe, deren Gebrauch man lange üben musste, um nicht ständig Unschuldige zu treffen. Handwurzel und Mittelhand waren stark; jeder Betrachter merkte intuitiv, wie gut sie von den Muskeln und Nerven des Unter- und des Oberarms versorgt wurden. Sie harmonierten auf das Feinste mit Annas muskulösen Armen und der dehnbaren Schulterpartie. Ihre Finger aber waren feingliedrig, lang und gepflegt. Wenn Anna ihre Kraft an Maschinen ausprobierte oder mit Hanteln trainierte, trug sie grundsätzlich Fingerhandschuhe. Dies alles sorgte dafür, dass manche Männer Mühe hatten, woanders hinzuschauen, wenn Anna zum Beispiel im Bus eine Haltestange umfasste, wenn sie auf ihrem Smartphone herumtippte oder Geld aus ihrem Portemonnaie nahm.

Es war diese Hand, die Jacob davon abhielt, das zu tun, was er sich in Gedanken schon Dutzende Male getraut hatte. Das und die Tatsache, dass er sich ertappt fühlte. Das muss man verstehen. Männern wird von der Werbung, den Filmen, dem Radio und den Zeitungen permanent eingetrichtert, dass ihr Verlangen allgegenwärtig und böse sei. Von Übergriffen ist da die Rede, von Tätern und von Machtmissbrauch. Im besten Fall steht man als Volltrottel da, der seine Gefühle nicht im Griff hat. Ausprägungen der Furcht einer verdrucksten Gesellschaft, die alles planbar halten will, und der daher das Körperliche und Animalische suspekt geworden ist. Wenn man als Mann trotzdem mal ein Risiko eingeht, wird man in aller Regel zurückgewiesen. Und plötzlich liegt der eigene Wunsch offen zutage und wartet nur noch darauf, erfüllt zu werden. Das kann einen schon mal aus der Bahn werfen.

Wenige Zentimeter waren es von Jacobs Oberschenkel zu Annas Hand. Und trotzdem war es für Jacob weiter als der gesamte bisherige Weg, den sie beide zurückgelegt hatten. In jener Nacht war es Jacob, der nicht einschlafen konnte. Wovor hatte er nur solche Angst? Was hätte schon passieren können? War der Abstand zwischen ihnen beiden am heutigen Tag unüberwindbar geworden?

Am folgenden Morgen wachte Jacob auf und war sofort schlecht gelaunt. Immerhin half ihm der *Selvaggio Blu* auch heute. Er ließ ihnen wenig Zeit, ihre Beziehung zueinander zu erforschen.

Seit Stunden hatten sie keine Ahnung mehr, wo der eigentliche Weg verlief. Irgendwann entschlossen sie sich, stattdessen einem Höhenrücken nordwärts zu folgen. Es war eine Befreiung. Der *Selvaggio Blu* hatte aufgehört, sie an die Hand zu nehmen. Er würde ihr eigener Weg werden.

Jacob war davon so berauscht, dass er einen Lidschlag lang nicht aufpasste. An einer an sich völlig banalen Stelle brach ein Teil des Felsens, an dem er sich festhielt, ab. Im Nachhinein erschien es Jacob, als habe das Gestein nur auf ihn gewartet. Jahrzehntelang, vielleicht gar für Jahrhunderte, war es stabil geblieben, unverrückbar in seiner Form. Dann kam dieser junge Mann daher, und der Felsen erkannte die Gelegenheit, ihm und der verwirrend muskulösen Frau an seiner Seite den nötigen Impuls zu geben, der den Abstand zwischen ihnen beiden verkleinern würde. Wie eine Eidechse ihren Schwanz, so warf der Felsen einen Teil seines Gesteins ab und blickte Jacob nach, der in einer Wolke aus Geröll und Staub talwärts rutschte. Erwartungsgemäß reagierte Anna goldrichtig.

»Geht's wieder?«

»Ja.«

Das war alles. Und war es natürlich nicht, denn so ein Felsen, zumal wenn er sich auf dem *Selvaggio Blu* befindet, steht natürlich in Kontakt mit allem anderen, was auf dem steinigen Untergrund kreucht und fleucht. So kam es, dass keine Stunde später ein Stock unter Annas rechtem Schuh zerbrach. Sie kullerte eine verdorrte Wiese hinab, ehe sie von einem knorrigen Macchia-Gestrüpp gebremst wurde und zu lachen begann. In diesem Moment sah sie ihre Zukunft mit Jacob direkt und unleugbar vor sich.

Meine liebe Giulia, bestimmt fragst du dich seit einigen Minuten immer eindringlicher, warum ich dir das alles so ausführlich schreibe. Schau, diese beiden, Anna und Jacob, haben von Anfang an etwas ausgeströmt: eine Kraft, eine Stärke, das war wie ein Sog. Vielleicht ahnte ich schon damals, dass sich unsere Wege demnächst miteinander verweben würden – auch wenn mir nicht klar gewesen ist, dass sie mich zu dir führen würden, Giulia. Denn das tun sie seither. Die beiden haben mich von der Straße meiner bisherigen Gewohnheiten geschubst und mich auf einen viel spannenderen Fußweg geführt. Da hat etwas Neues begonnen, und darum schreibe ich dir. Oh, deine Mutter ist nicht so dumm, wie du glaubst! Ich weiß schon, warum du mich so hartnäckig anzurufen versuchst und unbedingt willst, dass ich Ole kennenlerne. Auch bei euch steht eine Veränderung an, nicht wahr?

Anna hat mir von Bremen erzählt. Eine Stadt, die dafür bekannt ist, dass sich vier Tiere aufeinanderstellen, meinetwegen, da gibt es Schlimmeres. Sie meint auch, dass es da richtige Fußgängerzonen gebe, urige Kneipen im Schnoor-Viertel und eine Küste, eine schöne sogar. Sie hat mir klargemacht, dass man Ole vorne betont und nicht Olé sagt, und dass das die Kurzform von Olaf sei, was »der Ahne der Götter« bedeute. Also werde ich mal dorthin fahren und mir das alles anschauen. Ein bisschen Deutsch kann ich ja.

Ich habe zuerst Anna zugehört und dann Jacob und gelernt, dass die Wahrheit immer zwischen den Erzählungen liegt. Dass es guttut, mehrere Sichtweisen zu kennen. Und dass wir andere Menschen stärker prägen, als wir selbst es meinen.

Keine Sorge, Giulia, auch wenn ich gerade vielleicht so klinge, werde ich keine Sekte eröffnen und keine Partei gründen. Für Politik habe ich mich ohnehin nie interessiert. Jetzt weiß ich auch, warum nicht.

Weil ich den Einzelnen viel spannender finde als die Gruppen.

Weil ich gemerkt habe, dass es auf das ankommt, was wir selbst tun.

Weil ich Ole erst jetzt wirklich wahrnehmen kann. Und mich einen Dreck darum schere, ob das ein Deutscher oder ein Italiener ist, wo er herkommt oder wie dick sein Konto ist.

Gut, über seine katholische Erziehung müssen wir uns natürlich unterhalten. Euer Sohn soll ja nicht nur Italienisch lernen, sondern auch eingebettet sein in das große Ganze, oder? Und es wird doch ein Sohn, nicht wahr?

Nein, streiche den letzten Absatz! Was ich damit sagen will, ist das: Gib mir noch einen Monat Zeit; gib mir Zeit, meinen eigenen *Selvaggio Blu* zu gehen. Wenn ihr mich dann braucht, in den kommenden Jahren, ziehe ich zu euch an die Nordsee.

Deine Mama.

Achtes Kapitel
Jan

Weder Anna noch Jacob hatten sich vorstellen können, wie grundlegend sich alles ändern würde, als Jan in ihr Leben trat. Jan, natürlich, weil er die erste Silbe ihrer beider Namen in sich vereinte.

Bereits wenige Wochen nach ihrem gemeinsamen Abenteuer auf dem *Selvaggio Blu* war Anna nach München gezogen. Als frischgebackene Autorin konnte sie von überall arbeiten. Im Jahr darauf war ihr Buch veröffentlicht worden, und im Gegensatz zu Simone, der neuen Verlagschefin, war Anna überrascht, dass ihr Werk auf Anhieb erfolgreich wurde. Monatelang fühlte es sich für sie surreal an, ihren Namen in Zeitungen und Fachzeitschriften zu sehen. Nachdem sie mehrmals in Radiosendungen zu Wort gekommen und einmal sogar in einer abendlichen Fernseh-Talkrunde als ›Fitnessexpertin‹ interviewt worden war, galt Anna in den entscheidenden Kreisen als beliebte Gesprächspartnerin. Es war, wie Simone prophezeit hatte: Ungestüme *Freelancer* und erfahrene Programmchefs rissen sich um sie.

Jacob hatte dem kometenhaften Aufstieg seiner Freundin mit einer Mischung aus Stolz und Unbehagen zugeschaut. Sein Fitnessstudio in München-Laim warf zwar seit einigen Monaten Gewinn ab, den musste er allerdings mit Thorsten teilen. Es reichte gerade, um einigermaßen über die Runden zu kommen. Es kam vor, dass Anna durch ein einziges Fernsehinterview und den sich daran anschließenden Buchverkauf mehr verdiente als er in einem ganzen Monat. Jacob war kein gewiefter Geschäftsmann: Er unterrichtete zwar Kickboxen und bald auch Taekwondo und Capoeira, gab gleichzeitig aber auch Einzelstunden, für die er nichts verlangte. Er suchte sich dann einen Schüler, bei dem er mit Bestimmtheit sagen konnte, was an seiner Kampftechnik verbessert werden musste – meist war das die Beinarbeit oder die Dehnbarkeit –, und schenkte ihm seine Ratschläge. Wen er auf diese Weise trainierte und wer es ernst meinte, der machte innerhalb kürzester Zeit Fortschritte, die er sich selbst kaum zugetraut hätte.

Erst durch einen glücklichen Umstand kam Jacob zu nennenswerten Einnahmen. Anna hatte ihre Reiseleidenschaft auf ihn übertragen. Als sie in Paris durch den *Parc de Bercy* schlenderten, gerieten sie unvermittelt in eine Gruppe Jugendlicher. Es mochten achtzehn oder zwanzig Teenager sein. Sie trugen Jogginganzüge und dehnten gerade ihre Muskeln. Offenbar bereiteten sie sich auf ein Sportevent vor. Anna und Jacob konnten allerdings keinen Ball oder irgendein anderes Sportgerät erkennen. Auf einmal begannen die Jugendlichen, sich an Baumästen hochzuziehen. Sie erklommen drei Meter hohe Mauern, balancierten auf

Felsbrocken und sprangen acht Meter lange Treppen hinab. Spielerisch leicht sah das aus und war doch auf einleuchtende Weise effizient. Die flüssigen Bewegungsabläufe kaschierten die zugrunde liegende gewaltige Muskelarbeit. Es war, als foppten diese Jugendlichen die Schwerkraft, als hätten sie einen Weg gefunden, die Naturgesetze für die Dauer eines Sprungs, einer Drehung, eines Saltos außer Kraft zu setzen.

Jacob war augenblicklich fasziniert. Bevor Anna ihn davon abhalten konnte, hatte er seinen Pullover abgestreift und spontan mitgemacht. Jacob war gut, das musste sie ihm lassen. Körperlich hätte sie wohl mit ihm mithalten können. Ihr fehlte jedoch das Quäntchen Wahnsinn, diese unbändige Lust darauf, herauszufinden, ob man es eben noch so über einen Abgrund schaffte oder doch hineinfiel.

Noch im selben Moment wurde Anna klar, wie es weitergehen würde: Jacob würde alles über *Parkour* lesen, er würde Abende lang Videos anschauen, und anschließend würde er versuchen, das Gelesene anzuwenden und das Gesehene zu übertrumpfen. Im Grunde genommen, das wusste Anna, fühlte Jacob sich erst an seinen körperlichen Grenzen wohl. Darum war er Kampfsportler geworden. Da aber körperliche Grenzen in Wahrheit immer gleichzeitig geistige Grenzen sind, war es, als habe eine Sportart wie Parkour nur darauf gewartet, dass einer wie Jacob vorbeikam und sie auf eine neue Ebene hob. Anna war klar, dass sie sich ihm in diesem Punkt nicht in den Weg stellen durfte.

Es passte aber auch alles zu gut zusammen. Dass Parkour zuallererst eine Kunstform war und kein Wettbewerb, kam Jacob zupass, dem es auch beim härtesten Kickboxturnier darauf ankam, sich selbst zu erfahren. Dass er dabei Kampf um Kampf gewann, war eher ein Nebenprodukt seiner Leidenschaft für das Leben. Durch seine Kämpfe hatte Jacob sich einen unverfälschten Blick auf seine Umwelt angeeignet: Er erkannte in Sekundenbruchteilen, welche Beschränkungen überwindbar waren und welche Grenzen er besser nicht antastete. Auch der trotzige Aspekt von Parkour gefiel ihm: Geht es doch um die Rückeroberung des urbanen Raums. Hier nehmen sich junge Menschen das Recht, ihre Kunst überall dort aufzuführen, wo ansonsten die Werbung der Konzerne alles dominiert. Es ist eine Erweiterung von Straßen und Parks, Mauern und Treppen, Garagendächern und Hochhäusern über die ihnen zugedachte Funktion hinaus.

Noch während Jacob jauchzend von Stein zu Stein sprang, malte sich Anna aus, wie sie ihn filmen würde, während er immer waghalsigere Sprünge aneinanderreihte. Was sie nicht vorhersehen konnte, war, dass Jacob dank ihrer Kurzvideos eine erstaunliche Karriere vergönnt sein würde: Ihre Filmchen würden schon bald millionenfach angeklickt werden. Dabei hatte Anna Jacob dazu zwingen müssen, in den Clips kurze Werbeanzeigen zuzulassen. Die sorgten jetzt für einen angenehmen Nebenverdienst. Als allerdings ein Sponsor anbot, Jacob ein ganzes Jahr lang zu unterstützen, war auch Anna verblüfft. Der Haken daran war, dass Jacob seine Kunst nicht nur an mehreren Orten in Europa zeigen sollte, sondern auch auf Hochhäusern, Brücken und Sendemasten in Russland und der Ukraine. Niemand wusste, wie diese Bauwerke gewartet wurden.

Kurz nachdem er den Sponsorenvertrag unterschrieben hatte, trat Jacob seinen Anteil des Fitnessclubs an Thorsten ab und zog mit Anna nach Berlin. Er bekam einen guten Preis von Thorsten: Ihr Fitnessstudio hatte mittlerweile einen hohen Anteil Karteileichen. Das waren ihre besten Kunden. Um ihr Gewissen zu beruhigen, zahlten sie den vollen Preis, ohne dafür den Zugang zu den Geräten zu versperren. Offiziell gab Jacob an, dass es für seine weitere Karriere besser sei, in der Hauptstadt zu wohnen. Anna aber wusste, dass es ihm vor allem darauf ankam, die Orte aufzusuchen, an denen sie gelebt hatte.

Zu jener Zeit befanden sich die beiden in einer seltsamen Lebensphase. Sie waren beide unverhofft zu Geld gekommen – Anna dank ihres Buchs und ihrer Medienpräsenz, Jacob durch den Verkauf seines Anteils am Fitnessstudio und dank seiner Parkour-Passion –, hatten aber keine Ahnung, wie sie in Zukunft für weitere Einnahmen sorgen könnten. *Es werde sich schon etwas finden lassen*, meinten sie.

Bis dahin genossen sie ihre Freiheit. Sie unternahmen immer abenteuerlichere Reisen und suchten Orte auf, von denen sie bislang nicht einmal gehört hatten. Im Karakorum-Massiv stiegen sie bei minus dreißig Grad Celsius auf sechstausend Meter Höhe und lagen sich auf einem Berggipfel minutenlang in den Armen, ehe sich Anna heftig übergab und sie sich eilig an den Abstieg machten. Dafür fuhr sie ihm in Madagaskar davon, nachdem sie ihn zu einer dreiwöchigen Fahrradtour überredet hatte, auf der sie Lemuren und Kattas sahen. Diese Urlaube waren Katalysatoren für ihre Beziehung. Und sie waren kaum verhüllte Sextrips: Die ungewohnte Umgebung wirkte auf Anna und Jacob inspirierend; beide fanden sich augenblicklich darin zurecht und waren in gelöster Stimmung.

Am meisten traf das auf ihre Hundeschlittentour in Ostgrönland zu. Ittoqqortoormiit, ein schier unaussprechlicher Name, würde ihnen in Erinnerung bleiben. Über Island waren sie angereist; ein Propellerflugzeug hatte sie bei minus fünfzehn Grad abgeholt und bei minus fünfunddreißig Grad auf einem Rollfeld abgesetzt. Von dort trug sie ein Hubschrauber über den Scoresby Sund, das größte Fjordsystem der Welt, in die Siedlung, die ihnen wie eine Erscheinung im schier endlosen Eis und Schnee vorkam. Hier, auf dem *tunu*, dem »Rücken« Grönlands, teilten sie wochenlang das Leben eines einheimischen Jägers. Im Hundeschlitten fuhr er mit ihnen hinaus in die grandiose Einöde. Er zeigte ihnen Moschusochsen und ließ sie an seiner Robbenjagd teilhaben. Anna und Jacob gefiel das einfache und raue Leben auf siebzig Grad Nord. Hier erfuhr man die Konsequenzen seiner Entscheidungen unmittelbar: Wer im entscheidenden Moment einen Fehler beging, blieb auf der Strecke. Die Starken, die Wachsamen und die Kämpfer überlebten. Anna und Jacob waren alles drei. Im Gasthaus von Ittoqqortoormiit, in den Jagdhütten und im Trekkingzelt liebten sie sich bei minus vierzig Grad wie nie zuvor.

Neun Monate später trat Jan in ihr Leben, und alles änderte sich schlagartig. Zehn Wochen vor seiner Geburt waren Anna und Jacob nach Köln gezogen. Dort befanden sich die Medienanstalten, die Anna nach wie vor zu Talkshows und kleineren Beiträgen einluden. Auch Jacobs Sponsor hatte dort seinen Sitz.

Seit Jans Geburt wurde von seinen Eltern ein völlig neuer Kampf gefordert. Ein Aufbäumen gegen den Schlafmangel, eine Auseinandersetzung mit Rollen, die darauf warteten, angenommen und ausgefüllt zu werden, ein ungewohntes Ringen um die Deutungshoheit über das eigene Leben.

Anna machte vor allem zu schaffen, dass sie ihren Fokus zu verlieren drohte. Da Jan im ersten Jahr praktisch jede Sekunde nach ihrer Aufmerksamkeit verlangte, war sie in besonderer Weise von der Dreißig-Sekunden-Regel betroffen. Das war ihr Name für die Fahrigkeit, die von ihr Besitz ergriffen hatte: Was sie nicht innerhalb von dreißig Sekunden erledigte, ging verloren. Nicht, dass sie es aufschieben würde; nein: Es war schlichtweg fort, vergessen.

Jacob wiederum musste schlucken, als Anna umstandslos die Mutter in sich entdeckte. Sie war völlig selbstverständlich in die Rolle der Bestimmerin geschlüpft. Das war keine Entscheidung, die in irgendeiner Weise kommuniziert oder gar besprochen worden war. Es schien, als machte sich Anna nicht einmal Gedanken darüber, ob es anders sein könnte. Sie war eine liebevolle und strenge Mutter. Jacob durfte ihre Erziehungsmaßnahmen flankieren, wurde aber mehr und mehr in die Rolle eines Spielkameraden gedrängt. Er besänftigte Anna und Jan, wenn sie zu streiten drohten. Spontan setzte er Gegenpunkte, brachte unvermittelt Vorschläge ein und gönnte Jan zuweilen eine nicht abgesprochene Belohnung, um Annas gnadenlose Ordnung wenigstens ab und an aufzulockern.

Sie habe zwei Kinder zu Hause, meinte Anna manchmal, und Jacob wusste nicht, ob das ein gut verstecktes Kompliment beinhaltete oder ein liebevoller Tadel war. Er verhielt sich ganz anders, wenn Anna nicht da war: Dann hatte er darauf zu achten, dass alles funktionierte. Auf einmal mussten Essenszeiten eingehalten, Spielphasen abgebrochen und ausgiebig Trost gespendet werden. Sobald Anna jedoch in Sichtweite kam, schlüpfte Jacob wieder in die ihm zugedachte Rolle des Sekundanten.

In Wahrheit bekamen Anna und Jacob trotz der neuen Reibungsflächen das Leben mit Jan erstaunlich rasch in den Griff. Anna war fürsorglich, aber nicht gluckenhaft. Jacob gab sich als ihr Gegenpol aus, war aber insgeheim stolz darauf, wie souverän Anna ihre Mutterrolle ausfüllte.

Und Jan? Der hatte die überbordende Energie seiner Eltern geerbt. Mit dreieinhalb Monaten drehte er sich das erste Mal auf den Bauch, mit acht Monaten sagte er »Papa« und »Mama«, und noch ehe er ein Jahr alt wurde, kletterte er auf Stühle und eroberte das heimische Sofa. Wenn das so weitergehe, könnten sie ihm gleich eine Schultüte kaufen, meinte Jacob. Er solle mal halblang machen, lachte Anna, als Jacob anfing, seinem Sohn das Kickboxen beizubringen. Da war Jan gerade anderthalb geworden.

Anna neckte Jacob gern. Ihre Stimme war nach wie vor eine Nuance tiefer, wenn er in der Nähe war. Jacob wiederum war grenzdebil glücklich, wenn er seine Familie um sich hatte. Nie hätte er gedacht, dass es ein so großes, beinahe grenzenloses Gefühl der Geborgenheit geben könnte. Eine Gewissheit, dass sich alles am rechten Platz befand und es keine Alternative gab, die besser sein konnte als sein derzeitiges Leben.

Zweimal im Jahr, jeweils im Frühjahr und im Herbst, brach Anna zu einer mehrwöchigen Lesereise auf. Sie trat vor allem in Köln und in Düsseldorf, in Essen und in Kassel, bald auch in Bremen, Hamburg und in Berlin auf. Veranstaltungen in Süddeutschland fand sie besonders schön, da sie dort alles mit Jacob verband – egal, ob sie in Stuttgart war, in Augsburg, Nürnberg oder in München. Jacob brachte seinem Sohn dann jedes Mal heimlich Kampfsportbewegungen bei.

In Köln waren Anna und Jacob schnell heimisch geworden. Sie liebten den Rhein, hielten sich vom tourismusverseuchten Domplatz fern und genossen stattdessen die Kultur der Kneipen und der Hinterhöfe. Auf Anhieb kamen sie mit den Leuten ins Gespräch – auf dem Spielplatz, in den Bars oder auch nur in der Warteschlange eines Supermarkts. Bald schwangen sie mit im pseudolockeren Tonfall, den der dortige Dialekt nahelegt, und sahen der Stadt sogar die endlos scheinenden Regengüsse und die verratzten Außenbezirke nach.

Jan konnte sein Erbe nicht verleugnen; er war wacher und stärker als seine Kindergartenfreunde. Wenn es darauf ankam, stürzte er sich mit Feuereifer auf eine Aufgabe und ließ erst locker, wenn er sie gelöst hatte. Er konnte erste Wörter schreiben und einfache Rechenaufgaben lösen, noch ehe er fünf wurde.

Einmal nahm Anna ihn mit, als sie in Leipzig und Dresden ihr zweites Buch vorstellte. Zu spät merkte sie, dass das ein Fehler war.

»Die starren dich alle an, Mama. Was wollen die von dir?«

»Na ja, die kaufen dann auch meine Bücher und sehen sich meine Videos an. Für die bin ich eben ein Beispiel, dass es klappen kann mit dem gesunden Leben und der Fitness, weißt du?«

»Schon, aber kannst du das denen nicht erzählen, ohne dass sie dich anstarren?«

Mehr Spaß machte es Jan, seinen Vater zu begleiten. Jacob zeigte ihm zwar nie ein Fitnessstudio – das sei zu früh, meinte er, und dass Jans Knochen noch zu weich seien –, aber er nahm seinen Sohn mit zu den Parkourläufen. In der Szene hatte er nach wie vor einen guten Namen, was mittlerweile vor allem daran lag, dass er als einer der Ältesten noch immer dabei war. Er pflegte sein Image, stolz präsentierte er die ersten grauen Strähnen in seinem lichter werdenden Haar. Gemeinsam mit Jan dehnte er seine Muskeln; dann sprang er über Abgründe hinweg und kletterte Hauswände empor, während sein Sohn Klimmzüge, Liegestütze und Flicflacs auf einer Wiese oder neben einem Feld übte. Da war Jan knapp neun Jahre alt. Als er zehn wurde, schaffte er aus dem Stand einen Rückwärtssalto. Zweimal pro Woche ging er zum Bodenturnen und zweimal zum Schwimmen. Trotzdem war er in der Schule einer der Besten. Er war nicht unbedingt intelligenter als seine Kameraden. Aber er verfügte über ein seltenes Talent: Er war in den entscheidenden Augenblicken fokussiert und erkannte besser als die anderen, welche Lerninhalte er sich aneignen musste und welche er überspringen konnte. Den Spleen seines Deutschlehrers, sich ausgiebig mit den Fabeln von Jean de La Fontaine zu befassen, über die er einst seine Abschlussarbeit geschrieben hatte, verschlief Jan fast vollständig. Während seine Kameraden fleißig mitschrieben, lernte er stattdessen Englisch und hatte beim unangekündigten Vokabeltest in der folgenden Stunde die Nase vorn.

Auch seine Eltern hatten die Gabe, das Wesentliche vom Nebensächlichen zu unterscheiden. Nie war es für die beiden wichtiger gewesen, fit zu sein, als während Jans ersten zehn Lebensjahren. Genau jetzt entschied sich, wie sie die folgenden zwanzig oder dreißig Jahre verbringen würden. Die Zeit des Herumlavierens und des Ausprobierens war zu Ende. Anna und Jacob waren dabei, einen Weg einzuschlagen, den sie im Folgenden weitergehen würden. Sie würden darauf festgelegt sein.

Kaum jemand wird mit so mannigfaltigen Anforderungen konfrontiert wie junge Eltern – und das meist in einer Phase, in der die eigenen Kräfte langsam nachlassen. Wer zu Resignation neigt oder überrascht wird von der Tatsache, dass das Leben ein immerwährender Kampf ist, der gibt in aller Regel in der Mitte seines Lebens auf. Die *Midlife-Crisis* ist ja weniger ein Hadern mit den Zuständen als vielmehr eine Trauer darüber, welche anderen Wege man hätte einschlagen können, wenn man nur ein Quäntchen mehr Mut gehabt hätte.

Anna und Jacob jonglierten täglich damit, ihre Alltagstermine, ihre sportlichen Ziele, ihre Freundschaften und die von Jan permanent geforderte Aufmerksamkeit unter einen Hut zu bekommen. Sie wussten beide nicht nur, dass sie kämpfen mussten, von der Geburt an kämpfen bis zu ihrem letzten Atemzug, sondern freuten sich, dass das so war. Kämpften sie doch weniger *gegen* etwas – widrige Umstände, mangelnde Anerkennung und die eigene Bequemlichkeit waren Dinge, die ihnen vergleichsweise wenige Probleme bereiteten. Stattdessen konzentrierten sie sich darauf, *für* etwas zu kämpfen: dafür, ihrem Leben einen Sinn zu geben, es »rund werden« zu lassen. Jan würde es merken, wenn sie mit sich selbst im Unreinen wären. Wer kämpft, lernt sich dadurch besser kennen: Er definiert sich selbst, macht sich unabhängiger von der Meinung anderer und kann auf diese Weise offener auf andere zugehen, ihnen wirklich zuhören und bei Bedarf helfen. Anna und Jacob kämpften darum, Vorbilder für Jan sein zu können. Sie dachten nicht darüber nach, sondern taten es einfach.

Trotzdem überraschte es Anna und Jacob, in welchem Ausmaß sie beide mit vierzig noch mal Gas gaben. Dabei hatte sich die Art, wie sie Sport trieben, mit ihren Lebensumständen verändert. Eine tiefergehende Stärke wurde jetzt von ihnen gefordert, eine reaktivere Kraft. Dazu passten die neuen Trainingsformen, die sie ausprobierten. Einmal pro Woche legten sich Anna und Jacob mit Wasser durchtränkte Spezialkleidung an und trainierten unter Strom. Die Elektromyostimulation erfasste tieferliegende Muskelgruppen und sorgte für eine Kontraktionsfrequenz, die niemand im Fitnessstudio erreichen konnte. Da keine Geräte notwendig waren und keine Gewichte eingesetzt wurden, konnte es nicht zur Überbeanspruchung von Sehnen und Gelenken kommen; Sportverletzungen waren so gut wie ausgeschlossen. Beim EMS-Training kam es darauf an, immer größeren Widerständen standzuhalten und auf diese Weise stärker zu werden. Es war der perfekte Spiegel der aktuellen Lebensumstände von Anna und Jacob.

Dass sich die beiden erst jetzt so richtig für das muskuläre Zusammenspiel interessierten, das ihre Körper am Laufen hielt, war nur natürlich. Da verhielten sie sich nicht anders als jene Undankbaren, die erst beim Anblick einer greifbaren Gefahr zu beten beginnen. Vierzig Jahre lang hatten ihre Körper die ihnen zugedachten Aufgaben erledigt, ohne aufzumucken. Seit Kurzem aber beschwerte sich Annas Wirbelsäule, wenn sie Jan längere Zeit herumgetragen hatte. Jacobs Fuß- und Kniegelenke begannen, ihm die ständige Springerei über Barrieren übelzunehmen. Sein Körper merkte sich bei den Kämpfen die Gegenschläge und ging bei manchem Turnier in Deckung, obwohl Jacob sich nicht bewusst war, das angeordnet zu haben. Dass Schwachstellen aufbrachen, irritierte Anna und Jacob, brachte sie aber auch dazu, mehr wissen zu wollen über das ausgeklügelte Wechselspiel zwischen Knochen, Muskeln, Sehnen und Gelenken. Sie fanden heraus, welch komplexe Mechanismen in Gang gesetzt werden mussten, um eine unscheinbare Bewegung wie das Ballen der rechten Faust zu erzeugen. Ihre Körper kamen ihnen auf einmal wertvoll vor. War ihnen doch klar geworden, wie clever konstruiert und zugleich fragil dieses System war.

Mittelfristig würden sie sich auf eine andere Art von Stärke stützen müssen. Dessen waren die beiden sich nur allzu bewusst. Jeden Tag stieg der Anteil derer, die stärker und schneller als sie waren, und der Anteil derer, denen sie körperlich überlegen waren, sank im selben Ausmaß. Es war ihnen nie aufgefallen, doch es war beruhigend gewesen, annehmen zu können, dass fast alle, denen sie auf der Straße, im Zug oder bei irgendeiner Veranstaltung begegneten, schwächer waren als sie. Jetzt hingegen kam es vor, dass Anna und Jacob wussten, dass dieser oder jener sie, wenn es hart auf hart käme, in einem Kampf besiegen würde. Das war kein rationales Abwägen, kein gedankliches Kräftemessen, sondern eine neue Irritation tief in ihrem Inneren. Es war ein körperliches Erschrecken.

Folgerichtig suchten Anna und Jacob nach neuen Ausdrucksformen von Stärke.

Fitness, Kraft, Beweglichkeit: Für Anna und Jacob wurden das nun zwangsläufig relative statt absolute Begriffe. Sie begannen, die Unzulänglichkeiten der Muskelprotze zu betonen und sich vermeintlich Schwache zum Vorbild zu nehmen. Jene, die etwas erreichen wollten und innerhalb kurzer Zeit große Erfolge vorweisen konnten. Ungeachtet des Ausgangspunkts konkrete Schritte voranzugehen, auch und gerade gegen Widerstände, das bedeutete »fit werden« für Anna und Jacob. Sie waren nachhaltig beeindruckt von einem Rollstuhlfahrer, der seinen Oberkörper viermal wöchentlich im Fitnessstudio stählte. Von einem Mädchen mit eingegipstem Bein, das nicht darauf verzichtete, mit seinen Freundinnen seilzuspringen. Oder von einem Sechzigjährigen, der sich alle zwei Jahre auf einen Fernwanderweg begab und behauptete, dass beinahe die ganze hierfür notwendige Stärke in seinem Kopf stecke. Sein Körper sei hingegen wie bei jedem anderen ein Mängelexemplar, das Jahr für Jahr weiter an Wert verlöre.

Jacob sprach jetzt gerne von der ›unleugbaren Präsenz‹ und meinte damit, dass er im Augenblick verankert war, dass er sich weiterhin einen Scheiß um die Zukunft scherte und die Vergangenheit bestenfalls als eine Aneinanderreihung schöner und schmerzhafter Momente sah. In den schönen Momenten hatte er etwas erworben, Vorteile zum Beispiel oder Erkenntnisse. In den schmerzhaften hatte er etwas gelernt. Beide gemeinsam hatten ihn zu dem gemacht, der er war.

Anna wiederum nannte ihre neue Art der Stärke ›gesellschaftliche Expertise‹. Sie hatte einen Weg gefunden, Menschen zu erreichen, kannte deren heimliche Ängste und die zur Schau getragene Stärke.

Beide hatten sie die Scheu abgelegt, vor Menschen aufzutreten. Sie wussten, was sie ausstrahlten, und konnten ihre Präsenz in der Öffentlichkeit nach Belieben herauf- und herunterdrehen. Sie bauten ihr Leben darauf auf, mit allen Vorteilen – keiner von ihnen hatte einen Chef, beide teilten sich ihre Arbeit weitgehend autark ein und hatten genügend Zeit, um Jan bei den Schulaufgaben zu helfen – und mit allen Nachteilen. Zu Letzteren gehörte, dass keiner der beiden ein auch nur halbwegs geregeltes Einkommen aufwies. Sie probierten weiterhin einfach aus, was es bedeutete, zu leben.

Doch noch mehr hatte sich verändert. Anna und Jacob hatten begonnen, ihre Mitmenschen mit neuen Augen zu sehen. Sie nahmen wahr, wie sich jemand bewegte, ob er zum Beispiel in der Trambahn auf den erstbesten freien Platz zusteuerte oder lieber stehenblieb. Sie erkannten körperliche Proportionen und hätten nach zehn bis fünfzehn Sekunden sagen können, welche Muskelgruppen im Vergleich zu den anderen etwas mehr Training nötig hätten. Sie erkannten auch, ob andere sie auf ähnliche Art und Weise abtasteten, sie konnten Blicke einschätzen und parieren. Neu war, dass sie nun auch Wert darauf legten, wie schnell und sicher ihr Gegenüber sprach, wie ausgiebig jemand seine Anliegen mit Gesten unterstrich und ob er dazu tendierte, Gegebenheiten auszuschmücken, sich groß zu machen oder sich stattdessen auf durchaus clevere Weise bescheiden gab, um dem anderen Gelegenheit für Lob und Anerkennung zu geben. Einen erkennbar trainierten Körper sahen Anna und Jacob mittlerweile auch als eine Art Höflichkeit den Mitmenschen gegenüber: Jemand zeigte dadurch, dass er sich als Teil einer Gemeinschaft verstand. Dass er andere wahrnahm und es ihm nicht egal war, wie diese ihn sahen. In Wahrheit macht uns doch erst die Interaktion interessant, das lustvolle Spiel des Raumergreifens und Raumlassens und das Austesten von Grenzen.

Außenstehende konnten nicht nachvollziehen, warum Anna und Jacob zusammenblieben. Sie sahen nur zwei außergewöhnlich sportliche Menschen und mussten annehmen, dass die körperliche Anziehung der Kitt war, der das Paar beisammenhielt. Nichts wäre falscher gewesen.

Schon in den ersten Minuten ihres Zusammentreffens hatte Anna hinter Jacobs Fassade aus Muskeln geblickt und sich darüber gefreut, was sie dort vorgefunden hatte. In Jacob hatte sie augenblicklich den neugierigen Jungen erkannt und sich von seinem unbändigen Drang, den Dingen auf den Grund zu gehen, anstecken lassen. Seine Wachheit und Sensibilität waren ihr nicht entgangen. Seine dünne, weiche Haut sprach Bände. Anna hatte Jacob von Beginn an auf einer Ebene angesprochen, auf die sich bislang kaum jemand vorgewagt hatte. Das lag auch daran, dass der Kraftunterschied zwischen ihnen nicht sonderlich groß war. Jacob war klar, wie unbändig Anna auf andere wirkte. Er wusste aber auch, dass sich diese Ausstrahlung nur in den ersten Augenblicken zeigte. Anschließend wichen die meisten vor Anna zurück: Sie sahen ihre Erwartungen erfüllt und verloren alsbald das Interesse. Für Jacob dagegen blieb Anna anziehend, weil sie die Norm so lustvoll durchbrach. Sie legte wenig Wert auf das, was die Gesellschaft vermeintlich von ihr erwartete, und stürzte sich lieber mit Haut und Haaren in neue Erlebnisse – vor allem, wenn diese sie an den Rand ihrer Auffassungsgabe oder an ihre körperlichen Grenzen führten. Letztere befanden sich indessen dort, wo für die allermeisten *terra incognita* war.

Anna und Jacob hatten bald Rituale entwickelt, um gemeinsam Zeit zu verbringen. Vor allem in Jans ersten Lebensjahren trug das entscheidend dazu bei, dass sie nicht nur zusammenblieben, sondern das auch weiterhin gerne taten. Vor dem Einschlafen lasen sie einander Bücher vor, die sie in die Knie zu zwingen drohten – Nietzsche und Kant, Sartre und Camus. Auch wenn sie nicht alles verstanden, was da so wortgewaltig ausgerollt wurde, erkannten sie doch die Zusammenhänge und nahmen die Kraft wahr, die von diesen Texten ausging. Außerdem machten sie gemeinsam Musik und zeichneten Bilder. Keiner der beiden war übertrieben talentiert, weder musikalisch noch künstlerisch, doch das Ganze machte ihnen beinahe schon unanständig viel Spaß. Und schließlich trainierten sie zusammen. Das lag auf der Hand, nicht nur im Rahmen der Elektromyostimulation, sondern auch in Fitnesskursen, bei Kampfvorbereitungen und sogar beim Parkour. »Oma und Opa sind wieder da«, so begrüßte man sie inzwischen, und weder Anna noch Jacob blieb der Stolz verborgen, der in dieser Neckerei mitschwang. Sie hielten ein Trainingspensum aufrecht, das unsportlichere Menschen kurz vor den Kreislaufkollaps geführt hätte.

Im Nachhinein betrachtet waren Jans erste zehn Jahre für seine Eltern die anstrengendste und zugleich die beste Zeit ihres Lebens. Beide hatten sie auf ihren sportlichen Gebieten überraschend viel erreicht. Sie hatten mehr Geld, als sie ausgeben konnten. Ihr Sohn entwickelte sich fabelhaft. Wäre es nach Anna und Jacob gegangen, hätte es eine ganze Weile so weitergehen können.

Und natürlich ging es eben darum nicht so weiter. Das Glück ist ein Zugvogel. Manchmal schaut es unverhofft bei uns vorbei, bald aber zieht es wieder aus. Es ist grundsätzlich nur auf Durchreise.

Bald schon wurden Anna und Jacob an ungewohnte Grenzen geführt. Besser gesagt: Sie machten weiterhin das, was sie immer getan hatten. Die Grenze aber, die kam ihnen schwungvoll entgegen.

Das meint man wohl, wenn man von »altern« spricht.

Neuntes Kapitel
Jacob

Seit zwei Minuten sehe ich den Schlag kommen. Immer habe ich sie kommen sehen, die entscheidenden Treffer. Bisher hatte nur eben fast immer ich sie gesetzt.

Die dritte Runde nähert sich ihrem Ende. Die dritte erst! Ich habe sie schon verloren. Die Frage ist nur noch, ob ich nach Punkten scheitern werde oder ob es meinem Gegner gelingt, ein Fanal zu setzen.

Bislang bin ich davon ausgegangen, dass es mich eines Tages beim Parkour erwischen würde. Wenn ich mit Anna gestritten habe oder mich Jan zur Weißglut gebracht hat, habe ich mich in ein Zimmer zurückgezogen und mir ausgemalt, wie ich in einen Abgrund stürze, verfolgt von drei oder vier Kameras, deren Eigentümer dämonisch zu grinsen beginnen würden: Endlich ein spektakulärer Sturz! Ich würde zwischen den Häuserwänden liegen und dem Gewusel um mich herum zuschauen wie ein Unbeteiligter. Dann würden sie sich über mich beugen, die Aasgeier. »Abgerutscht«, würden sie mit gespieltem Bedauern sagen, und die Kameras würden auf mein Gesicht zoomen. Ein Mädchen würde etwas rufen wie »Oje, die Beine!«; dann würde es mich stützen, während ihr Freund diese aufopferungsvolle Geste filmen würde. So hatte ich es mir ausgemalt.

Stattdessen leitet gerade ein Grünschnabel das Ende meiner Karriere ein. Das hätte ich mir nicht träumen lassen, in der ersten Runde nicht und auch nicht bis kurz vor Ende der zweiten. Nicht hier bei einem drittrangigen Boxturnier im Ruhrgebiet und nicht gegen diesen Jungspund, gegenüber dem ich drei- oder vierhundert Kämpfe Vorsprung habe.

Er kämpft nicht einmal besonders gut. Schnell ist er, das schon, doch in seinen Schlägen steckt wenig Wucht. Vieles, was er tut, ahne ich voraus. Natürlich versucht er, den Ablauf zu definieren, er ist einen halben Kopf kleiner als ich. Und natürlich will er mich auf Distanz halten: Er tänzelt um mich herum, als hätte er zu viele Videos mit Muhammed Ali gesehen. *Stick-and-move*, immer wieder; mürbe will er mich machen, mich stechen wie eine Biene. Einundzwanzig ist er, fast noch ein Kind. Ich werde dieses Jahr vierundvierzig. Er macht einen kompakten Eindruck und legt offenbar Wert auf seine blonden Locken. Wahrscheinlich veröffentlicht er täglich drei Bilder auf Instagram, während er das Erbe seiner Eltern ausgibt. Ein Emporkömmling, ein Möchtegern-Adonis, den man gern besiegt. Wie ein Gockel ist er in den Ring gestiegen. Mit seinen schlanken Beinen und dem ausgeprägten haarlosen Oberkörper, dem markanten Kinn und den schmalen Wangenknochen ist er der Traum jedes verdammten Mädchens im Saal. Natürlich hat er ein Tattoo auf der Schulter; ich muss gar nicht erst hinschauen, um zu wissen, was da steht. Irgendein halbgarer Spruch, etwas wie *Embrace your fear* oder *Life made me strong*, an einem wilden Abend ausgedacht und gleich in die Tat umgesetzt. Soll er doch auf dem Titel irgendeines Modemagazins herumstolzieren, dieser Angeber, nur nicht im Ring.

Dann kommt das Ende der zweiten Runde. Schon kurz davor hatte ich das Gefühl, dass etwas mit mir nicht stimmte. Ich hatte schlecht geschlafen, zu wenig gegessen und mich kaum auf diesen Kampf vorbereitet. Die Routine ist ein Feind im Mantel eines Freundes: Sie lullt dich ein, flüstert dir zu, dass alles in Ordnung sei, und lässt dich im entscheidenden Moment fallen. Der entscheidende Moment kam am Ende der zweiten Runde, fünf Sekunden vor der Pause.

Schon seit dem Gongschlag kämpfte ich wie in Zeitlupe. Wenn ich zu einem Schlag ausholte, ging mein Gegner bereits in Deckung. Wich ich aus, war er schon wieder auf dem Posten, ehe ich mich ganz in der neuen Position eingerichtet hatte. Bei alldem tänzelte er provokativ um mich herum, grinste mir herablassend entgegen und konterkarierte meine Versuche, ihn in die Halbdistanz zu zwingen. Fehlte nur noch, dass er Kastagnetten statt Boxhandschuhe trug. Ich wollte ihn stellen, diesen Flamenco-Meister, diesen Rumba-Gott, wollte ihn zum Kämpfen zwingen. Also vernachlässigte ich meine Deckung, wich ausschließlich mit dem Oberkörper aus und klammerte sogar ein paarmal, statt mich auf die Tänzelei meines Gegners einzulassen. Viermal holte ich ihn in der ersten Runde blitzartig ran: Ich parierte seinen *Jab*, sprang in die Halbdistanz, versuchte einen Treffer zu landen und war sofort wieder weg. Das verunsicherte ihn einigermaßen, der entscheidende Treffer aber wollte mir nicht gelingen. Überhaupt hatte in den ersten anderthalb Runden keiner von uns einen spürbaren Treffer landen können. Das war ein schlechtes Zeichen. Einmal, das wusste ich, hatten nur Millisekunden gefehlt, damit ich die erste Runde zu meinen Gunsten entschieden hätte. Eine Stunde mehr Schlaf, ein Hähnchenfilet zum Mittagessen anstelle von Kartoffeln, etwas länger über die Kampftaktik nachdenken: Das hätte ausgereicht, um mir die entscheidenden zehn Punkte zu sichern. Es sollte nicht sein. Wie in Zeitlupe hob ich die Arme. Ich schlug wie eine Schnecke und wich aus wie eine Schildkröte.

Seit ich die vierzig überschritten habe, geht vieles langsamer vonstatten als zuvor. Mein gesamter Stoffwechsel läuft nur noch auf Sparflamme. Ein Gläschen am Abend, eine heimliche Schokolade in der Nacht, setzt sich unverkennbar an der Hüfte ab. Beim Krafttraining steht längst nicht mehr die Querschnittsvergrößerung der Muskeln im Vordergrund. Im Grunde genommen geht es mir hauptsächlich darum, den körperlichen Verfall hinauszuzögern. Trotzdem gibt es Stellen, an denen sich der Schmerz eingenistet hat. Er hat sich gemütlich eingerichtet und denkt gar nicht daran, schnell wieder auszuziehen. Die Waden zum Beispiel: Wenn ich aufstehe, muss ich sie erst dehnen, dann erst kann ich ohne Einbußen meines Wohlbefindens losgehen. Schneeschippen oder Malern nimmt mir die rechte Schulter übel; tagelang bleibt sie eingeschnappt. Und wenn Jan im wilden Spiel auf mir herumkrabbelt, mache ich noch am selben Abend einen Termin bei der Orthopädin aus, die meine Wirbelsäule wieder geraderückt. Sie »entblockiert« mein »Iliosakralgelenk«, als betreibe sie eine Art Exorzismus. Das sind Vokabeln, die ich erst lernen musste wie eine Fremdsprache.

Verglichen mit meinen Altersgenossen halte ich mich dagegen ganz gut. »Mein Opilein«, lästert Anna zuweilen, wenn ich meine Schmerzen vor ihr ausbreite. Aller Wahrscheinlichkeit nach wird der tätowierte Jungspund, der mich gerade so hartnäckig umtänzelt, in meinem Alter mit Wampe und eingetrübtem Geist auf dem Sofa liegen und sich von irgendeiner hirnlosen Fernsehserie berieseln lassen.

Mein Problem ist nur: Jetzt ist es noch nicht so weit.

Fünf Sekunden vor dem Ende der zweiten Runde kommt er also, der Schlag. Es beginnt wie so oft. Mein Gegner täuscht mit der Rechten an, das ist seine schwächere Seite. Deutlich sehe ich ihn meine linke Schläfe anvisieren und reiße die Arme nach oben. Mir ist klar, was folgt. Es ist eine Standardsituation; alles wie aus dem Lehrbuch. Ich weiß im Vorhinein, was mein Gegner tun wird. Und er weiß, dass ich es weiß, und tut es trotzdem: Darin steckt die Demütigung.

Rechts unterhalb der Rippen lugt ein Ausläufer der Leber hervor. Ein Zipfelchen nur, das aber von Boxern aller Couleur gefürchtet wird. Für uns ist das wie Supermans Kryptonit: eine Schwachstelle, die man auch mit dem besten Training der Welt nicht loswird. Man kann nur versuchen, schnell zu sein und die Deckung nicht zu vernachlässigen. Wie oft habe ich diese Stelle bei meinen Gegnern getroffen! Gerade bei größeren und stärkeren Kämpfern ist der Effekt beeindruckend: Der Schmerz zuckt dir wie ein wild gewordenes Stromkabel durch den Körper. Dein Blutdruck fällt rapide, dann wird dir schwarz vor Augen. Die Zuschauer bekommen davon fast nichts mit. Der Schlag muss nicht einmal sonderlich stark sein, nur gut gezielt. Seine Wirkung ist furchtbar: Wer durch einen *Knockout* gefällt wird, kann sich immerhin einbilden, gut gekämpft zu haben. Wen aber ein Leberhaken niederstreckt, der macht sich, vor allem vor einem Laienpublikum, zum Gespött. Man sieht ihn, scheinbar kaum getroffen, zu Boden sinken. Manche schreien dann »Schiebung« und verlangen ihr Geld zurück, da sie den Kampf für ein abgekartetes Spiel halten. Nichts könnte falscher sein.

Der Schönling holt also mit der Linken aus und zielt auf meine Leber. Vollkommen erwartbar war das, beinahe schon unoriginell. Ich hatte mehrere tausend Mal geübt, diesem Schlag auszuweichen oder ihn zu parieren. In der Theorie wusste ich, dass ich jetzt meinen rechten Arm abwärts strecken musste. Doch kurz bevor ich den entsprechenden Befehl geben kann, spüre ich, wie sich die Handknöchel meines Gegners in meinen Leberausläufer bohren. Ich klappe zusammen wie ein Messer. Nur die Pause rettet mich.

Dort aber beginnen Horrorszenarien auf mich einzuprügeln. Wie soll ich, wenn ich nach Hause komme, Jan erklären, dass dies mein letzter Boxkampf gewesen ist? Er ist jetzt zwölf und macht bereits erste Erfahrungen mit den Mädchen, viel früher als ich. »Du warst eben schlecht drauf«, wird er sagen, und ich muss ihm alles erzählen. Dass mein Körper mir nicht mehr gehorcht wie früher. Dass alle zukünftigen Gegner den Kampf studieren, das Video davon auswerten werden. Und dass ich keine Lust habe, immer wieder auf diese Art zu verlieren. Jan ist stark und schnell und er interessiert sich fürs Turnen ebenso wie fürs Schwimmen und fürs Skifahren. Es ist unwahrscheinlich, dass er sich einer Sportart mit Haut und Haaren verschreibt. Das ist gut so.

Und Anna? Ich weiß, dass sie es mag, wenn ich ihr meine Capoeira-Drehungen zeige. Auch mit Taekwondo kann sie viel anfangen, sogar mit meinen Parkour-Eskapaden konnte sie sich anfreunden. Boxen und Kickboxen aber hat sie stets gemieden. Das sei ein Sport für Schläger, zu roh und ungeschliffen für einen wie mich. Fünfzehn Jahre lang habe ich es geschafft, ihr das Gegenteil zu beweisen. Dann kommt ein junger Kerl daher und gibt ihr nachträglich recht.

Die dritte Runde nähert sich ihrem Ende. Und seit zwei Minuten warte ich auf den nächsten Leberhaken. Der Lockenkopf hat die Taktik gewechselt. Er setzt jetzt auf die Halbdistanz. Immer wieder vernachlässigt er seine Deckung. Er will mich zu einem Schlag reizen, um sofort darauf heranzuspringen und meine Leber zu treffen, sodass mir schwarz vor Augen wird und ich den Kampf abbrechen muss. Er weiß, dass ich ihn nur noch mit unwahrscheinlichem Glück ernsthaft treffen kann. Selbst wenn es mir gelänge, einen Schlag zu setzen, wäre doch etwas in meinem Körper, das den Treffer nicht allzu schwer werden ließe. Eine unbekannte und daher irritierende Angst vor seiner unmittelbaren Reaktion ließe mich im entscheidenden Moment zaudern. Mir selbst wäre das kaum bewusst; es geschähe auf der körperlichen Ebene, und eben darum wäre es unheilbar.

Der Adonis öffnet also Lücken. Er meint, dass das Risiko jetzt vertretbar sei, da er mich genug geschwächt habe. Damit hat er leider verdammt recht.

Viermal schon habe ich in dieser dritten Runde geklammert, um eine Pause herauszuholen. Wenn ich meine Beine einsetzen könnte wie beim Kickboxen oder beim Capoeira, hätte ich wohl noch eine Chance auf den Gewinn gehabt. So aber warten im Grunde genommen wir beide auf den entscheidenden Schlag.

Wie schade, denke ich unvermittelt, und dass ich den Ring liebgewonnen habe in den vergangenen Jahren. Oft bin ich mit den nackten Füßen über seinen weichen Boden gestrichen. Jeden Zentimeter der Seile an seinen zwanzig Fuß langen Kanten habe ich erforscht. Im Ring habe ich Triumphe gefeiert, habe Pokale und Gürtel in die Kamera gehalten und Worte von überschaubarer Intelligenz in Dutzende Mikrofone gesprochen, dankbar, dass ich es wieder einmal geschafft hatte. Meistens durfte ich entscheiden, über wie viele Runden gekämpft wurde. Spätestens nach der sechsten oder siebten konnte ich die Sache beenden. Gegen den Jungspund hätte ich neun Runden lang kämpfen sollen. Ich hatte nichts damit zu tun gehabt; es war eine Absprache zwischen meinem und seinem Management gewesen.

Plötzlich packt mich die Wut. Ich merke, dass ich meinem Gegner Dinge zurufe. Meine Schläge werden unkontrollierter. Weißt du eigentlich, was ich erlebt habe? Weißt du, was ich gesehen und gehört habe, und wie oft ich schon eine wirklich wichtige Entscheidung treffen musste – eine, die mein weiteres Leben bestimmte? Weißt du, was echte Liebe ist, zu deiner Frau und deinem Sohn, gerade über schwierige Momente hinweg? Alles egal. Weggewischt in wenigen Minuten, zunichte gemacht durch zwei verdammte Leberhaken – einen, der mich niedergestreckt hatte, und einen, der demnächst kommen muss.

Der Kerl, der mich besiegen wird, repräsentiert die Jugend: naiv und dumm, voll auf den Augenblick fixiert. Arrogant ist er mit seinem Hier-komm-ich-Gehabe. Er feiert sich, sein Leben, seine Zeit. Er weiß, dass die vor ihm liegenden fünf bis zehn Jahre ihm gehören. Und er hat keine Ahnung, dass diese Party irgendwann einmal zu Ende gehen wird. Soll er doch irgendeinen Rap aufnehmen und sein Auto tieferlegen lassen, statt zu kämpfen, der verdammte Gockel!

Mir ist klar, dass ich ihn nur darum hasse, weil er so ist, wie ich vor zwanzig Jahren gewesen bin. Ein eingebildeter, in der Gegenwart verankerter Emporkömmling, der nicht weiß, wohin mit seiner Kraft. Mein Spiegelbild aus der Vergangenheit, das mir unmissverständlich klarmachen wird, dass es keinen Weg zurück gibt. Hoffentlich wird ihm in zwanzig Jahren irgendein anderer Scheißkerl die Eier aus dem Leib prügeln.

Ich sehe ihn ausholen, den Schönling, und weiß im selben Augenblick, dass das der Schlag werden wird. Der entscheidende.

Seine rechte Faust fährt zu meiner Schläfe und ich reiße die Arme hoch – vielleicht ist es ja doch keine Finte, sondern ernst gemeint. Ich sehe, dass er seinen Körper dreht, um acht oder neun Grad vielleicht, das genügt ihm. Bevor ich den rechten Arm herabstoßen kann, bohrt sich seine Linke in meine Leber.

Ich sacke zusammen. Alles verschwimmt vor meinen Augen. Ich höre den Ringrichter quälend langsam zählen.

»Nein!«, will ich rufen und dass ich weiterkämpfen will, dass es doch nicht so schlimm sei und dass ich aufstehen werde, jetzt gleich, oder direkt nach der »acht«, vielleicht auch erst nach der »neun«.

Dann sehe ich, wie mein Trainer das Handtuch in den Ring wirft.

Zehntes Kapitel

Anna

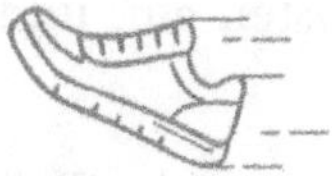 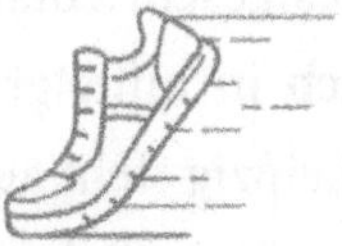

Dass es in Leipzig passiert, hätte ich nicht gedacht. Eher hätte es in Passau geschehen können, wo ich tags zuvor auf der Bühne gestanden bin, oder an irgendeinem anderen Ort meiner Lesetour.

Ich bin immer gern in Leipzig aufgetreten. In mittelgroßen Studentenstädten fallen meine Thesen auf die fruchtbarsten Böden. Da stehe ich einem unverbrauchten Publikum gegenüber: jungen Leuten, die unverhohlen neugierig sind und mich nicht von vornherein in eine Schublade stecken. Dazu kommt der Lokalkolorit: In Leipzig gehen die Leute aus sich heraus; sie schwingen viel deutlicher mit als anderswo. In vielen ostdeutschen Städten ist es so. In Thüringen hatte ich einige meiner besten Auftritte. Auch im Norden, in Bremen und in Osnabrück zum Beispiel, trete ich gerne auf, und ebenso in Baden. Dort finde ich sofort in einen Dialog mit dem Publikum. Die Reaktionen meiner Zuschauer spornen mich an, das Beste aus mir herauszuholen.

In großen Städten sind dagegen viele zu abgebrüht – oder wären es zumindest gern. Heute kommen sie zu mir, gestern waren sie bei einem Konzert und morgen sehen sie sich ein Theaterstück an. In den Dörfern und Kleinstädten wiederum warten sie erst mal ab. Dort haben sie das Gefühl, an etwas Großem teilzunehmen und meinen, sich in irgendeiner festgeschriebenen Weise verhalten zu müssen. Darum trete ich in mittelgroßen Studentenstädten am liebsten auf, und Leipzig steht auf meiner Liste weit oben.

Eigentlich. Heute aber nehme ich sie erstmals deutlich wahr: die Diskrepanz zwischen den Erwartungen meiner Gäste und dem, was ich ihnen zu bieten habe.

Das liege an meiner Ehrlichkeit, meint meine Verlagschefin Simone, und dass mich die noch ins Grab bringen werde. Ich weiß, dass sie mich insgeheim dafür bewundert. Bei den hinter mir liegenden fünfhundert Auftritten habe ich mich nie vor einen Karren spannen lassen. Gut, die Namen einiger Sponsoren stehen auf der Leinwand, bevor mein Programm beginnt. Ich lasse sie ihre Kataloge auslegen, mit Eiweißprodukten, isotonischen Getränken und Outdoorbekleidung darin, und bekomme dafür etwas mehr Honorar. Außerdem helfen sie mir bei der Werbung. Nie aber hat irgendjemand auf das Einfluss genommen, was ich auf der Bühne sage. Versucht haben sie es, immer wieder. Ich glaube, dass ich auch darum so nachhaltigen Erfolg habe, weil ich mich eben nie auf Derartiges eingelassen habe. Die Leute spüren es, wenn jemand nicht mehr für sich spricht. Die Einnahmen aus dem Verkauf meiner drei Fitnessbücher und den Honoraren meiner Auftritte reichen auch so – auch für Jan, wenn wir keine allzu großen Sprünge machen. Und Jacob verdient ja noch was dazu.

Es ist auch nicht die Müdigkeit. Dass das Adrenalin ausbleibt, ist nach zwanzig Jahren auf den Bühnen wohl normal. Ich muss über mich selbst lachen, wenn ich daran denke, wie aufgeregt ich während der ersten dreißig oder vierzig Auftritte gewesen bin. Mein Gott, hatte ich gebrannt! Hastig hatte ich gesprochen; ich wollte es ihnen ins Gesicht schreien – alles, was ich zu sagen hatte –, und gleichzeitig wollte ich es schnell hinter mich bringen. Erst im Verlauf des dritten Jahres habe ich beschlossen, meine Vorträge zu zelebrieren und jeden Auftritt auszukosten. Ich habe gelernt, die Energie, die aus mir strömt, zu kanalisieren. Bald setzte ich die Betonungen richtig und nutzte die Pausen als Kraftorte – scheinbar übertrieben, doch für die Zuhörer genau richtig.

Simone war von Anfang an fantastisch. Sie entriss mir sofort alles Geschäftliche und stellte mir eine Agentur zur Seite. Die setzte Honorare an, die mir in jenen ersten Jahren undenkbar schienen. Mittlerweile zahlen manche Veranstalter das Vierfache davon. Alles zeigte zu Beginn steil nach oben: Von Auftritt zu Auftritt wurden die Säle größer, immer mehr Zuhörer kannten mich schon, bevor ich in ihre Stadt kam, und die Medien taten ihr Übriges – es war ein sich ständig selbst befruchtender Austausch, ein seinem Kern nach durch und durch perverses Spiel um Aufmerksamkeit. Bald wurde ich so oft eingeladen, dass ich die meisten Angebote ablehnen musste.

Ich hatte kein Problem damit, die Hand aufzuhalten, wenn ich merkte, dass es sich jemand wirklich leisten konnte.

Besonders gerne trat ich bei Firmenevents auf. Wir verlangten astronomische Summen, die immer gezahlt wurden, um überarbeiteten Managern einzureden, dass das, was sie taten, einen Sinn ergäbe. Dass ohne sie das Land binnen Stunden zusammenbräche und sie das Fitteste und Wertvollste waren, das diese Gesellschaft hervorbringen konnte. Gleichzeitig hielt ich Gratisvorträge an Schulen und Universitäten; ich trat in Justizvollzugsanstalten auf, in Obdachlosenheimen und auf Wunsch sogar bei Privatpersonen. Kaum einem der Seide und Kaschmir tragenden Manager dürfte bewusst gewesen sein, dass er durch das völlig überzogene Honorar drei oder vier solcher Auftritte subventionierte. Ich bin mit Rockbands aufgetreten, mit Tanzgruppen und mit Bodybuildern. Ich war in Aulen und in Hinterhöfen, in kargen VHS-Räumen und in schmucken Renaissancebauten, in Planetarien, Einkaufspassagen und in umfunktionierten Kirchen.

Die Leute meinen immer, dass ich ein aufregendes Leben führe. Die wenigsten sehen, welche Routine die dauerhaft Erfolgreichen kennzeichnet. Die meisten von uns hatten zu Beginn eine gute Idee, die sie seither variieren.

Es ist aber nicht das ausbleibende Adrenalin, das mir zu schaffen macht. Mir fällt es nur zunehmend schwer, den Leuten die immer gleichen Dinge zu erklären und anschließend ihre immer gleichen Fragen zu beantworten.

In den ersten Jahren hatte ich mich noch bereitwillig ihren Meinungen und den liebevoll gepflegten Vorurteilen ausgeliefert. Das ist vorbei. Am schlimmsten: alte Männer. Die fragen nur etwas, um einen Anlass zu haben, ausufernd von sich selbst zu erzählen. Da passt man mal nicht auf, ist einen Lidschlag lang nicht abweisend genug, schon berichten sie einem von ihrer Jugend. Davon, was sie alles erreicht und auf die Beine gestellt hätten. Und wie wichtig diese und jene Phase ihres Lebens gewesen sei. Ich habe ein gewisses Talent entwickelt, solche Leute zu erkennen und sie, noch bevor sie zu ihren Plädoyers ausholen, schonend ins Leere laufen zu lassen. Das habe ich von Jacob gelernt, er ist ein Meister darin.

Neu ist, dass es mir immer weniger bedeutet, ob mein Publikum gut findet, was ich auf der Bühne von mir gebe. Sogar ihr Lob lasse ich eher über mich ergehen, als es anzunehmen. »Wenn dir das, was du tust, wie ein hundsnormaler Job vorkommt, dann erst hast du es geschafft«, hat Simone mir gesagt. Im dritten oder vierten Auftrittsjahr war das gewesen, und ich hatte aufgelacht, so absurd war mir diese Vorstellung vorgekommen. Mittlerweile lache ich nicht mehr. »Wenn dir das, was du tust, wie ein hundsnormaler Job vorkommt, dann schmeiß sofort alles hin.« Das war Jacobs spontane Reaktion gewesen, als er von Simones Spruch erfahren hatte.

So weit bin ich noch nicht. Mir ist klar, dass ich ein Händchen habe für den Umgang mit meinen Zuhörern. Dass ich auf der Bühne *bella figura* mache und vor allem, dass ich noch immer etwas zu sagen habe. Auch wenn ich nicht mehr sicher sein kann, dass meine Gäste das hören wollen. Ersparen werde ich es ihnen nicht. Ein paar von ihnen werden, wenn sie mich ernst nehmen, mit einigen ihrer Lebenslügen brechen müssen.

Dass sie *fit sein* können, ohne mit sich selbst im Reinen zu sein, zum Beispiel. Ich meine, was nützt es dir, jeden Morgen ins Fitnessstudio zu rennen, wenn du dich gleich danach achteinhalb Stunden lang in einem Job quälst, der dir nicht liegt? So funktioniert das nicht. Du kannst die Enttäuschung darüber, tagtäglich das Falsche zu tun, nicht durch ein noch so hartes Training kompensieren. Diesen Widerspruch hältst du auf Dauer nicht aus. Am ehesten bekommst du Knieschmerzen, deine Wirbelsäule muckt auf, oder du renkst dir die Schulter aus.

Es gibt eine äußere Fitness, die mit Muskeln, Bewegungsradien und Leistungsphänomenen daherkommt, und eine innere. Die äußere, auf die die meisten so versessen sind, ist kaum mehr als ein Spiegel der inneren Robustheit. Wie oft kam nach dem Vortrag irgendein Schreibtischtäter zu mir, der wissen wollte, wie er dieses oder jenes Leiden loswerden könne. Immer wollten sie, dass ich ihnen eine Übung empfehle. So kennen sie das: Mach jeden Abend dreißig Kniebeugen, wirf zwei Ibuprofen ein, schon bist du wieder leistungsfähig. Stattdessen sage ich ihnen, dass sie, wenn sie wirklich *fit werden* möchten, den Job wechseln müssen. Sie drehen sich dann weg und suchen lieber online nach Trainingsplänen.

Viele meinen, dass ich eine Art Checkliste aus der Hosentasche ziehen könnte. Sie wollen, dass man ihnen alles liefert – am besten zum Abhaken. Zehn Schritte zum »Sixpack«. *Adenosintriphosphat* in Trinkflaschen. Die drei besten Tricks fürs Bergsteigen. Immer suchen sie nach einer Abkürzung. Irgendwo hinter dem Dickicht, in dem sie feststecken, muss doch eine breite Straße zum Erfolg führen. Meine Antworten gefallen ihnen nicht. Wer zum Beispiel seine Bauchmuskeln offenlegen will, der muss seine Ernährung umstellen. Sie sind ja da, die Muskeln, sie werden bei fast allen von uns nur eben vom Bauchspeck überdeckt. Für *ATP* muss niemand Geld bezahlen. Der Körper stellt es ganz von allein her, wenn man sich nur sinnvoll bewegt. Und meine Tipps fürs Bergsteigen: Löse dich davon, unbedingt den Gipfel erreichen zu wollen. Fixiere nicht die Stoppuhr, sondern schau dich lieber um. Die Welt der Berge ist so schön, dass es beinahe wehtut. Du wirst dich bald als Teil von etwas Großem begreifen und eine ganz neue Beruhigung erfahren. Hab Spaß an der Bewegung! Spüre, wie das Blut durch deine Beine rauscht, wie sich deine Stimmung aufhellt und sich dein Gehirn weitet wie der Blick, mit jedem Schritt, den du emporsteigst. Spätestens in diesem Moment packen sie den Stift wieder ein, mit dem sie sich Notizen machen wollten.

Und dann immer: Dass es doch irgendwann einmal gut sein müsse. Dass irgendwo ein Ziel lauere, das man erst erkennen wird, wenn man kurz davor steht. Wozu ich überhaupt trainiere, was ich damit erreichen wolle. Wenn ich ihnen sage, dass mir der Sport einfach einen Heidenspaß bereitet, schauen sie mich misstrauisch an. Dabei ist es immer schon so gewesen. Bewegung wirft mein Belohnungssystem an. In den Studien sieht man dann die *Hippocampi* aufleuchten: jene Gehirnareale, die anzeigen, dass etwas gerade richtig gut läuft. Warum fragt mich eigentlich niemand, warum ich Urlaub mache, ein Eis esse oder Wasser trinke?

Vielleicht schreckt mein Sportpensum Untrainierte ab. Ich kenne und will es aber nicht anders. Und das ist alles. »Komm schon«, insistieren sie und suchen das Geheimrezept, das mich mit Mitte vierzig »so aussehen« lässt. Manchen von ihnen zeige ich das Bild einer neunzigjährigen Frau. Symmetrisch ist ihr Gesicht, hellwach sind ihre Augen, keine ihrer Extremitäten ist über- oder untertrainiert. »Die ist fit«, behaupte ich, »sie ist harmonisch in sich.« Sie nicken, doch bald darauf fragen sie mich, was sie tun können, um ihren Bizeps zu vergrößern.

Ich soll ihnen also bestätigen, dass es einen Geheimzugang gibt zu langfristiger Gesundheit und Fitness. Ein Zaubermittel, das ihnen die Anstrengungen erspart. Lange habe ich ihre Einwände pariert. Ich habe ihnen geduldig meinen Standpunkt erklärt. Seit einiger Zeit aber werde ich dünnhäutig, wenn ich merke, wie starrsinnig sie bleiben.

In erster Linie wollen sie bedauert werden. Alle. Das ist, was sie wirklich wollen. Ein Teil von ihnen ist ganz wild darauf zu leiden. Es gibt kaum eine bessere Ausrede für ausbleibenden Erfolg als die Vorstellung, dass das Schicksal gerade einen selbst so hart trifft. Manche nehmen es mir übel, dass ich ihnen mein Mitleid vorenthalte.

»Der Mensch ist nichts anderes als die Summe seiner Entscheidungen«, das hat der Philosoph Jean-Paul Sartre gesagt. Jacob hat es mir vorgelesen, abends vor dem Schlafengehen. Wir sind, was wir tun. In Wahrheit können wir jederzeit ausbrechen aus unseren Gewohnheiten; wir könnten mit dem erstbesten Zug davonfahren und sehen, was dann passiert. Genauso gut können wir uns zuhause aufs Sofa legen. Vielleicht ist das Fitness: dass wir unsere Freiheit nutzen, um weiterzukommen, uns fortzuentwickeln. Der Ausgangspunkt spielt dabei kaum eine Rolle. Auch Menschen, die in einem

Rollstuhl sitzen, eine Prothese tragen oder von Geburt an kleinwüchsig sind, können Stärke ausstrahlen. Vielleicht sogar gerade die! Es liegt an uns selbst und ist nicht die Folge irgendeines Umstands. Wenn man das aber ernst nimmt, fallen unsere liebsten Entschuldigungen weg.

Zwanzig Jahre lang war ich nah bei den Menschen. Inzwischen schätze ich, dass einer von fünfhundert wirklich mit aller Konsequenz frei sein will. Die anderen halten das nicht aus. Sie brauchen etwas oder jemanden, dem sie die Schuld in die Schuhe schieben können dafür, dass sie ihr Potenzial nicht nutzen. Ihr Leben nicht so leben, wie sie es eigentlich wollen. Der Beruf ist schuld daran, dass sie ihren Alltag um Routinen herum aufbauen. Die Familie oder der Hund sorgt dafür, dass sie nicht verreisen. Eine kaputte Bandscheibe, ein hartnäckiger Schnupfen, ein suboptimales Wetter hält sie auf dem Sofa fest. Sonst wären sie ja letzten Endes selbst verantwortlich für ihre Art zu leben.

»Das ist hart«, sagen sie und schauen mich an, als hätte ich gerade zugegeben, in die Suppen von Luxusrestaurants zu pinkeln. Manchmal fügen sie hinzu: »Vor allem, wenn es von einer Frau kommt.«

Nein, Mann, hart ist es, sich in seine Lügen zu kuscheln, bis man keine neue Perspektive mehr zulässt und sein Leben nicht mehr ändern kann! Wenn ich mit ihnen rede, merke ich, dass so gut wie alle ein anderes Leben führen wollen. Und gleichzeitig nicht herauskommen aus dem, was sie bis hierher geprägt hat.

Was das mit Fitness zu tun habe, fragen sie genervt. Und ich sage ihnen: alles. In Wahrheit bedeutet Fitness, dass man aktiv wird, selbst bestimmt, was man tut, die Dinge in die Hand nimmt. Sie beinhaltet einen Verzicht, weil man sich für etwas entscheidet und andere Optionen bewusst nicht wahrnimmt. Vor allem aber ist Fitness kein Ziel, sondern ein Weg. Und ich gehe ihn einfach so gerne! Man muss sich Sisyphus als glücklichen Menschen vorstellen.

Vielleicht haben mir die zurückliegenden zwanzig Jahre auch einfach eine Überdosis Menschen beschert. Viel habe ich gelernt von ihnen und wohl doch ein paar davon beeinflusst. Einige sind vielleicht wirklich sportlicher geworden dank mir.

Jetzt beginnt eine neue Phase meines Lebens. Das ist mir heute in Leipzig unumkehrbar klar geworden. Ich weiß nur noch nicht, ob ich einen Garten anlege, Schäferin in den Pyrenäen werde oder einen Roman schreibe.

Elftes Kapitel
Janine

Janine: Hallo, ich bin's wieder, eure Janine. Ihr hört den *Podcast des guten Geschmacks*, und wie immer liefere ich euch die spannendsten Gesprächspartner frei Haus! Heute sind zwei außergewöhnliche Menschen bei mir. Anna kennt man als *die Fitnesskönigin*. Sie hat zwanzig Jahre lang die Bühnen der Republik gerockt, sieht trotzdem noch aus wie dreißig und steckt in Sachen Sportlichkeit so manchen Teenager in die Tasche. Jacob, ihr Mann, war Kampfsport-Trainer und Parkourläufer. Von ihm stammt das Video, in dem er die Stahlseile der Russki-Brücke in Wladiwostok emporklettert und dann dreihundert Meter über dem Boden einen Handstand macht. Da musst du erst mal drauf kommen. Sagt mal, ihr beiden, was ist eigentlich in eurer Jugend schiefgelaufen, dass ihr euch entschlossen habt, so viel zu trainieren und diese verrückten Dinge zu machen?

Anna: Da gab es keinen Auslöser. Ich hab eines Tages Sport gemacht und gemerkt, dass ich das gut kann. Dann hab ich das gesteigert.

Jacob: Und ich hab trainiert, weil ich sonst was auf die Schnauze bekommen hätte.

Janine: Klar. Na gut, reden wir über das Training. Ihr seid jetzt Mitte fünfzig, absolviert aber ein Tagespensum, das manchem von uns wie eine Folter erscheint. Mir zum Beispiel, das muss ich leider zugeben. Wie oft trainierst du in der Woche, Jacob?

Jacob: Acht bis neun Mal. Bevor ich frühstücke, mache ich erst mal ein paar Yoga-Übungen, außerdem Liegestütze und Klimmzüge. Das Müsli schmeckt dann doppelt so gut. Zum Abend hin gebe ich Kampfsportunterricht; manchmal mache ich auch beim Krafttraining mit oder gehe schwimmen. Nur an den Wochenenden nehme ich mir frei, da unternehme ich etwas mit Jan, meinem Sohn. Ich bin wohl ein bisschen faul geworden …

Anna: *Was unternehmen* heißt bei Jacob und Jan, dass die beiden sich in Kletterhallen austoben, Fußball spielen oder eine Jogging-Runde drehen.

Janine: Aber das ist doch Wahnsinn! Worauf trainiert ihr eigentlich so verbissen?

Anna: Ich sehe das gar nicht als Training. Für mich ist das eher eine Lebenseinstellung: Ich will aktiv sein und mich nicht einschränken lassen. Wenn ich zum Beispiel einen Aufzug sehe und daneben ein Treppenhaus, gehe ich zu Fuß. Den Aufzug überlasse ich denen, die einen schweren Koffer mit sich schleppen, krank oder gebrechlich sind.

Janine: Damit stehst du aber ziemlich allein da. Ist es nicht toll, dass wir mit dem Aufzug fahren können, selbst wenn wir nur in den ersten oder zweiten Stock wollen?

Jacob: Das scheint erst einmal hilfreich zu sein. Wenn du aber all die netten Kleinigkeiten annimmst, die dir das Leben vermeintlich einfacher machen, nimmst du dir selbst die Freiheit, dich für was anderes zu entscheiden. Irgendwann hast du dann Angst vor einer Treppe oder brichst in Schweiß aus, wenn du keinen Parkplatz direkt vor dem Supermarkt findest. Alles um uns herum verführt uns zur Bequemlichkeit. Glaub mir, es tut gut, da auch mal dagegenzuhalten.

Janine: Schon, aber der übermäßige Sport, den ihr treibt, tut euch der nicht weh?

Anna: Nee, was mir wehtut, ist, wenn ich lange sitzen muss. Dann fühle ich mich erschlagen und antriebslos und will nur noch ins Bett. Mich zu bewegen, macht mir dagegen Spaß. Danach fühle ich mich topfit und total präsent. Dann bekomme ich Lust, noch was zu unternehmen.

Janine: Gut, das geht sogar auch mir so. Ab wann aber wird es zu viel mit dem Sport?

Anna: Das soll jeder selbst entscheiden. Ein paar wenige übertreiben es vielleicht mit der Bewegung, aber die Frage lautet heutzutage doch eher, wann ist es zu wenig mit dem Sport – und was macht das mit uns? Das ist ein viel größeres Problem – übrigens nicht nur für die Gesellschaft, sondern auch für jeden Einzelnen. Immerhin sehen die meisten von uns täglich vier Stunden fern oder glotzen auf ihre Mobiltelefone.

Janine: Jacob, schlägst wenigstens du dich auf meine Seite? Würdest du sagen, dass es heutzutage so etwas wie einen *Fitnesswahn* gibt?

Jacob: Klar gibt es den …

Anna: Schatz, wir müssen reden.

Jacob: … und das siehst du den Leuten auch an. Die sind unausgewogen und unharmonisch, oft auch sehr müde. Die haben eine definierte Brust und zu wenig Rückenmuskeln, einen V-förmigen Oberkörper und Stelzenbeine. Viele haben eine ordentliche Maximalkraft, halten aber nicht lange durch. Die kämen in einem Kampf nicht über die erste Runde. Vielleicht würde ich es nicht *Fitnesswahn* nennen, sondern *einseitiges Training*. Anna hat schon recht: Die meisten von uns bewegen sich insgesamt zu wenig. Wir gehen allzu gerne den Versuchungen des modernen Lebens auf den Leim. Jede Anstrengung will man uns abnehmen. Ich zum Beispiel mag es aber, wenn ich selbst Holz hacke oder den Garten umgrabe.

Anna: Ähm, ich mag das übrigens nicht. Aber schau dir mal an, wie die meisten von uns arbeiten, was wir in unserer Freizeit tun und wie wir mit anderen umgehen. Wir zwängen uns in Büros und sitzen in Besprechungen zusammen. Abends gehen wir essen und sitzen dabei im Restaurant, dann fahren wir mit dem Auto oder dem Zug nach Hause und schauen uns noch ein paar Videos an. Lass mich mal philosophisch werden …

Janine: Hoppla, jetzt haben wir gerade die Hälfte unserer Zuhörer verloren …

Anna: … sind dafür aber beim Kern dessen angelangt, was *Fitness* bedeutet: sich entscheiden für und gegen etwas. Den eigenen Weg definieren. Das Leben in die Hand nehmen. Klar, das ist anstrengend. Es lohnt sich aber. Wer fit ist und wer nicht: Das sehe ich viel eher im Alltag, auf der Straße, beim Vorübergehen, als im Fitnessstudio.

Janine: Puh, das ging ja noch mit dem Philosophieren.

Jacob: Diese Art von Fitness, die Anna beschreibt, finde ich erstrebenswert. Der alte Philosoph Mike Tyson ist mal gefragt worden, welchen Plan er sich für den bevorstehenden Kampf zurechtgelegt hat. Er sagte: *Jeder hat irgendeinen Plan, bis er eins in die Fresse bekommt.* Das sehe ich auch so. Die Fitten, das sind die, die gleich wieder aufstehen, ihren Plan anpassen und auf einem anderen Weg zu ihrem Ziel kommen. Oder gleich ein neues Ziel finden. Die Kreativen, wenn du so willst. Die sind dadurch stärker geworden.

Janine: Hey Jacob, in Wahrheit bist du hier der Philosoph, richtig? Euch jedenfalls hat der Sport definitiv was gebracht: Ihr habt euch über die Fitness kennengelernt.

Anna: Na, kennengelernt haben wir uns, weil Jacob mir auf dem *Selvaggio Blu* an die Wäsche wollte.

Jacob: Wenn ich mich recht erinnere, Schatz, hattest du unterwegs gequasselt wie eine Autoverkäuferin, um mich zu beeindrucken.

Janine: Jacob, würdest du Anna eigentlich auch lieben, wenn sie nicht so durchtrainiert wäre?

Jacob: Na klar, sie ist eine Kämpferin, darauf kommt es an. Wobei so ein definierter Körper schon hilfreich ist …

Janine: Männer! Was ist mit dir, Anna? Würdest du Jacob lieben, wenn er im Rollstuhl säße?

Anna: Natürlich. Schon mal was von den *Paralympics* gehört? Solange er sich ins Leben stürzt, Widerstände überwindet und dabei seinen eigenen Weg verfolgt, ist mir der Ausgangspunkt ziemlich egal. Wobei so ein erkennbarer Bizeps schon hilfreich ist …

Janine: Anna, sind wir Frauen in Wahrheit stärker als die Männer?

Anna: Die meisten von uns verhalten sich klüger, wenn es um ihre Gesundheit geht. Wir trinken weniger Alkohol, essen gesünder und bewegen uns mehr. Vielleicht ist das ein Nebeneffekt dessen, dass wir so stark über unsere Körper wirken.

Janine: Jacob, jetzt widersprichst du gleich, oder?

Jacob: In uns Männern ist halt mehr Kraft angelegt. Wenn wir auch nur ein bisschen was tun, bauen wir mehr Muskelmasse auf als die meisten Frauen – wobei die Bandbreite groß ist. Wenn es aber darum geht, den eigenen Weg zu verfolgen, wenn es ums Diskutieren geht, um echte Stärke meinetwegen, dann sind die Frauen ganz weit vorne. Oh Mann, dieses Diskutieren! Mein Gott, was haben wir debattiert und uns gezofft, vor allem über Kleinigkeiten …

Anna: Schatz, wir sind noch *live* …

Janine: Inzwischen seid ihr beiden ja alt …

Anna und Jacob: Also, hör mal …!

Janine: … zumindest verglichen mit mir. Ändert sich da die Art, wie ihr Stärke empfindet?

Anna: Schon. Für Jacob zum Beispiel war es irgendwann nicht mehr gar so schlimm, wenn er einen Kampf verlor. Er konnte dafür etwas daraus lernen, das ihn jahrelang woanders Siege einfahren ließ.

Jacob: Man fängt an, längere Zeiträume zu überblicken. Man interessiert sich nicht mehr so ausschließlich für die nächsten fünf Sekunden, sondern auch ein bisschen dafür, was in fünf Jahren passieren wird. Dadurch wird man unabhängiger von dem, was einen aktuell umgibt. Anna zum Beispiel hat irgendwann aufgehört, den Hampelmann auf den Bühnen zu geben. Stattdessen berät sie jetzt junge Leute, die zu ihr kommen. Und erreicht dadurch mehr als mit ihren früheren Vorträgen.

Janine: Ihr habt einen Sohn, Jan. Ist der so sportlich wie ihr?

Anna: Jan hat von seinem Vater das Ungestüme geerbt, ich hab den theoretischen Überbau beigesteuert.

Janine: Und wird er mal Fitnesstrainer, Kickboxer oder Parkourläufer?

Jacob: Zum Glück nicht. Er macht bald sein Abitur, dann will er Medizin studieren. Kluger Kerl.

Anna: Er weiß schon jetzt besser als ich darüber Bescheid, wie unser Körper funktioniert, was wie ineinandergreift und zusammenspielt. Jan wird seinen Weg gehen. Auch wenn es uns beinahe umbringt, sind wir Eltern insgeheim ja wahnsinnig stolz, dass unsere Kinder uns überflügeln.

Janine: Seht ihr euch als eine Art Vorbild für die Jugendlichen? Ihr wirkt topfit, seid selten krank und habt euer Leben ganz gut im Griff, oder?

Jacob: Für mich ist Anna das Vorbild, weil sie nicht nur trainiert ist, sondern auch weiß, was da alles in ihrem Körper passiert und wofür sie das macht.

Anna: Na also, Schatz, es geht doch. Ich hab dich auch lieb.

Jacob: Das wäre jetzt übrigens deine Chance gewesen, zu sagen, warum du mich als Vorbild siehst. So eine Art Steilvorlage, verstehst du? Aber sei's drum.

Janine: Was möchtet ihr den jungen Leuten mit auf den Weg geben?

Anna: Gar nichts. Andauernd erklärt denen doch irgendjemand, wie die Welt funktioniert und wie sie sich verhalten sollen, um darin erfolgreich zu sein. Stattdessen würde ich versuchen, zuzuhören, um zu erfahren, was *sie* zu sagen haben.

Janine: Aber ihr beide wirkt schon auf irgendeine Art zufrieden. Vielleicht sogar weise. Ihr fühlt euch anscheinend wohl in eurem Leben. Das will ich auch! Wie kann ich das erreichen?

Anna: Du meinst, so etwas wie die *zehn goldenen Regeln für ein glückliches Leben*? Dieses Buch hätte ich vielleicht schreiben sollen; dann hätten wir jetzt eine Villa in der Karibik und kein Reihenhaus in Bonn. Im Ernst: Ich glaube, dass es zur Jugend gehört, unzufrieden zu sein. Da bricht man auf, will alles neu und anders machen, die Welt aus den Angeln heben. Erst später kann man auf das Erreichte zurückblicken und ein Stück weit ankommen. Man merkt, dass man den eigenen Lebensweg gar nicht mit anderen vergleichen kann. Er ist einzigartig, das ist beruhigend. Wenn du mich fragst, was du tun kannst, um später mal zufrieden zu sein: Geh raus in die Welt. Schaff dir Erlebnisse. Genieße die unersetzlichen Momente. Hol dir Narben. Setz dich allem aus: den Unwägbarkeiten, den Irrwegen und deinen nervigen Mitmenschen. Komm ihnen nahe und stürze dich hinein in dieses Leben. Auf diese Weise strickst du an deiner Geschichte. Wenn du Glück hast, strickt bald jemand mit dir. Macht einen bunten Schal daraus.

Jacob: Ich hab mich seltener als andere von Sorgen oder Ängsten treiben lassen. Mir war nie übertrieben wichtig, was andere von mir halten. Ich wollte stattdessen immer Dinge tun, an die ich mich gerne erinnere. Ein paar Extreme sind gut. Sonst wäre das Leben zu fad.

Janine: Ihr seid irgendwie … anders als die meisten Erwachsenen. Meine Eltern wollen immer, dass ich mit den Podcasts aufhöre und Beamtin werde. Oder umsattle und ein Jurastudium absolviere. Journalismus, das sei doch brotlos, meinen sie. Aber ich mach es halt so gerne. Seid ihr beide eigentlich so etwas wie Lebenskünstler?

Anna: *Lebenskünstler*, das gefällt mir. Das Leben als Kunstwerk, das wir selbst erschaffen, indem wir uns für oder gegen etwas entscheiden.

Jacob: War mir klar, dass dir das gefällt. Ich sehe die Sache mit dem Beruf eher als Episode. Wir haben heutzutage eine gute Chance, achtzig Jahre oder älter zu werden. Wenn du nach dem Journalismus-Studium einen Job bekommst und mit fünfundsechzig Jahren in Rente gehst, arbeitest du fünfunddreißig Jahre lang. Da bleiben dir drumherum noch gut und gerne fünfzig Jahre. Warum fokussieren wir so stark auf diese fünfunddreißig Jahre und blenden alles andere so systematisch aus? Anders gesagt: Wann darf sich jemand überhaupt *alt* nennen? Ist man mit siebzig schon alt? Oder erst mit achtzig?

Janine: Na ja, dann frage ich mal so, wirst du mit achtzig noch Kampfsportstunden geben und ins Fitnessstudio rennen, Jacob?

Jacob: Anna und ich gehen schon jetzt immer seltener ins Fitnessstudio. Zumindest stemmen wir dort keine Gewichte. Da sitzen die Leute die meiste Zeit auf den Geräten herum.

Wenn du mich fragst, sind diese Geräte grundfalsch konzipiert. Mit Bewegung oder Fitness hat das wenig zu tun.

Anna: Ich mach lieber Yoga und Pilates, fahre Rad und laufe durch den Wald. Vor allem bewege ich mich lieber draußen in der Natur als in einem stickigen Raum. Ich weiß nicht, wie es sein wird, wenn man *alt ist*. Aber *alt werden*, das ist super, glaub mir, Janine.

Janine: Ich bin mir da nicht so sicher …

Anna: Das Alter hat eine schlechte Presse. Da kannst du als Journalistin echt mal was dagegen tun. Wenn du aber ein gewisses Alter erreicht hast, merkst du, dass du ziemlich viel Narrenfreiheit genießt.

Jacob: Manche nutzen die auch aus. Aber, glaub mir, es ist gar nicht so schlecht, wenn man merkt, dass einem nicht mehr alles so leicht von der Hand geht. Das kann ein Vorteil sein. Du passt deine Erwartungen den Umständen an, wirst realistischer. Wenn du deine Grenzen kennst, weißt du auch, in welchem Rahmen du dich frei bewegen kannst. Darin stecken schon einige Zutaten dafür, zufrieden zu sein.

Janine: Wann bist du zufrieden, Jacob?

Jacob: Wenn ich ganz in den Augenblick hineinschlüpfen kann. Wenn es so etwas wie eine Vergangenheit und eine Zukunft für ein paar Momente gar nicht mehr gibt. Wenn ich mich als Teil von etwas Größerem begreifen kann.

Anna: Wenn ich intensiv Sport mache, komme ich in den *Flow*. Ich bin dann reine Bewegung. Das erzeugt ein irres Hochgefühl. Ob das gesund ist, weiß ich nicht. Es ist ein Rausch.

Janine: Dann ist euer Glück immer nur ganz kurz da?

Jacob: In letzter Zeit frage ich mich, ob wir nicht zeitlebens einem Trugbild nachrennen. Wir sind nun mal nicht auf dauerhaftes Glück programmiert. Sonst fiele ja alles weg, das uns antreibt, und es gäbe keinen Fortschritt mehr. Das Glück ist zu Hause in den Augenblicken. In der Unruhe liegt die Kraft.

Anna: Mag sein. Aber neben der Euphorie – dem *Kick*, wenn du willst –, gibt es schon noch etwas anderes. Eine Gelassenheit. Ein Angekommensein. Das entsteht, wenn man etwas Besonderes auf die Beine gestellt hat. Dann denkt man: Wenn ich jetzt sterben würde, wäre das in Ordnung.

Jacob: Anna, du klingst wie eine Oma.

Anna: Da kommst du auch noch hin, keine Sorge. Vielleicht besteht das Glück ja darin, beides zu verbinden: die launigen Luftsprünge und die grundsätzliche Gelassenheit.

Janine: Fällt einem das in einem Dorf eigentlich leichter als in einer schnelllebigen Großstadt? Seid ihr darum von Köln nach Bonn gezogen?

Jacob: Dass die Großstadt schnelllebig sein soll, halte ich für ein Gerücht. Man meint immer, dass dort alles moderner sei und rascher vorangehe. In Wahrheit läuft aber beinahe alles langsamer ab als in einem Dorf. Hast du mal Pendler interviewt? Oder dich mit Leuten unterhalten, die in der Stadt *was erledigen* wollen? Zur Post gehen meinetwegen, ein Konto eröffnen oder im Supermarkt einkaufen? Dafür kannst du locker doppelt oder dreimal so viel Zeit einplanen wie ursprünglich gedacht. Glaub mir, alles wird langsamer, je näher man dem Stadtzentrum kommt.

Anna: Davon abgesehen ist Bonn natürlich kein Dorf.

Jacob: Und Köln nicht wirklich eine Großstadt.

Anna: Wenn du die vierzig erst mal hinter dir gelassen hast, wirst du ein Effizienzfanatiker. Da jonglierst du Lebensinhalte – Beruf und Familie, Freizeit und deine persönliche Entwicklung – und meinst, drei oder vier Leben füllen zu müssen. Du lernst es zu schätzen, wenn Dinge rasch erledigt werden können; das hilft dir ungemein. In einer Metropole läuft aber so gut wie nichts effizient ab. Vielleicht hetzen die Leute dort darum so herum, während sie in einer Kleinstadt noch Zeit finden, sich mit der Kassiererin oder dem Nachbarn zu unterhalten – weil die Routinen im Dorf eben weniger Zeit in Anspruch nehmen.

Janine: Anna und Jacob, jetzt haben wir ganz schön viel über Glück und Zufriedenheit gesprochen und gar nicht so viel über Fitness.

Anna und Jacob: Das ist das Gleiche!

Anna: Ist dir aufgefallen, dass *Motivation* die innere und die sichtbare Bewegung beinhaltet? Das gehört zusammen. Wenn ich auf dem Sofa liege, bewege ich mich auch innerlich wenig, da schalte ich ab. Beim Tennismatch bin ich dagegen hellwach und entsprechend *motiviert*, was Neues kennenzulernen. Cool, was?

Jacob: Bewegung ist das, was für uns vorgesehen ist. Körperlich und geistig. Manche empfinden das als anstrengend, mir macht es Spaß. Ich finde es spannend, Routinen infrage zu stellen. Einfach mal was Neues auszuprobieren und zu sehen, ob das klappt – selbst auf die Gefahr hin, mir ab und an eine blutige Nase zu holen.

Janine: Was meinst du konkret damit?

Anna: Zum Beispiel die eingefahrenen Rollen von Gesprächspartnern aufzubrechen. Was nimmst du aus diesem Gespräch mit, Janine?

Janine: Dass ich mal wieder eine Runde joggen müsste! Im Ernst: Ihr habt meinen Begriff von *Fitness* ganz schön erweitert. Mir ist klar geworden, dass zum Beispiel auch ein Querschnittsgelähmter oder eine chronisch Kranke im besten Sinne *fit* sein können. Finde ich gut. Ist irgendwie beruhigend. Da besteht also noch Hoffnung für mich.

Jacob: Und freust du dich jetzt aufs Älterwerden?

Janine: Ich verschwende lieber erst mal meine Jugend! Aber ich hab weniger Angst vor dem, was auf mich zukommt, das schon.

Anna: Und welche Überschrift würdest du unserem Interview geben?

Janine: *Bonn ist kein Dorf*! Nee, im Ernst: Vielleicht *Die Fitnessgurus werden alt und freuen sich darauf.*

Anna und Jacob: Finden wir gut! Janine, vielen Dank für dieses Gespräch.

Zwölftes Kapitel
Anna und Jacob

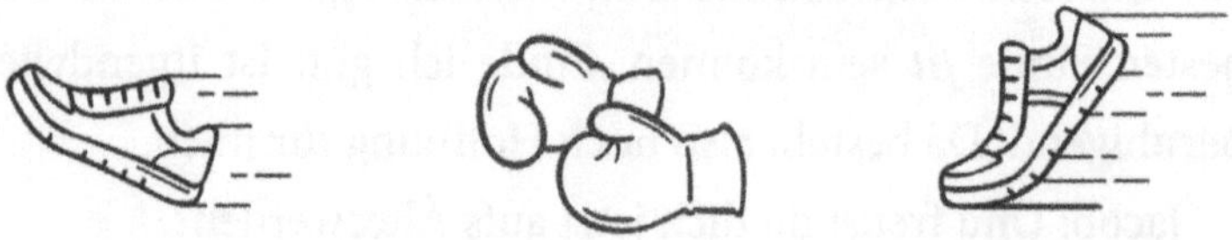

»Noch ein paar Kilometer, dann siehst du die Berge. Nichts gegen den Rhein, Anna, oder gegen den Potsdamer Platz. Aber das ist Nachhausekommen.«

»Ist schön hier, Jacob, das gebe ich zu. Seit wir dem Lech südwärts folgen, schmiegt sich die Landschaft an uns wie eine Geliebte. Fühlt sich gut an. Die Häuser rücken uns nicht länger auf die Pelle, immer liegt ein Feld davor oder zumindest ein Garten, so einer mit Abenteuerspielplatz und drei Traktoren drauf. Da würden in Berlin acht Häuser stehen. Hier scheint man dagegen noch Platz zu haben. Aber sag mal: der *König-Ludwig-Weg*? Wirklich? Eine Huldigung an einen Monarchen, der haufenweise Geld verschleudert hat? Darauf kommt auch nur ihr Bajuwaren.«

»Wir scheuen uns halt nicht, unserer Vergangenheit ins Auge zu schauen. Ich hab schon gemerkt, wie fröhlich du bist, seit wir die Donau überquert haben.«

»Und woher weißt du, dass das nicht die Freude darüber ist, dass wir bald ankommen?«

»Bis zur Zugspitze fehlen uns schon noch ein paar Kilometer. Vor allem die letzten davon werden wir spüren. Den Schlenker über München müssen wir auch noch einbauen. Das heißt: Mal schauen, ob wir das überhaupt schaffen. Mit unserer Fitness ist es inzwischen ja nicht mehr weit her, oder? Auf den Unterarmbruch vergangenes Jahr hätte ich auch gerne verzichtet.«

Anna seufzt theatralisch. »Naja, meinen Blinddarm bin ich losgeworden, die Galle haben sie mir herausgeholt, und vor zwölf Jahren haben sie mir die Krampfadern aus den Beinen gezogen. Erstaunlich, auf was man alles verzichten kann, ohne dass es einem schlechter geht. Da fragt man sich doch, warum unser Körper diesen ganzen Quatsch überhaupt herstellt.«

»Und ob wir wirklich darauf angelegt sind, siebzig Jahre und älter zu werden. In den vergangenen zwanzig davon gab es eigentlich keinen Tag, an dem ich ohne Schmerzen aufgewacht wäre.«

»Aber schau uns an, Jacob, noch sind wir gut dabei. Jeden Tag gehen wir unsere zwanzig bis dreißig Kilometer, ohne dass uns das allzu sehr anstrengt, oder?«

»Aber nur, weil Elsa unser Gepäck trägt!«

»Dafür stellt sie sich alle anderthalb Stunden quer und will erst mal Gras fressen. Komm schon, es war eine gute Idee, den Esel mit auf den Weg zu nehmen. Das macht unsere Wanderung eindeutig lustiger – wenn auch nicht unbedingt uns schneller.«

»Ja, die Herbergseltern staunen nicht schlecht, wenn wir ankommen. Vielleicht hätten wir die Tatsache, dass wir ein

Haustier mitbringen, vorab ein bisschen spezifizieren sollen. Die meisten erwarten einen Hund oder eine Katze.«

»So sind wir eben, Jacob. Immer einen oder zwei Schritte abseits der anderen.«

»Schon. Manchmal frage ich mich aber, ob wir nicht einer Illusion hinterhergerannt sind. Mit all dem Sport, meine ich. Wenn ich zusammenzähle, wie lange ich in meinem Leben Gewichte emporgehoben und Eisenstangen gestemmt habe, komme ich auf über zwanzigtausend Stunden. Am Ende verlieren wir aber doch den Kampf gegen die Schwerkraft.«

»Mag sein, aber hat uns das Ganze etwa nicht Spaß gemacht?«

»Hat es, Anna. Es war ein wunderschöner Kampf. Ein herrlicher alltäglicher Krieg.«

»Ist es noch, alter Mann. Alles in allem haben wir unser Leben doch ganz gut hinbekommen. Und von unseren jeweils siebzig Jahren haben wir immerhin vierzig gemeinsam verbracht. Wer schafft das schon?«

»Stimmt. Warum haben wir es so lange miteinander ausgehalten, Anna?«

»Weil du monogam bist wie ein Storch. Und ich eine Frau.«

»Aha.«

»Komm schon, du Miesepeter. Du weißt, dass wir grundsätzliche Überzeugungen teilen. Im Kern denken wir ganz ähnlich. Wir haben uns beide mit gesunder Naivität in dieses Leben gestürzt und sehen das alles wie eine Geschichte, die wir zum größten Teil selbst schreiben. Selbst wenn etwas passiert, auf das wir keinen Einfluss haben – der Tod unserer

Eltern zum Beispiel –, kommt es doch darauf an, wie wir darauf reagieren. So entsteht unser Lebensweg, indem wir ihn gehen. Wir schließen keinen Waffenstillstand mit uns selbst, sondern halten immer eine grundlegende Spannung aufrecht. Und zugleich unterscheiden wir uns ausreichend bei den Dingen drumherum. Das sind keine schlechten Voraussetzungen für die kommenden Jahrzehnte. Die Sache mit den Muskeln und dem Sport ist da nur Beiwerk.«

»Hey, Anna, ich fand dein Beiwerk schon immer gut.«

»Weiß ich, du Schmeichler.«

»Also gut, unsere Neugier war immer stärker als unsere Angst. Wir haben immer wieder Neues ausprobiert, auch wenn wir öfter mal damit auf die Nase gefallen sind. Weißt du noch, wie ich mit fünfzig gemeint habe, Posaune spielen zu müssen?«

»Das, lieber Jacob, ist mir in lebhafter Erinnerung geblieben. Du hast dir eine blutige Nase dabei geholt und ich mir blutige Ohren.«

»Jedenfalls sind wir immer in Bewegung geblieben, auf die eine oder andere Art. Unsere Freunde finden uns wohl ganz schön anstrengend.«

»Eben darum war es eine deiner besten Ideen, dass wir von Berlin aus nicht schnurstracks Richtung München marschiert sind, von deinem zu meinem Geburtsort, sondern den Schlenker über Bonn eingebaut haben, um unseren siebzigsten Geburtstag bei Jan zu feiern. Das war cool.«

»War das ein Fest! Wann hast du das letzte Mal drei Tage hintereinander getanzt? Jan ist bei all seiner zur Schau gestellten Skepsis schon ein bisschen stolz auf uns Paradiesvögel.

Ich glaube, er gibt ganz schön an mit uns. Und seine Frau Olga hat sich mittlerweile auch mit uns abgefunden.«

»Vielleicht verhält es sich bei den beiden auch genau andersherum. Nur Enkel, die hätte ich so langsam schon mal gerne. Ich bin doch so neugierig und will wissen, wie die sein werden.«

»Lass unseren Jungen doch erst mal Karriere machen. Sportarzt in Bonn, das ist schon was. Klingt stabiler als Buchautorin und Kampfsporttrainer! Sind wir eigentlich Freaks, Anna?«

»Natürlich sind wir das, Schatz. *Fitness-Freaks.* Ist mir aber lieber als daheim zu sitzen und einen Hund zu pflegen. Manchmal nerven sie mich immer noch, die Fragen, warum wir das alles tun, in unserem Alter. Ich frage die Leute doch auch nicht, warum sie so erloschen sind und hinter ihren Möglichkeiten zurückbleiben. Warum lernen die nicht, wie man Harfe spielt oder gründen eine Firma für Gummibären mit Champagnergeschmack?«

»Hm, irgendwie stehen wir schon ein wenig neben den Werten der Gesellschaft, oder?«

»Wir haben halt unsere eigenen. Das kann nicht jeder von sich behaupten.«

»Und sind wir dadurch nicht manchmal zu sehr Einzelkämpfer?«

»Nein, sind wir nicht. Nur wer die grundlegenden Dinge für sich selbst geklärt hat, kann wirklich für andere da sein. Man darf nur nicht beim ersten Punkt stehenbleiben.«

»Warst du darum Rettungssanitäterin? Um den Leuten neue Chancen zu eröffnen, wenn sie es am meisten brauchen?«

»Eigentlich hat Jan mich darauf gebracht. Der hat mir immer wieder so enthusiastisch von seinem Medizinstudium erzählt, dass ich mir gedacht habe, was in dieser Richtung auszuprobieren. Welche Prozesse in unseren Körpern ablaufen und was da ineinandergreift, wusste ich ja schon. So wurden es acht ereignisreiche Jahre.«

»Ja, nur der Papierkram wäre nichts für mich. Da hab ich lieber Gartenarbeiten erledigt. Hat mich agil gehalten und mir Einblicke in Häuser und in Menschen gegeben – manchmal tiefer, als ich eigentlich schauen wollte. Von außen betrachtet sind wir aber irgendwie gescheitert, nicht wahr? Wir haben uns so durchgeschlagen und alles in allem nicht viel Geld gehortet.«

»Dafür haben wir die vergangenen dreißig Jahre verbracht, ohne dass uns vom Herumsitzen in Büroräumen Rückenschmerzen geplagt hätten. Nie hatten wir einen Chef, der uns gefragt hätte, warum zum Teufel wir fünf Minuten zu spät zum Meeting gekommen sind. Wir hatten zeitlebens das, was wir brauchten. Und jetzt können wir es uns sogar leisten, zu Fuß durch Deutschland zu gehen. Wir sind besser dran als die meisten unserer Altersgenossen, glaub mir.«

»Vielleicht hast du recht, Anna.«

»Daran solltest du dich mittlerweile gewöhnt haben, Schatz! Diese Interviewerin, wie hieß sie doch gleich, Janine, die hatte es richtig erkannt: Ich schreibe die Bücher, aber du bist von uns beiden der Philosoph. Und jetzt hör auf, Trübsal zu blasen. Schau dich lieber mal um: Rechts von uns, hinter den Hügeln, blutet die Sonne vor Abschiedsschmerz. So hast du es doch mal genannt, auf dem *Selvaggio Blu*, als du mich beeindrucken wolltest! Dabei wird sie doch schon morgen wieder hinter dem Haus dort vorne links hervorkrabbeln und ihren gewohnten Platz am Firmament einnehmen. Ihr schmalbrüstiger Gegenspieler, der Mond, ist schon auf seinem Posten. Ist es nicht beruhigend, dass nichts von Dauer ist, sondern sich alles permanent verändert? Sonst wäre es ja schrecklich, wenn einem etwas nicht gefiele. So aber fließt alles um uns herum ständig in- und auseinander, vereinigt sich zu komplexen Kunstwerken und löst sich kurz darauf doch wieder auf. Und gleichzeitig scheint da etwas hinter diesen Phänomenen durch, findest du nicht auch? Etwas, das dies alles in Gang hält. Das im Verborgenen wirkt und niemals damit aufhört. Etwas Langanhaltendes, Gleichbleibendes, ein grundlegender Takt, ein elementarer Rhythmus. Ein Atem, das ist es, genau: ein Atem, den man nicht sieht, aber sehr wohl wahrnimmt.«

»Und ich bin also von uns beiden der Philosoph! So schwebend leicht habe ich dich zuletzt auf dem *Selvaggio Blu* erlebt, kurz bevor wir zusammengekommen sind. Und jetzt wieder. Willkommen in Bayern!«

»Ach Jacob, du kannst mich gerade gar nicht provozieren mit deinen Steilvorlagen für meinen Protest. Es war richtig, dass du mich überredet hast, diesen Wahnsinnsweg mit dir zu gehen. Der fasst unser bisheriges Leben doch gut zusammen, oder? Nicht nur, weil wir von meinem zu deinem Geburtsort gehen, sondern vor allem, weil wir nun mal so sind: immer in Bewegung und immer auf der Suche nach unserem Weg durch dieses Leben.«

»Du hast es kapiert, Anna. Da ist sogar noch mehr: Wer es schafft, seinen inneren Kompass an eigenen Zielen auszurichten, der nimmt viele Stolpersteine gar nicht mehr so ernst. Ob es regnet oder die Sonne scheint, ist ihm dann egal, weil er sich darauf konzentriert, seinen Weg weiterzugehen, Schritt für Schritt. Oh, bleib mal stehen!«

»Jacob, das geht jetzt wirklich nicht! Du kannst mir nicht erst eine Predigt darüber halten, wie wichtig es ist, vorwärtszugehen, und mich dann auffordern, stehenzubleiben. Das passt nicht zusammen.«

»Hier ist es, Anna.«

»Hier ist was, Bayern? Jetzt ist aber mal gut mit deinem Lokalpatriotismus. Ich rede doch auch nicht ständig davon, dass es nun mal Pfannkuchen heißt und nicht Krapfen …«

»Hier haben wir die tausend Kilometer geknackt. In anderthalb Monaten! Für uns alte Knacker ist das nicht schlecht, oder?«

»Und das, obwohl wir Elsa dabeihaben! Sag mal, Jacob, jetzt haben wir ein bisschen zurückgeschaut und uns über diesen Moment gefreut. Was aber bleibt noch zu tun für uns? Was wollen wir noch auf die Beine stellen – außer auf die Zugspitze zu kraxeln?«

»Schau, genau darum wollte ich diese Reise mit dir unternehmen: Weil ich von hier an noch gut drei Wochen Zeit habe, um dich von meiner Idee zu überzeugen.«

»Ha, ich hab die ganze Zeit geahnt, dass diese Tour einen Haken hat!«

»Komm schon, so schlecht sind meine Ideen manchmal gar nicht. Unsere Wanderung hatte dir ursprünglich auch nicht gefallen. Und jetzt bist du braungebrannt, redest davon, im grundlegenden Takt des Lebens zu schwingen und bist wohl kurz davor, eine Sekte zu gründen.«

»Also gut, Jacob. Was hast du ausgeheckt? Willst du mit mir durchbrennen? Wollen wir durchs Mittelmeer schwimmen oder den Kilimandscharo besteigen? Lass die Katze aus dem Sack, alter Mann! Ich bin auf alles gefasst.«

»Na ja, jetzt, da wir die Berge vor uns haben … Ich meine, schau sie dir doch an! Sieh nur, wie kraftvoll und königlich sie sind! … Also, von mir aus, und wenn es dir nichts ausmachen würde, noch ein Weilchen in Bayern zu bleiben, nur so für fünf oder zehn oder fünfzehn Jahre mit mir … Jan ist ja jetzt gut versorgt und …«

»Jacob, jetzt stottere nicht herum wie ein Teenager. Das macht mich kirre. Sag frei von der Leber weg, was du vorhast, sonst wird das nichts.«

»Also gut, jetzt kommts: Wollen wir zwei Fitnessvögel ein Hotel aufmachen?«

»Mit 70 Jahren?«

»Genau. Mangelnde Lebenserfahrung kann man uns da nicht mehr unterstellen.«

»In den Bergen? Neben einem Alpengipfel? Wo die Stürme heulen und der Schnee monatelang nicht schmilzt?«

»Da ists richtig schön. Wild, rau, ursprünglich, da spürst du die Kraft der Natur. Eine Energie ist da oben, die alles in den Schatten stellt, was du kennst. Die packt dich und lässt dich nicht mehr los. Du musst ihr nur gewachsen sein. Und das bist du ja. Unseren Lebensabend dort oben zu verbringen, ist die logische Konsequenz unserer bisherigen siebzig Jahre.«

»Aha. So eine Art Fitnesshotel etwa? Mit Trimm-dich-Pfad und Hantelraum?«

»Ich dachte eher an Boulderkurse und Eiskletterausflüge, an Flugstunden mit dem Gleitschirm und Schwimmevents in den Bergseen.«

»Klingt gut. Aber welche Gäste sollen uns dort oben finden?«

»Gestresste Städter mit ihren pubertierenden Kindern. Manager auf der Suche nach Entspannung. Wanderer, Kletterer, Radfahrer. Alle, die rauskommen wollen aus dem Hamsterrad. Die durchschnaufen und neue Kraft finden wollen – am besten mit Leuten, denen es ähnlich geht wie ihnen.«

»Und woher sollen wir das Geld für all das nehmen?«

»Das ist das Beste daran. Es gibt ein Hotel dort oben, dessen Eigentümer zu alt geworden ist, um es zu führen. Der wird uns ein gutes Angebot machen. Bevor du fragst: Er ist zweiundachtzig und nicht halb so sportlich wie wir. Das Ganze ist halt ein wenig in die Jahre gekommen, so ein bisschen … heruntergekommen. Wir müssten ordentlich Arbeit hineinstecken und alles ganz neu ausrichten. Das wird ein gutes Jahr in Anspruch nehmen. Vielleicht auch zwei. Oder drei? Doch dann wird das funktionieren, Anna. Darum habe ich schon ein Treffen mit dem Eigentümer ausgemacht. Er erwartet uns in dreieinhalb Wochen. Dann kannst du dir selbst ein Bild von alldem machen.«

»Hand aufs Herz, Jacob, du wirst mir mit dieser Idee in den Ohren liegen, bis wir unser Ziel erreicht haben, richtig?«

»Du kennst mich, Anna. Von hier an werde ich die Details ausrollen, bis wir in Landsberg am Lech sein werden. Dann werde ich unsere Zukunft in immer bunteren Farben ausmalen, während der gesamten Querung nach Osten bis München, auch auf dem Weg von dort südwärts zum Starnberger See und natürlich noch gesteigert, wenn wir die Osterseen passiert haben werden und von dort an Richtung Kochel gehen, wo die Berge beginnen.«

»Dachte ich mir. Also, Jacob, deine Idee ist spitze. Völlig durchgeknallt natürlich, aber im Ernst klasse. Ich bin dabei. Das ist ein würdiges Ende und zugleich ein Neuanfang für uns *Fitness-Freaks*.«

FITOTEL

Ihre Energietankstelle in den Alpen

Von A wie Abseilen bis Z wie Zumba:
Ihre Gastgeber Anna und Jacob bieten Ihnen
100 Angebote, die Sie in Schwung bringen.

Im FITOTEL ist alles anders als gewohnt.
Statt im Zimmer fernzusehen, genießen Sie
das gewaltige Bergpanorama der Alpen.

Statt auf einer Sofaecke zu fläzen,
frühstücken Sie auf Crosstrainern.
Statt im Keller auf verstaubten Geräten zu trainieren,
nutzen Sie die Möglichkeiten unter freiem Himmel:

Tauchen Sie ein in die Bergseen,
trainieren Sie an den umliegenden Kletterfelsen
und bezwingen Sie gemeinsam mit unseren Bergführern
einen Alpengipfel. Ist das alles? Nein!

Wir sind das einzige Hotel in den Alpen,
das über zwei voll eingerichtete Kampfarenen verfügt.
Im Anfängerbereich powern Sie sich am Sandsack aus
und absolvieren unser legendäres Zirkeltraining.

Als Fortgeschrittene stellen wir Ihnen Sparringpartner
und fordern Sie in Kämpfen heraus.

Wir können nicht garantieren, dass Sie uns ohne
Muskelkater oder Blessuren verlassen.
Aber wetten, dass Sie sich nach Ihrem Aufenthalt
bei uns so gut fühlen werden wie nie zuvor?

Bis bald, *Anna und Jacob*

FITOTEL

Ihre Energietankstelle in den Alpen

Von A wie Abseilen bis Z wie Zipline:
Ihre Gastgeber Anna und Jacob bieten Ihnen
[illegible] Angebote, um Sie in Schwung zu bringen.

Das FITOTEL ist alles andere als gewöhnlich.
Statt im Zimmer fernzusehen, genießen Sie
das gewaltige Bergpanorama der Alpen.

Statt auf einer Sonnenliege zu liegen,
frühstücken Sie auf [illegible].
Statt im Keller auf verstaubten Geräten zu trainieren,
nutzen Sie die Möglichkeiten unter freiem Himmel.

Tauchen Sie ein in die [illegible],
trainieren Sie an den umliegenden [illegible]
und bezwingen Sie gemeinsam mit unseren Bergführern
einen Alpengipfel. Ist das alles? Nein!

Wir sind das einzige Hotel in den Alpen,
das über zwei voll ausgerüstete Kampfplätze verfügt.
Im Anfängerbereich powern Sie sich am Sandsack aus
und absolvieren unser legendäres Zirkeltraining.

Als fortgeschrittene stellen wir Ihnen Sparringspartner
und fordern Sie zu Kämpfen heraus.

Wir können nicht garantieren, dass Sie uns ohne
Muskelkater oder Blessuren verlassen.
Aber wetten, dass Sie sich nach Ihrem Aufenthalt
bei uns so gut fühlen werden wie nie zuvor?

Bis bald, [illegible] Anna und Jacob